W0279110

la Scala

Il figlio maschio

A Fabio e Marcello,
che esistono,
che resistono

Noi siamo quel che facciamo. Le intenzioni, specialmente se buone, e i rimorsi, specialmente se giusti, ognuno, dentro di sé, può giocarseli come vuole, fino alla disintegrazione, alla follia. Ma un fatto è un fatto: non ha contraddizioni, non ha ambiguità, non contiene il diverso e il contrario.

Leonardo Sciascia

PARTE PRIMA

La passione

I

Concetta Russo

Sommatino, agosto 1924

Concetta spazzolò energicamente i suoi capelli fitti, li tirò con forza come se volesse strapparli, constatò che tra le dita non le era rimasto neanche un pelo e sorrise compiaciuta. La sua chioma, con il passare degli anni, non si era diradata né imbiancata, aveva di che vantarsi.

La donna raccolse le ciocche rigogliose in una coda di cavallo, l'attorcigliò fino a farne una corda, poi la acconciò sulla sommità del capo in un grosso tuppo, fermandolo con un'unica forcina d'osso. Si specchiò e controllò che i vestiti fossero in ordine. Poteva essere soddisfatta: a quarant'anni passati il suo corpo piccolo era ancora sodo e compatto, le braccia tornite, le gambe muscolose. I seni appesantiti scendevano con grazia, non pendevano abbandonati, avevano anzi una certa consistenza e davano l'impressione di essere pieni. Se non fosse stato per i due solchi profondi ai lati della bocca e per i capezzoli scuriti e allungati dai numerosi allattamenti, si sarebbe potuto dire che era la stessa di sempre.

Suo marito, nonostante quelle sproporzionate areole color cioccolato, l'amava ancora con l'ardore della giovinezza, ardore che lei assecondava e ricambiava. Mai che si fosse tirata indietro una volta da che erano sposati, al contrario aveva sempre assolto con entusiasmo ai suoi doveri coniugali, traendone un grande beneficio per l'integrità del suo corpo e della sua anima. Dodici figli erano nati, in conseguenza di quella passione che li aveva resi schiavi l'uno dell'altra. Era solo grazie alla menopausa che aveva smesso di figliare come una giumenta. Il suo stato di salute era comunque ottimo e lei aderiva alla vita con la pienezza del suo essere.

L'orologio liberty della torre municipale suonò l'ora. Concetta contò i rintocchi: "Uno, due, tre... dodici", era tardi! Si rimboccò le maniche della camicetta, annodò dietro la schiena le cocche del grembiule e corse in sala da pranzo.

I suoi figli, tutti bravi per carità, ché il destino con lei era stato davvero generoso, erano ormai grandi e molti se n'erano andati via. Le sarebbe piaciuto averli ancora intorno, a cominciare da Teresa, la primogenita, che ora abitava nel vicino paese di Delia. Sospirò: quella ragazza avrebbe meritato di sposare un uomo più importante di un semplice putiaro. Un gran lavoratore suo genero, e non faceva mancare nulla alla famiglia, ma a Concetta erano sempre piaciuti di più i maestri dei commercianti. E quando aveva cercato di dissuaderla, Teresa le si era rivoltata contro con una rispostaccia: «Vuoi arricchiri? Fai arti vili».

Vita, la seconda, a dispetto del nome che portava, aveva una gran paura dell'esistenza e rifuggiva da ogni tentazione terrena, perciò s'era fatta monaca. "Acqua ha nelle vene, no sangue, quella scema!" I pavidi Concetta li disprezzava, anche quando le venivano parenti.

'Nzula abitava a Caltanissetta con quell'animella che chiamava marito. In compenso i suoi due figli maschi erano bravi e intraprendenti. Quelli sarebbero riusciti di sicuro. "È proprio vero che c'è una Provvidenza per tutti" pensò Concetta.

Filippina ricamava per le Figlie di Maria e da qualche mese non tornava più a casa: aveva deciso di prendere i voti. "Mah, non hanno preso niente da me, 'ste ragazze. Pallide, solitarie e con il deserto nel ventre."

Marianna e Gaetana figliavano contente con i loro mariti, due pezzi di marcantonio che davano soddisfazione solo a guardarli.

I maschi, invece, tutto il contrario. Dei due Salvatore, il primo, mischino, era stato sfortunato ed era morto subito; l'altro invece aveva fatto carriera come professore. "Ah, lui!" Il viso della donna s'illuminò. "Buon sangue non mente." Poi sospirò: peccato che stava a Napoli, lontano da lei. "Ma è accussì bravo lu figghiu miu" aggiunse per consolarsi.

Vincenzo e Nicola, come indomiti guerrieri, se n'erano andati in America a cercare fortuna e ogni mese le mandavano i soldi per aiutarla.

A conti fatti in casa gliene erano rimasti tre. Filippo, il cui avvenire le dava qualche preoccupazione. Intelligente e bello, secondo lei, meritava un futuro migliore di quello che il padre gli stava preparando. Portarlo in campagna a lavorare sarebbe stato un sacrilegio. Le sue belle mani bianche non erano fatte per la zappa, ma per la penna. Concettina, dal carattere spigoloso e dalle forme abbondanti, completamente succube dei fratelli. E Angelino, mischinazzo, così malaticcio, quasi un infermo, che se ne stava sempre a letto anche quando doveva mangiare.

Guardò le dita: compreso Turi, suo marito, doveva apparecchiare per quattro.

Sistemò la tovaglia con precisione, il medaglione di sfilato al centro, le cadute laterali simmetriche. Stirò con le mani le pieghe finché la tavola fu liscia come una distesa d'acqua ghiacciata. Avvicinò le posate lucide ai piatti di porcellana bianca. "Mamma mia, quanti posti vuoti in questa tavola" considerò con rammarico. "E che tristezza questo silenzio innaturale!"

Il sole estivo in quel momento irruppe con prepotenza dalle finestre restituendo un po' di gaiezza a lei e al mobilio severo.

I figli arrivarono una dietro l'altro: Filippo davanti, Concettina scodinzolando al suo seguito. Salutarono la madre baciandole la mano, lei li guardò con soddisfazione.

Rosalia, la criata, entrò con la zuppiera fumante, Concetta le fece cenno di riportarla in cucina. Mancava ancora il marito e lei, in tanti anni di matrimonio, non aveva mai iniziato a mangiare in sua assenza. Nonostante le differenze di ceto e cultura, rispettava molto il suo uomo e lo amava con dedizione, anche se talvolta non si faceva scrupolo di contraddirlo davanti a tutti. Colpa del suo carattere, irruente e impulsivo, che nel corso del tempo non aveva ancora imparato a modulare.

Don Turiddu Ciuni si sedette a tavola all'una in punto e prese a mangiare in silenzio. Era scuro in volto. Il giorno precedente era stato trovato, dopo due mesi di ricerche, il cadavere di Matteotti, e lui ne voleva conto e soddisfazione. Socialista da generazioni, don Turiddu odiava le prepotenze e non si lasciava intimorire da nessuno. Persino i mafiosi lo lasciavano in pace: «Sono l'unico a non pagare il pizzo a quei maledetti campieri» ripeteva con orgoglio, «se tutti facessero come me...».

Concetta lo guardò con tenerezza. I suoi occhi scivolarono lungo il collo di lui annerito dal sole, sulle spalle possenti che guizzavano sotto la giacca di panno, e si fermarono alle mani callose. La pelle del dorso era percorsa da solchi profondi, dentro ai quali la terra sembrava sangue rappreso. Le unghie larghe e arrotondate erano foglie ingiallite dal vento e dalla grandine. I polsi sporgevano solidi dalla camicia. Le dita forti impugnavano allo stesso modo risoluto forchetta, zappa, sega.

Morbido e suadente nell'intimo, don Turiddu trattava con identica passione la sua terra e la moglie. Non per niente le zolle aride di Testasecca producevano frutti in abbondanza come Concetta sfornava figli di anno in anno. Era però tetragono e spigoloso nei rapporti con il mondo, e diffidente verso tutte le novità. Aveva cominciato a lavorare fin da bambino, la sua famiglia era troppo povera per farlo studiare, forse per questo teneva in odio chi aveva frequentato la scuola. Ma non era sincero, semmai si comportava come la volpe che non può arrivare all'uva. Suo figlio Filippo, un vero intellettuale, amava la poesia e la letteratura, e si divertiva a mettere in difficoltà il padre citando a memoria versi di qualunque tipo. Da qui era nata una conflittualità che non aveva fatto che aggravarsi.

A tavola era il momento che attaccavano turilla. «Non sempre il tempo la beltà cancella / o la sfioran le lacrime e gli affanni. / Mia madre ha *quarant'anni* / e più la guardo e più mi sembra bella» recitò Filippo guardando sua madre negli occhi.

«Grandissime minchiate!» rispondeva don Turiddu diventando paonazzo in volto. Il fatto era che tutte le cose che non comprendeva appieno gli provocavano un'infelicità profonda.

Fin dall'inizio del matrimonio la moglie l'aveva avuta vinta ed era riuscita a far istruire i figli, femmine comprese, dai suoi fratelli. Come faceva a non capirlo "quello zaurdo", un onore era andare a scuola dai Russo, gli unici allittrati da Sommatino a Delia. «È gratis, Turi, ti pare che rinunci a una cosa che non si paga?»

Don Turiddu posò lo sguardo su Filippo. I suoi occhi corruschi mandarono bagliori, la sua mascella quadrata cominciò a masticare pane e pensieri velenosi. "Cosa crede di concludere quell'ingrato?" si domandò per l'ennesima volta. Abbandonare la terra e far morire le piante: roba da pazzi! No, non gliel'avrebbe permesso di andarsene.

Concetta si accorse della tempesta che agitava l'animo del

marito e cercò di rabbonirlo. Gli toccò il ginocchio, premette il braccio contro il suo, finché la tensione dei muscoli si sciolse e l'uomo sembrò acquietarsi quanto bastava per godersi il pranzo.

Don Turiddu amava stare seduto accanto alla moglie. Gli piaceva guardarne il profilo attraverso il fumo che saliva dal piatto e osservarla mentre mangiava. Le sue labbra si chiudevano attorno al cucchiaio con grazia, la gola bianca si sollevava in piccole onde morbide, i capelli ricci sfuggivano dal tuppo e svolazzavano nell'aria. Il petto prominente, nel cui solco si mischiavano sudore e briciole, si alzava e si abbassava con un ritmo costante. Quella donna era circondata da un'aura sensuale e lui, incapace di trattenersi, le infilò furtivo un dito tra i seni per asciugare una goccia birichina. Lei arrossì imbarazzata, farfugliò, ma i suoi occhi brillarono maliziosi. Sapeva che di lì a poco si sarebbero ritirati per il riposo pomeridiano, e ben altre gioie l'attendevano.

Turi, così lo chiamava lei nell'intimità, possedeva un'energia primitiva e dava il meglio di sé alla controra. Concetta pregustava il piacere dilaniante di quell'amore che la faceva sentire fragile e potente al tempo stesso. Il cucchiaio le sfuggì di mano, le gambe le si ammollarono mentre una violenta onda calda si impossessava del suo ventre.

Finito di mangiare, don Turiddu bevve un bicchiere di vino tutto d'un fiato, si asciugò la bocca con la manica della giacca, quindi diede un colpo di schiena e scattò in piedi. La sedia cadde fragorosamente sul pavimento, la figlia Concettina lesta la tirò su.

«È ora» disse alla moglie.

«Ora è» gli fece eco lei e, ancheggiando, si mosse verso la stanza da letto. Lui la seguì soggiogato dai suoi fianchi larghi.

La notte precedente avevano discusso, colpa sempre di Filippo, e Concetta temeva che il marito gliela volesse far pagare. Infatti, appena chiusa la porta, lui la buttò sul letto, le sollevò la gonna e la penetrò senza né ahi né bai. Lei si dispiacque che non l'avesse accarezzata come al solito. "'Sto bifolco, entra e manco chiede permesso. Ora glielo faccio vedere io..." pensava, e per rappresaglia se ne stava rigida come un pisci stoccu. Ma non aveva fatto i conti con il suo corpo. Un fremito le si era insediato dentro fin dai primi colpi che il marito le aveva assestato, e lei già si scioglieva in ripetuti singulti, finché il cuore esplose nel suo petto.

Dopo, credendo che lo sfogo avesse reso Turiddu più malleabile, fu lei a riprendere il discorso da dove l'avevano lasciato. Odiava perdere.

«Ma perché allora l'hai fatto studiare?» domandò con la voce che ancora vibrava. Talvolta il piacere si prolungava nel suo corpo per qualche minuto dopo aver fatto l'amore. Quel godimento autonomo la rendeva unica agli occhi del marito che, modestamente, ne aveva conosciute di fimmini!

«Perché l'istruzione ci vuole, altrimenti ti fanno fesso» bofonchiò mentre armeggiava per districarsi dai pantaloni che gli si erano arrotolati attorno alle ginocchia. «Ma la terra è un'altra cosa.»

Concetta scivolò sul bordo del letto a pancia sotto con l'intento di aiutarlo. Era un piccolo gesto di premura, uno dei tanti rituali a guardia della loro armonia. I suoi seni penzolarono nel vuoto. Turiddu veloce li afferrò maneggiandoli come pasta di pane lievitata.

«Ma se prendiamo un mezzadro, non è meglio?» si intestardì Concetta. Quando si trattava di Filippo agiva come una virrina.

Lui l'agguantò per un braccio, la tenne ferma e le diede due sonore sculacciate sulle natiche nude. «Ora basta!» urlò esasperato. «Io sono il padre e io decido.»

La colpì di nuovo. La moglie aprì le labbra in un mugolio di piacere.

2

Luigi Russo

Sommatino, settembre 1925

«Donna Concetta, c'è vostro cugino che vi vuole parlare.»

Rosalia c'aveva pensato un po' prima di bussare alla porta della camera da letto. Disturbare don Turiddu Ciuni mentre se ne stava chiuso con la moglie per il riposino pomeridiano poteva essere pericoloso: c'era da rischiare il licenziamento.

Le piaceva fare la criata in quella famiglia. Dopo tanti anni si era affezionata sia alla padrona che ai figli, e poi a Sommatino che alternativa aveva? Lavare i panni a qualche minatore senza famiglia? Spazzare dai marciapiedi quella maledetta polvere gialla che arrivava dritta dritta da Solfara Grande? Sposarsi e fare la serva senza poter mai disporre di un soldo per sé? No, in quella casa la trattavano come una figlia, e il suo lavoro lei doveva salvaguardarlo. Perciò aveva esitato prima di calare il pugno sulla porta di legno massiccio. Ma sua Eccellenza era, non poteva cacciarlo come un questuante qualsiasi.

«Fallo accomodare che arrivo» sussurrò Concetta e corse a specchiarsi. Controllò che i vestiti fossero in ordine, si passò le mani sul volto per cancellare i segni dell'amore e anche della stizza: quella storia del futuro di Filippo continuava a non darle pace, dopo un anno di litigate e furiosi accoppiamenti – ché suo marito sembrava aver dimenticato ogni tenerezza – il problema era sempre lì a dividerli.

«C'è mio cugino Luigi, vado a sentire che vuole.» Gli aveva parlato con una certa freddezza, come se quell'uomo, con cui aveva appena finito di mischiare umori e odori, fosse un estraneo capitato per caso nel suo letto.

«Buono quello» borbottò lui e saltò su come una molla. Non fosse mai che rimaneva in una posizione di soggezione davanti alla moglie. Appena lei fu uscita ed ebbe chiuso la porta, l'uomo ricadde sui cuscini. Le schermaglie lo sfiancavano più che spietrare la terra.

Critico letterario e studioso di fama, l'Eccellenza era l'orgoglio della famiglia Russo e di tutta la provincia. Lui e Concetta erano cresciuti insieme e li legava ancora un rapporto speciale. L'aveva corteggiata, ma quando erano poco più che bambini e molto meno che ragazzi. Quanti pomeriggi estivi avevano trascorso giocando e rincorrendosi nella campagna al confine tra Delia e Sommatino. Fuori dal controllo degli adulti avevano scorrazzato tra le spighe fitte, cacciato grilli canterini, cercato nidi tra i rami mormoranti degli eucalipti, sui tronchi dei quali si erano arrampicati, Luigi sprezzante del pericolo, lei desiderosa di libertà.

Talvolta il vento si alzava all'improvviso, portandosi dietro una nuvolaglia giallastra, mentre dalla terra si levavano mulinelli di polvere granulosa dal colore ocra intenso. Lui allora si apriva la camicia e offriva rifugio dalle particelle silicee a Concetta, che gli si appoggiava sul petto sudato cadendo in un torpido abbandono. Il ragazzo profumava di muschio, aveva la pelle liscia e senza peli. Lei adorava stare tra quei due lembi di tessuto e talvolta ci rimaneva anche quando il vento era calato. Luigi percepiva il fiato caldo della ragazza sui muscoli tesi, il pizzicore dei ricci all'altezza del collo, la morbidezza delle sue guance polpose. In quei momenti lo assaliva un turbamento, un piacere inspiegabile, che desiderava non finisse mai, e per prolungarlo urlava a perdifiato: «Il vento sta rinforzando, non ti muovere!». Affondava il viso dentro la sua stessa camicia e, soffiando con le labbra arricciate, mimava una tempesta. In quei momenti gli pigliava una voglia insensata di assaggiarla, Concetta, per vedere se la sua bocca, che aveva il profumo delle olive mature, ne avesse anche il sapore. Ma la ragazza era troppo piccola per assecondarlo, e lui troppo rispettoso per dare seguito alle sue fantasie. Così rimanevano immobili finché il vento calava.

Entrambi erano tanto giovani che nessuno faceva brutti pensieri quando sparivano per trazzere solitarie. Fu Luigi stesso alle soglie dell'adolescenza a decidere di interrompere quelle scorribande pomeridiane: si era reso conto che quel sentimento che li legava era qualcosa di proibito. Si era dedicato totalmente allo studio, mentre Concetta, indispettita dall'improvvisa freddezza con cui il cugino aveva preso a trattarla, aveva cercato sistemazione e conforto tra le braccia di Turiddu Ciuni. Era rimasta tra i due cugini una confidenza imbarazzata e un affetto non trasparente, che si era ammantato di purezza in nome dei vecchi tempi. Qualcosa di non detto intorbidava i loro occhi ogni volta che s'incrociavano. Parlarne sarebbe stato meglio, solo così i loro animi avrebbero trovato pace, ma avevano preferito tacere e per un po' avevano smesso di frequentarsi. Diventato professore, acquisita sicurezza, Luigi si era rifatto vivo. Non era raro, ma nemmeno frequente, che andasse a trovarla e le confidasse sogni, progetti, desideri. Erano parenti, cosa c'era di male? E infatti nessuno trovava da ridire, nemmeno don Turiddu che non aveva mai ostacolato i loro incontri e rintuzzava le malelingue che seminavano zizzania: «L'Eccellenza? Pfui! Vuole competere con me? Bà, pensa troppo, e si sa che il cazzo non vuole pensieri».

«Dobbiamo parlare» esordì il critico senza nemmeno salutare. Aveva gli occhi febbrili, lucidi, nella sua voce c'era una nota ansiosa.

«Serva vostra» rispose Concetta con un sorriso di gioia trattenuta.

«"Serva", "serva"... ma dove le hai imparate certe espressioni? E poi vai dicendo che sei socialista!»

La donna arrossì e non replicò. Alto, con la barba, gli occhi penetranti, l'espressione severa, suo cugino le incuteva timore.

«Ti chiederai perché càpito a casa tua senza nemmeno farmi annunciare da un biglietto.»

«Effettivamente...» sussurrò la donna. «Ma non vi volete sedere?» Da un po' aveva cominciato a dargli del vossia, non sia mai che il marito dovesse trovarsi in difficoltà per causa sua.

«Te lo ricordi mio fratello Vincenzo?»

«Successe cosa?»

«No, niente. Sta bene, per fortuna. Non è di lui che dobbiamo parlare, ma delle cose che fa.» Concetta si accomodò sulla sedia di fronte e il cugino riprese a parlare con quella prosopopea che hanno gli intellettuali quando sanno che l'interlocutore non può contraddirli: «Vincenzo, non so se tu ne hai notizia, è rappresentante della casa editrice Vallecchi. Non c'è sussidiario in tutta la Sicilia che non abbia consigliato lui» precisò con orgoglio.

«Con tutto il rispetto per vossia, ma a mia che me ne cala?» domandò impaziente lei. Sarà stato pure famoso, professore, avrà avuto amicizie altolocate, ma questo non lo autorizzava a darsi delle arie.

«Che sei pizzuta! Pure da picciridda ti risentivi per niente. Sei rimasta sempre la stessa.»

Le prese il mento tra pollice e indice e la costrinse a guardarlo in faccia. La donna tirò indietro il capo lasciandolo con il braccio a mezz'aria. Non erano più due bambini che s'inseguivano tra il frumento maturo, quel tipo di confidenze non gliele poteva permettere. Tuttavia le attenzioni di Luigi la lusingavano e il suo sguardo, colmo di rimpianto, le confermò che non l'aveva ancora dimenticata.

«Pure vossia è sempre lo stesso. Anche da picciriddo accominciavate a parlare e non la finivate più. La parola non vi ha mai fatto difetto.»

Sbatté quindi le palpebre, lo guardò in tralice e con un gesto grazioso della mano lo incoraggiò a proseguire. Le era così difficile resistere al gioco della seduzione. L'Eccellenza s'annappiò. La cugina gli piaceva ancora molto, ne subiva la grazia ammaliante sottesa in ogni movimento e ne temeva la carnalità che, da giovane, gli aveva levato il sonno della notte. Perciò si era allontanato da lei appena cresciuti e, per trovare pace, si era sposato con una donna magra e algida, che aveva spento i suoi bollenti spiriti. Ben al sicuro nella gabbia del matrimonio, Luigi si era potuto dedicare al lavoro. Concetta, intuendo tutto ciò, quel giorno si divertì a stuzzicarlo: «Certo non siete venuto qui per parlare della nostra infanzia, con il da fare che avete».

«È che non so da dove cominciare» balbettò lui. Si era smarrito nei capelli folti di lei e desiderava con tutta l'anima attorcigliare tra le sue dita quella ciocca birichina che le scendeva sulla fronte.

«Via, un uomo come voi! Che volete farmi credere?» lo punzecchiò ancora Concetta.

L'Eccellenza sorrise di compiacimento, si schiarì la voce e riprese a parlare con tono professorale: «Ehm, non so se sei al corrente del fatto che mi hanno dato la cattedra di letteratura al Magistero di Firenze. È un incarico molto importante» si pavoneggiò.

«Congratulazioni! Ma la cosa non mi sorprende, un fior di professore come vossia» lo blandì Concetta.

«Di nuovo con questo vossia! Ma non te lo ricordi che giocavamo insieme da picciriddi? E quante volte ti ho tirato le trecce, sollevato le gonne...»

«Ora semu granni!» lo rimproverò lei, avvampando. Ma come si permetteva, con suo marito in casa! Non che Turi fosse geloso, ma maschio era, e non si sa mai nella vita.

«Hai ragione» convenne Luigi, «non siamo più bambini e non è più il tempo di certe libertà. Perciò andiamo al sodo. Tra poco devo partire, ricomincia l'anno accademico, e mio fratello Vincenzo viene con me. Ho bisogno di un segretario, sarà lui ad aiutarmi.»

«Certo, vostra Eccellenza, nella posizione in cui si trova, non è che può camminare da solo...» lo prese in giro.

«Mi fa piacere che convieni con me. Nella mia posizione...»

La donna alzò gli occhi al cielo. "Ma guarda che trombone" pensò. "Se si parla di lui non capisce più lo scherzo." Quindi, indispettita da quel tono supponente, disse: «Torno a dire, 'ccillenza, a mia che me ne cala?».

Luigi, impermeabile alle sue critiche, continuò con sussiego: «Il punto è che Vincenzo deve lasciare il lavoro. A me piacerebbe trovargli un degno sostituto. Forse tu non lo sai, ma si guadagnano bei soldi con i libri. Così sarebbe bello che la rappresentanza rimanesse in famiglia...».

«Vabbe', ma io che c'entro?»

«Ecco, pensavo che a uno dei tuoi figli potesse interessare quel posto. Magari a Salvatore. Me lo ricordo da bambino, quando veniva a fare i compiti a Delia da noi. È intelligente, ha talento. Non mi farà sfigurare.»

«Voscenza è gentile, e io ho motivo di ringraziarla, ma quello, Totò, è a Napoli, l'hanno fatto dirigente scolastico. Figlio mio, si è preso pure l'esaurimento nervoso per quanto ha studiato. E ora certo non ci rinuncia al posto.» Concetta aveva gonfiato il petto d'orgoglio e i suoi seni protesi in avanti erano una bella tentazione per il professore, che si tirò indietro turbato.

«Chi è il secondo?» chiese, infastidito da quel diniego, ché il professor Luigi Russo non era abituato a sentirsi dire di no. Non aveva messo in bilancio che qualcuno potesse fare carriera con le sole forze proprie.

«Vincenzo. Ma non se ne parla proprio. È andato in America con Nicola, e ha le carte pronte per tirarsi dietro pure qualche altro parente.»

«Concetta, non è che ti sto proponendo i lavori forzati. La Vallecchi è una signora casa editrice. Lo sai che è nel cuore di Ciarlantini, il presidente della Federazione fascista dell'industria editoriale?»

La donna fece una smorfia.

«Buono quello! Ne stanno combinando di tutti i colori, lui, Gentile e tutta la comarca.»

«Non ti sta mai bene niente! E comunque io sono venuto qui a parlare di affari, non di politica.»

Concetta, pentita di quello che aveva appena detto, si torse le mani. Eppure lo sapeva che non si poteva più parlare liberamente... Per raggirare il cugino mise su un atteggiamento indifeso e un'espressione dolente. Quindi si avvicinò a lui con passo lento. La sua gonna frusciava mentre il respiro di Luigi diventava più corto. Fece il giro della sedia, finché si trovò alle sue spalle, gli posò una mano sul braccio, lo sentì tremare. Poi abbassò il viso fino a sfiorarlo con la guancia e gli sussurrò all'orecchio: «Voscenza ha una brutta opinione di mia. Lo sapete che i libri mi sono sempre piaciuti. Il profumo della carta, il nero dell'inchiostro, le pagine da tagliare, le rilegature di cuoio, le incisioni, mi danno quasi un piacere fisico! Ve lo ricordate quando mi leggevate le vostre poesie?».

L'uomo si svincolò, la mano di Concetta lo bruciava attraverso la stoffa del vestito. Lei continuò con voce roca: «È solo che mi cuocio perché i miei figli maschi sono tutti occupati. Angelino sarebbe libero, ma è senza nervo e senza salute, entra ed esce dall'ospedale, come si fa a farlo lavorare? Non vorrei che vostra Eccellenza facesse una brutta figura con l'amico Vallecchi. Certo che un'occasione così non si può rifiutare... Se lo potessero fare le femmine, a cominciare da Concettina, saremmo tutti felici di accontentarvi».

Quindi sospirò e si avvicinò ancora un po'. A Luigi cadde il bicchiere dalle mani. Lei si affrettò a raccoglierlo e si trovò in ginocchio vicino alle gambe di lui. Il tuppo voluminoso sfiorava le ginocchia del professore che non capì più nulla.

«No, le femmine sono fuori discussione» protestò mentre un'onda calda gli saliva dal basso ventre al cuore. «C'è da tessere tutta la Sicilia e una fimminedda sola non può firriare, tanto per dire, da Carrapipi a Carlentini.»

«Ha ragione voscenza. Niente allora, dobbiamo rinunciare. Quando si dice la sfortuna!»

«Ma Filippo?»

Concetta sobbalzò. Com'è che non le era venuto subito in mente? Era l'occasione buona per dargli un futuro come si deve: rappresentante di libri, un sogno! Il cuore cominciò a batterle all'impazzata, mentre pensieri e speranze si accavallavano nella sua mente. E poi non si sa mai, da cosa nasce cosa, magari diventa scrittore famoso, oppure un editore con i fiocchi.

«Il ragazzo sarebbe libero, è bravo e intelligente. Ma non si può fare» azzardò la donna. «È il preferito mio, delle sorelle e soprattutto del padre, che non lo lascerebbe mai andare. Turiddu vuole che si occupi del feudo di Testasecca. Mi dispiace, Eccellenza, vi siete disturbato per niente.»

«Mi meraviglio di te. Ma che socialista sei? Hai fatto studiare i tuoi figli per poi mandarli a zappare la terra? Non vuoi che abbiano un avvenire migliore? E poi sai quanta gente ha fatto fortuna con i libri? Pomba, Treves, tanto per fare due nomi.»

«Io sono una fimminedda e, anche se volessi, a me non è dato decidere. Solo il padre, se vuole...» Concetta giocava al rialzo. Per nascondere la felicità si coprì gli occhi con le mani. Non voleva che suo cugino si accorgesse di quanto invece ci teneva a quel lavoro. Al contrario, l'Eccellenza doveva persuadersi che concedendogli il maschio migliore della sua nidiata il favore glielo avrebbe fatto lei.

«E allora Filippo deve essere!» urlò il critico, e la sua

voce non ammetteva repliche. «E tuo marito a me questo favore non può negarmelo.»

«Ora chi ce lo dice a Turiddu?» chiese Concetta piegando le labbra in una smorfia di fragilità.

«Con tutte quelle grazie che hai! Dodici figli ti ha fatto sfornare! Il modo per ridurlo a più miti consigli lo trovi di sicuro.»

«Voscenza ha troppa considerazione di una fimminedda» si schermì lei, ma dentro di sé gongolava. Certo che sapeva dove mettere le mani e quando aprire la bocca con suo marito. Ma all'improvviso un cattivo pensiero le attraversò la mente: "Non è che l'Eccellenza vuole la percentuale sulle vendite?".

3

Concettina Ciuni

Palermo, giugno 1927

Concettina fin da piccola a letto non ci stava volentieri, e anche ora che era cresciuta prima che il sole sorgesse stava già in piedi.

«Il materasso è cosa per gli ammalati, e io grazie a Dio sono in buona salute!» era solita ripetere.

«Ma chi te lo fa fare?» le chiedeva polemico il fratello Filippo. La domanda rimaneva senza risposta, perché lei non aveva tempo da perdere in chiacchiere. C'era da riordinare la cucina, fare il bucato e subito dopo la spesa, ché bisogna pure mangiare, e poi c'era da stirare le camicie di Filippo, abituato a girare come un gagà, le scarpe da lucidargli e infine trovare un posto per tutti quei libri che affollavano ogni angolo della casa.

Intelligente e determinata, aveva ereditato dalla madre il nome e il carattere volitivo, dal padre le fattezze fisiche e il cognome. Non era stata fortunata. Bassa e tracagnotta, con una personalità spigolosa e respingente, ancora a vent'anni si trovava senza marito e i rari pretendenti, appena ne intuivano l'indole, sparivano dall'oggi al domani senza una parola di spiegazione.

La ragazza sembrava in apparenza non prendersela troppo: conosceva i propri limiti. Sapeva per esempio di essere goffa. I grossi fianchi basculanti le rallentavano i movimenti; mentre i piedi larghi e le caviglie tozze, che, come pane lievitato, sbuffavano dagli scarponcini di cuoio, la facevano assomigliare a uno di quegli elfi che sbucavano dalle illustrazioni dei libri per l'infanzia. Ma che doveva fare? Chiudersi in convento perché era brutta? C'erano già le sue sorelle, Vita e Filippina, che da anni se ne stavano nascoste dietro le mura umide della clausura e, intabarrate nelle lunghe vesti nere, tenevano a distanza quei demoni che ai più rendono divertente l'esistenza.

Concettina invece amava la vita e avrebbe voluto godersela, ma le mancava il coraggio. «Ah, fossi nata maschio» si ripeteva rabbiosa, «avrei spaccato le balate!» E di forza ne aveva per rompere le pietre. I suoi bicipiti tesi premevano contro la stoffa leggera della camicetta fino a sgranare le cuciture.

«Fossi nata maschio!» le aveva fatto spesso eco il padre con un'ammirazione intrisa di rammarico. Ma era nata femmina e brutta: doppia disgrazia. Come se non bastasse, in famiglia di soldi ne erano sempre girati pochi e, da che mondo è mondo, i maschi stanno alla larga dalle donne povere e intelligenti.

Da picciridda sognava di gestire un emporio: "Voglio fare la traffichedda" aveva scritto una volta in un tema. Da adulta avrebbe venduto l'anima al diavolo pur di poter disporre di un po' di denaro per sé e non dover dipendere da nessuno.

Era appena una giovinetta quando si era resa conto che non le avrebbero mai permesso di lavorare e che il suo posto nella società sarebbe stato all'ombra di un uomo. Allora, pur di non svendersi a un putiaro qualsiasi come sua sorella Teresa, aveva deciso di puntare tutto sul fratello Filippo, al quale non era bastata la rappresentanza di una casa editrice: aveva messo su una bancarella di libri in piazza Bologni, proprio di fronte al capolinea della tramvia per Monreale, un punto strategico per gli affari. A lei era toccato di seguirlo fino a Palermo, in realtà non per una sua iniziativa, era stata un'idea della madre preoccupata: «Un masculu da solo, in città, si perde». La verità è che per quel figlio Concetta Russo avrebbe ammazzato tutti gli altri.

I primi mesi erano stati duri, perché a tutto il resto si era aggiunta la bancarella da sorvegliare, e Concettina non aveva alcuna esperienza. Però con i soldi ci sapeva fare e dopo un po' gli affari avevano cominciato a marciare nella direzione giusta. I due fratelli avevano traslocato in un mezzanino del principesco palazzo Alliata che si affacciava sempre su piazza Bologni: casa e putìa.

L'appartamento era buio e con il soffitto basso. «Coraggio» l'aveva rincuorata il fratello, «tra un po' saliremo al piano nobile.» Ma la ragazza era contenta anche in quelle due stanzette annerite, entrava e usciva dallo stesso portone della principessa Alliata, tanto le bastava per sentirsi importante.

Concettina anche quel mattino si chiuse delicatamente il portone alle spalle e lo accompagnò con la mano finché non sentì lo scatto della serratura. Non voleva di certo disturbare il sonno dell'aristocratica.

Si guardò intorno e il suo cuore ebbe un sobbalzo. La bancarella senza i volumi le procurò una dolorosa malinconia. Poi pensò alla libreria che suo fratello stava per aprire di fronte al Teatro Massimo. Presto non sarebbero stati più ambulanti, ma librai a tutti gli effetti. Sorrise di sé: non ci aveva ancora fatto la bocca.

La giornata si annunciava molto calda. "Odio l'estate" pensò mentre s'incamminava con la sua andatura scomposta. Andava sempre di fretta, dimenticando di piegare le ginocchia, e le gambe, rigide come colonne di marmo, le buttava a casaccio da un lato e dall'altro.

Portava, anche nella stagione buona, uno scialle lungo fin sulle reni. Il tessuto leggero, orlato di pizzo, era un fragile diaframma tra lei e la gente, sufficiente tuttavia a rassicurarla. La timidezza l'affliggeva come una malattia invalidante, colpa della carne in eccesso nei punti sbagliati. Era sgraziata e questo le procurava una sofferenza di solito contenuta, che in presenza degli uomini però fioriva come una febbre sul labbro. Il suo viso avvampava di colpo, il cuore le batteva in petto, i muscoli si ammollavano come burro al sole e lei era costretta a fermarsi. Perciò usciva presto, per non incontrare nessuno. E se scorgeva in lontananza la sagoma di un passante, lesta tornava indietro, oppure rallentava di colpo, stringendo forte le cosce per bloccare il tremolizzo autonomo dei fianchi. Se trovava un portone aperto, s'infilava nell'androne e s'acquattava contro il muro pregando la Madonna che non venisse fuori nessuno. Quando riprendeva il controllo, guadagnava la strada e correva veloce, le mani poggiate sul petto per comprimere i seni che ballonzolavano come ricotta fresca.

Sebbene la via Maqueda filasse dritta verso piazza Verdi, lei la considerava troppo affollata. Preferiva complicati giri per i vicoli a ridosso della cattedrale, li risaliva controcorrente come un salmone in amore e raggiungeva il Monte di Pietà. Sembrava non sapesse che "la strada più facile è la più breve".

Attorno al lussuoso palazzo della real cassa, un grande cubo dalla facciata di marmo grigio e le finestre decorate da motivi floreali, c'era una lunga fila di uomini, gli unici che Concetta non temeva di incontrare. Al Monte ci si andava a impegnare le pietre preziose e i gioielli, e gli avidi sensali delle nobildonne palermitane, impegnati in estenuanti trattative, non avevano occhi per una ragazzotta di campagna. Per le lenzuola dei poveracci c'era palazzo Branciforte, ma quello era fuori zona: persino nei bisogni poveri e ricchi rimangono separati. Imboccava fiduciosa la strada del Santo Spirito e si lasciava sulla sinistra la via delle Sedie volanti. Che fantasia avevano questi palermitani! Al suo paese le strade si chiamavano Cavour, Mazzini, Roma.

Di solito proseguiva per l'oratorio dei Mille martiri. Era quello l'itinerario che preferiva, una sorta di sentiero spirituale che le consentiva di tenere a freno desideri e passioni.

Solo in quella farraginosa gabbia d'inibizioni che si era costruita fin dall'infanzia, Concettina si sentiva al sicuro. Ma talvolta il corpo con i suoi bisogni prendeva il sopravvento e allora lei girava a destra all'altezza della chiesa di Sant'Agostino e s'infilava nel mercato del Capo. Curiosava tra le bancarelle, mossa da una fame golosa. Sgranava gli occhi davanti ai capretti sanguinolenti che pendevano a testa in giù e ne pregustava la dolcezza. Si attardava davanti al pentolone del bollito, lasciandosi rapire dalla nuvola di vapore che profumava di aglio e prezzemolo. Spesso si sorprendeva a masticare a vuoto davanti a tremolanti mammelle di mucca, milze burrose, brunite ginocchia di manzo, tocchetti di cartilagine giallastra. Comprava un cartoccio di olive, proprio quello che ci voleva per i suoi fianchi debordanti, e lo nascondeva sotto lo scialle, ripromettendosi di mangiarlo un po' per volta. E quando il severo guscio che la teneva lontano da sé pareva frantumarsi, spaventata da quel disordine interiore, si rifugiava nella chiesa dell'Immacolatella per ritrovare compostezza.

Con il cuore che batteva forte, cadeva con pesantezza sul primo sedile di legno e si lasciava avvolgere dalla luce che pioveva dall'alto. Quella cappella non sembrava davvero un invito all'ascesi, ma un inno alla carne. Il soffitto bianco era uno spazio dilatato in cui rischiava di perdersi. Concettina fissava gli stucchi dorati, ne seguiva la simmetria, e finalmente una sensazione di quieta meraviglia le riannodava i fili dell'anima. Le sue gambe recuperavano un po' alla volta la consueta saldezza e lei si muoveva verso l'altare di santa

Rosalia, dove i suoi occhi prendevano a roteare nelle orbite, percorrendo i complicati disegni del paliotto. Saltando dal pavimento a scacchiera alle colonne tortili, arrivava dentro alla grotta, una sorta di minuscolo utero blu notte nel quale la Santuzza dormiva accucciata come un feto, e lì Concettina indugiava. Rapita da una dolcezza soprannaturale, liberata dai suoi turbamenti, tornava a sentirsi forte e controllata. Allungava allora le mani verso le trine di carrara bianco che impreziosivano le pareti, poi, serena, respirava a pieni polmoni il vento che attraversava i cori laterali. Guadagnata l'uscita, a passi spediti raggiungeva porta Carini, dove già s'intravedeva la facciata laterale del Teatro Massimo. Le carrozzelle stavano in fila davanti ai leoni bronzei. I cavalli dal manto luccicante scuotevano irrequieti le loro teste, i giummi colorati ondeggiavano, tintinnavano i campanellini d'argento.

Concettina attraversò la piazza Verdi con quel suo passo traballante, salutò il farmacista... Eccola lì la libreria! Sopraffatta dalla gioia, ne varcò la soglia.

Le due stanze erano state restaurate senza badare a spese. D'altra parte suo fratello era un uomo ambizioso. Nella prima sala correva tutto intorno una scaffalatura da biblioteca fiorentina, le pareti erano rivestite di legno fino al soffitto, c'era di che essere orgogliosi.

La ragazza accarezzò i mobili, fu colta da una sensazione di sconfinata felicità e il suo viso severo a sorpresa si addolcì, ma subito le salì alla gola una strana angoscia. Aveva sempre paura della felicità perché pensava di non meritarla.

“Presto, presto, Concettina, datti da fare che l’inaugurazione è vicina” si disse, e cominciò a spolverare il passamano per l’esposizione dei libri, il tavolo centrale di legno fiammato, i comodi sgabelli per i lettori, la scala a libretto che con un clic si allungava fino agli otto metri. L’aria puzzava ancora di vernice e i vapori di trementina le procurarono un capogiro. Si appoggiò alla parete e aspettò che passasse. Quindi andò nella seconda stanza, dove, ben nascosto agli sguardi indiscreti, si trovava l’ammezzato. Era lì che avrebbe voluto vivere, osservando gli altri senza essere vista.

Mancava ancora qualche ritocco dell’indoratore sulle cornici. Sollevò gli scatoloni: sembravano vuoti, tanto i suoi muscoli erano possenti. Cominciò a sistemare i libri negli scaffali, lucidi come specchi, tanto che riflettevano il sole. Lavorò tutta la mattina senza fermarsi e a mezzogiorno, stanca e sudata, si rifugiò nell’ammezzato. Le sue gambe pesavano maledettamente, appena seduta si tolse le scarpe, sospirò di sollievo: i piedi erano gonfi come due muffolette. Quindi tirò fuori il cartoccio delle olive e smangiucchiando si mise a leggere.

Le piacevano i libri, anzi ne era “innamorata”, aveva detto al fratello in un momento di abbandono. Quando ne arrivava uno nuovo, prima di metterlo a posto, se lo teneva addosso per qualche minuto come se lo covasse. A occhi chiusi ne esplorava con le dita i recessi. Di ogni casa editrice conosceva caratteristiche, pregi e difetti. Le bastava toccare un dorso, palpare i nervi, insinuarsi nell’unghiatura per individuarne la provenienza. Riconosceva la grammatura esatta della carta facendo scorrere i fogli tra pollice e indice. Adorava poi le copertine rivestite di pergamena, un po' meno quelle telate. Verso il cuoio aveva un atteggiamento ambivalente: lo considerava troppo lussuoso per una come lei, ma le piaceva la morbidezza, la sofficità, l'eleganza della pelle.

Il romanzo che stava leggendo aveva un piatto imbottito al centro, dalla consistenza elastica come la pasta sfincia. Il titolo era in rilievo e le lettere d'oro fluttuavano sbilenche in un lago color salmone. All'interno un ex libris con uno stemma e un motto in latino che lei non aveva capito, perché a scuola c'era andata solo fino alla quinta elementare. Il romanzo era la storia di una contessa bella, ricca e piena di fascino come tutte le nobildonne, e fin da subito Concettina era rimasta folgorata. Iniziava con una considerazione sulle "famiglie felici che si assomigliano fra loro, mentre ogni famiglia infelice è infelice a suo modo": sembrava scritta per lei. L'autore la raccontava così bene che la ragazza pensò quasi di conoscerla da tempo quella sventurata russa, sposata senza amore e del tutto estranea al marito. E poi a ogni rigo aveva l'impressione di imparare un po' di più anche di se stessa.

Leggeva tenendo il segno con il dito e non lo staccava mai dalla pagina, nemmeno quando si fermava a riflettere, altrimenti le idee si aggrovigliavano nella zona tra la fronte e gli occhi e doveva ricominciare daccapo. Talvolta si sorprendeva a sognare. Adorava gli aristocratici, ma della loro vita aveva solo un vago sentore. Le era capitato di assistere non vista ai ricevimenti della “sua” principessa. Nascosta nel ballatoio di palazzo Alliata, spiava gli invitati, seguiva con le orecchie tese il delicato scalpiccio delle dame durante il ballo, si lasciava sedurre dal luccichio delle mille candele che filtrava attraverso le vetrate, mentre la musica dell’orchestrina si diffondeva nel cortile come nella sala di un teatro. I profumi di zagara e gelsomino saturavano le sue narici dilatate, l’odore del fritto e delle spezie le illanguidiva lo stomaco vuoto.

Nei libri Concettina cercava soprattutto vite nuove da vivere. E quando si affezionava a un personaggio, se lo portava dietro in ogni momento della giornata. Ad Anna Karenina voleva bene come a una sorella. Annuzza, la chiamava. Appena la contessa si innamorò di Vronskij, fece un salto sulla sedia: «Ma come fa a dare conto a un tipo così?» urlò. Se l’avesse avuta tra le mani l’avrebbe strigliata ben bene, ma con affetto e senza animosità. Poi Annuzza decise di lasciare il marito e a questo punto Concettina si arrabbiò davvero: «Allora sei proprio babba!» disse a voce alta come se ce l’avesse davanti. «Ma lo sa pure una ragazza di paese che il marito non si lascia mai! Magari se proprio ti scappa ci metti le corna, ma andarsene... Via!» Cercava in questo modo di farla riflettere, di convincerla a prendere un’altra direzione. Non sapeva ancora che nei romanzi funziona come nella vita: è già tutto scritto.

Da lunedì a sabato, Concettina leggeva e sperava. La domenica Filippo tornava e andavano insieme al Foro Italico per il gelato. Cosa avrebbe potuto chiedere di più alla vita?

4

Filippo Ciuni

Palermo, dicembre 1927

Da alcuni mesi Filippo Ciuni era sempre fuori e, anche quando si trovava in città, girava come una strummula tra banche e assessorati. La libreria era stata aperta da poco e già non gli bastava più. Si era messo allora a cercare finanziamenti e appoggi politici per realizzare il suo nuovo progetto.

Perciò la domenica se ne stava a letto fino a tardi, per recuperare le forze. Tra le lenzuola profumate rileggeva gli appunti, verificava i conti e stilava preventivi. Ma quella mattina la sorella aveva tanto insistito perché la raggiungesse, aveva una sorpresa. Così, contrariamente alle abitudini, lui si era alzato presto ed era andato dritto al negozio.

Trovò la porta aperta e il personale che lo aspettava schierato all'ingresso in un'unica fila.

«Buongiorno dottore.»

«Buongiorno ragazze.»

L'uomo squadrò le commesse: erano davvero graziose nei loro grembiuli di raso nero. Alcune, le più sfrontate, ricambiarono il suo sguardo con un sorriso aperto. Le più timide tennero il collo piegato da un lato e gli occhi bassi. Mancava all'appello solo la ragioniera.

«Dov'è Anna?» domandò Filippo meravigliato. Tra le sue impiegate era la più solerte e non aveva mai fatto un giorno di assenza. Guardò l'orologio: erano solo le otto del mattino, forse sarebbe arrivata più tardi.

Concettina fece finta di non aver sentito. «Da dove vuoi cominciare?» chiese.

«Da dove dici tu, tanto ormai della libreria ne sai molto più di me.»

Lo trascinò in sala lettura. Aveva lavorato come un mulo per allestire in pochi giorni quel nuovo reparto, non sia mai che gli affari ne avessero a patire. «Guarda!» In cima agli scaffali, in lettere cubitali, il motto caro a Mussolini: LIBRO E MOSCHETTO, FASCISTA PERFETTO. Sotto, ben allineati, una nutrita schiera di volumi graditi al regime.

Filippo fece scorrere le dita bianche lungo i dorsi variopinti. «Bene, brava» si complimentò. Anche i mobili erano stati tirati a lucido e lui ne approfittò per specchiarsi, era così vanitoso! Sul tavolo centrale c'era un grosso mazzo di sterlizie: «Concettina, pure i fiori! Un vero tocco di raffinatezza!».

La ragazza agitò il suo corpo, scodinzolando come fanno i cani quando sono felici. Lui le accarezzò i capelli, poi sbadigliando allungò le braccia verso l'alto.

«Ti ci vuole un caffè.»

Era così premurosa sua sorella, riusciva a cogliere ogni bisogno, a soddisfare ogni desiderio.

«Andiamo a prenderlo al mezzanino» le disse.

Si avviarono una dietro l'altro su per le scale, erano così buffi. Avevano entrambi un grosso sedere che, come animato di vita propria, a ogni passo faceva capolino dagli abiti. I fianchi a pera connotavano in modo inequivocabile tutta la famiglia Ciuni, ma se nelle donne rappresentavano un indiscutibile pregio, ché la larghezza del bacino suggerisce fertilità, per i maschi poteva trattarsi di una intollerabile carenza di virilità. Quella forma ginoide faceva soffrire Filippo, che s'industriava a dissimularla con giacche un po' più lunghe e con una doppia imbottitura all'altezza delle spalle. Su consiglio del sarto aveva preso l'abitudine di tenerla slacciata, cosicché il tessuto scendeva un po' discosto dal corpo e il difetto in questione rimaneva nell'ombra. I pantaloni poi li portava leggermente scivolati sotto il punto vita. Il cavallo si allungava di qualche centimetro sulle cosce, stimolando l'immaginazione femminile. Di lui si diceva con invidia che fosse un tipo "scecchigno" e non solo perché lavorava quanto un asino. In quei panni larghi, che lo avvolgevano con eleganza, il libraio ci stava come un re e incedeva con passo rotondo e sguardo altero, a volte danzando, altre marciando.

In sostanza Filippo era un uomo piacente, aveva un viso interessante, occhi vivaci, fronte alta, sguardo profondo. Le donne in generale lo adoravano e le sue commesse avevano per lui e per le sue bianche mani una vera e propria venerazione.

La sorella, forse gelosa, lo criticava: «Tutti questi trucchi per sembrare più bello!».

«È la moda di Parigi...» rispondeva lui sbuffando, quelle considerazioni lo annoiavano profondamente. «E poi la vanità non è certo un peccato, semmai una naturale inclinazione all'armonia.»

Filippo si accomodò su una poltrona, afferrò delicatamente la tazzina per il manico arricciato, osservò in controluce la trasparenza della porcellana bianca, quindi versò il caffè: era così forte che dal beccuccio non colò un liquido, bensì un distillato denso che si stratificò goccia a goccia. L'uomo poggiò appena le labbra sul bordo sottile e bevve a piccoli sorsi. Quindi si accese una Lido, aspirò e rimase a osservare il fumo condensarsi sotto la lampada di opaline.

Concettina dal canto suo si godeva quel momento di intimità, respirando il profumo del costoso dopobarba che il fratello comprava a Firenze. Scrutò il suo volto altero e dall'espressione distaccata, e si sentì felice.

«Che ci talìi?» domandò brusco Filippo. Lei arrossì e distolse subito lo sguardo. Seguì un lungo silenzio e l'uomo ne approfittò per raccogliere le idee. Lavorava molto, e di tempo per riflettere ne aveva davvero poco.

Negli ultimi anni, gli erano successe tante di quelle cose. Aveva aperto e chiuso la bancarella di piazza Bologni, comprato una libreria a piazza Verdi, s'era fatto un discreto nome tra la borghesia palermitana, molti intellettuali si trovavano spesso nel suo negozio a discutere dei pochi argomenti ancora permessi. Certo, Concettina non era proprio la libraia ideale, troppo provinciale per stimolare la curiosità dei lettori e indirizzare i loro gusti. "Dovrei dedicare un po' più di tempo alla libreria" pensava tra sé e sé, "ma come faccio? Non posso certo lasciare la rappresentanza della casa editrice, non adesso."

Il signor Vallecchi in persona gli aveva mandato una lettera densa di complimenti. Ormai la sapeva a memoria:

> Caro signor Ciuni, so che ella è tra i più attivi ed efficaci collaboratori di questa Casa Editrice e desidero perciò farle giungere la mia parola di lode e di incitamento. Questa Casa non vuole essere una bottega di libri, ma una fucina di opere e di idee, per cui tutti coloro che ne fanno parte sono investiti da una missione spirituale che va molto al di là delle loro funzioni tecniche o commerciali. Ella ha dimostrato di avere compreso e sentito questa nobiltà del suo incarico e sono quindi sicuro che continuerà a dargli tutto se stesso per fare conoscere ed apprezzare presso i privati, gli enti e le autorità quello che la nostra Casa ha compiuto e si propone di compiere nell'interesse della scuola, della cultura e dell'arte italiana...

Quelle parole l'avevano colpito nel profondo e si sentiva obbligato verso la Vallecchi, ma ormai nutriva ben altre ambizioni. Perciò sentiva forte il bisogno di collaboratori colti ed esperti. E anche una signora moglie sarebbe stata utile da portare in società.

«Sono l'uomo più solo del mondo» gli scappò dalla bocca insieme a un sospiro.

«Ma che dici?» si stupì Concettina. «Ci sono io! E poi hai Maria, dove la trovi una che ti dà sempre ragione?»

Lui scosse la testa, i suoi capelli impomatati rimasero malinconicamente al loro posto.

«Sei una brava sorella, premurosa, gran lavoratrice. Sai fare i conti...» Lei sorrise e si schermì. "Però di libri non capisci proprio niente." Quest'ultima considerazione Filippo la tenne per sé. E riguardo Maria, quella ragazza che tutti ritenevano la sua fidanzata... be', era poco più che un cucciolo di randagio, pronta a leccargli la mano e a compiacerlo. Non era di schiave che aveva bisogno lui, ma di una donna di alto livello, capace di intrecciare relazioni. Una come la contessa Luisa Saracinelli, per esempio: che donna, che eleganza! Alta, bella, formosa, l'aveva conosciuta a Firenze, proprio in casa editrice. Era stata lei a invitarlo nel suo appartamento per un tè. Dopo quel pomeriggio si erano visti altre volte. Nulla di compromettente, ma ne era nato un grande sodalizio intellettuale.

Una sera, passeggiando lungo l'Arno, Filippo si era raccontato senza falsi pudori e le aveva parlato della costante insoddisfazione che gli assediava l'anima. Il fiume scrosciava fragoroso, tanto che era stato quasi costretto a urlare per farsi sentire.

«Non è facile per un provinciale farsi largo nel mondo della cultura» aveva ammesso lui con amarezza, girando il viso verso quello di lei. La donna gli aveva preso la mano e se l'era portata alla guancia. «Com'è bianca, e morbida!» aveva sussurrato. Filippo era rimasto spiazzato. La contessa poi gli si era accostata e i loro corpi avevano aderito. L'uomo aveva sentito la morbidezza di quei seni che gli premevano contro il braccio. La contessa gli aveva infine avvicinato le labbra all'orecchio mormorando frasi di cui lui non aveva inteso che delle parole smozzicate: «Incontro, lettore, intellettuale... libraio...».

L'acqua in quel momento si rovesciava tumultuosa dalla pescaia di San Niccolò e sovrastava ogni altro suono. Ma c'era stato un attimo, un attimo appena, in cui l'universo intero, fiume compreso, aveva taciuto, e Filippo aveva udito distintamente: «L'editore scopre e crea». Era un invito, una rassicurazione, un ammonimento, una profezia. Lui l'aveva accolta come una gemma preziosa e l'aveva fatta sua.

Da quella sera erano passati pochi mesi e ora il suo primo volume stava per andare in stampa. Che donna, quella Luisa Saracinelli!

Filippo aprì gli occhi, Concettina era rimasta seduta con un'espressione adorante sulla faccia. Forse avrebbe dovuto parlarle... "Meglio di no" si disse. "Per scaramanzia" aggiunse, mettendo a tacere il senso di colpa che provava nei confronti della sorella.

«Bene, che ne dici di un gelato?»

La ragazza annuì e corse a recuperare lo scialle.

«Andiamo a prendere Maria con la carrozza, dài» disse Concettina, le premeva che quel fidanzamento andasse avanti.

Lui annuì senza aggiungere una parola, ma giunto alla porta esitò. Scrutò le impiegate una per una: «Ma Anna che fine ha fatto?» domandò.

«Anna chi?» chiese di rimando la sorella, come se cadesse dalle nuvole.

«Ma che fai, mi rispondi come Caino? E non è che io

sono Dio... Quante Anna ci sono impiegate alla libreria? La ragioniera!»

«Ah, quella» disse Concettina.

«Allora?»

«L'ho licenziata» urlò lei rossa in viso.

«Ma ti sei bevuta il cervello? Quella è una bravissima, è con me da quando avevo la bancarella a piazza Bologni.»

La ragazza si tirò lo scialle sul capo, uscì fuori sulla piazza e si mise a correre. Il fratello la raggiunse all'angolo di via Maqueda. L'acchiappò per un braccio e la strattonò. «Mi vuoi spiegare?»

«Senti, se non ti va bene come travagghiu io, allora stacci tu in libreria» rispose quella stizzita. Si divincolò e riprese a camminare.

«Ma che fai? Pigghi di sutta e metti d'in capo? Che combinò Anna? Avanti.»

«S'è tagliata il tuppo. È venuta a lavorare con i capelli corti corti. E che è masculo?» sbottò la sorella.

«Pazza! Tu sei pazza! Ma mi vuoi rovinare?» Ed era così seccato che aveva chiuso i bottoni della giacca, dimenticandosi del suo sedere tondo che ora sporgeva all'infuori facendolo assomigliare a una papera. «Che ti pare che siamo a Sommatino? Questa è Palermo, la capitale! E il tuppo qui non lo porta più nessuno. Lo sai che a Firenze le donne hanno i capelli tagliati sotto le orecchie e portano una frangettina così graziosa...»

Sospirò, sorrise, gli era di nuovo tornata in mente la Saracinelli. Il profumo dei suoi capelli lo aveva sentito tanto forte che si sdilinquì. «Io me le bacerei tutte» disse in un sussurro. La rabbia si era dissolta lasciando il posto a una nostalgia delicata.

Intanto sua sorella lo fissava con gli occhi lucidi e stava quasi per piangere. Con quel gonnone riccio e largo sembrava un pan di spagna mal riuscito. Filippo ebbe un moto di tenerezza.

«Vieni qua» disse e la tirò a sé. Lei fece finta di essere offesa e si girò di spalle.

«Domani ti vai a comprare un vestito nuovo. Così conzata pari una monaca di casa, bastano Vita e Filippina.»

«Non c'è due senza tre» rispose Concettina incrociando le braccia davanti al petto.

«Hai ventitré anni, devi trovarti un marito.»

«E secondo te vestita meglio lo trovo? Queste cose capitano se è destino.»

«Insomma, lo sai come si dice? Aiutati che Dio t'aiuta. E poi non ti piacerebbe un bell'abito moderno, magari di un colore chiaro?»

«No» rispose secca. La moda le remava contro. La vita bassa e il riccio sotto ai fianchi avrebbero enfatizzato il suo bacino largo e piatto, mentre le gonne corte avrebbero impietosamente scoperto le sue caviglione gonfie e i piedi cicciotti. Due lucciconi tornarono a inumidirle gli occhi. Il fratello tirò fuori il fazzoletto per asciugarle le lacrime, ma lei lo fermò: «Vedi che così si sporca» disse con voce tremante.

L'uomo sospirò. «Benedetta ragazza, pensi solo al lavoro?»

«Un masculo non lo può capire il travagghiu di una fimmina!» Lo disse con un tono da tragedia greca, ma l'effetto fu ridicolo e Filippo scoppiò a ridere.

«Che ci ridi? A me mi piace travagghiari» continuò lei con l'espressione seria.

«Sì, ma devi farti una famiglia anche tu, le femmine hanno bisogno di figli.»

«Mi bastano i libri, quelli sono i miei figli.»

«Le cose tra maschio e femmina non funzionano come pensi tu. Perciò domani vai dal parrucchiere, ti tagli il tuppo...»

«E se mi faccio la treccia?» lo interruppe lei.

«Va bene, basta che ti togli quella frittata sopra la testa, che pari la nonna. Poi passi da Nino il panettiere...»

«Ti abbisogna pane? Non è buono quello che faccio io?»

«Ma no, il tuo pane è buonissimo. Però cerca di fare qualche sorriso a don Nino, che è pazzo di te.»

«Io certe cose non le faccio. Sono una donna seria io!»

«Vedi che muori zitella.»

«Con tutti gli uomini che circolano in libreria! Prima o poi uno lo trovo.»

«Non fare la scimunita! Don Nino ti talìa e ti squagghia. Gli piaci, me l'ha detto lui personalmente.»

«Non è che ti vuoi liberare di me?»

Filippo si rabbuiò. Concettina non si fidava di nessuno, però un po' c'aveva azzeccato. Se sua sorella non si fosse sposata, se ne sarebbe dovuto occupare lui per tutta la vita e questo avrebbe limitato la sua libertà.

«Va bene, non insisto.» Filippo voleva finirla con quella discussione. «Però Anna la riprendiamo, non possiamo permetterci di perdere un'impiegata così brava. Lo sai anche tu, la clientela è aumentata. E poi la zona commerciale si sta spostando dal Cassaro a qui. Guardati intorno: profumerie, bar, negozi. Sono i Quattro Canti di campagna il nuovo centro di Palermo. Perciò dobbiamo essere al completo.»

«D'accordo.»

«E vedi che la settimana prossima, quando tornerò, ti voglio trovare bella allicchittata. E ora andiamo, l'hai detto tu che Maria ci sta aspettando da un pezzo.»

Il professor Genco, abituale cliente della libreria, spuntò in quel momento all'angolo del teatro. I suoi spessi occhiali brillarono al sole. Concettina abbassò lo sguardo, arrossì, quasi inciampò nei suoi stessi piedi.

Il suo turbamento non sfuggì a Filippo. Se sua sorella avesse potuto fidanzarsi con quel professore rinsecchito, lui avrebbe avuto qualche responsabilità in meno. Non poteva lasciarsi scappare quell'occasione.

«Professore» lo chiamò con un gesto del braccio e un'espressione cordiale, «venga con noi da Ilardo, fa un giardinetto da leccarsi i baffi.»

L'uomo si tolse il cappello, accennò un inchino. «È un onore per me» rispose ossequioso. Concettina sentì il cuore impazzirle dentro al petto.

Una carrozza intanto si era staccata dalle gradinate del Teatro Massimo e stava attraversando la piazza Verdi. Filippo fece cenno al cocchiere che urlò: «Ahhh, ’nzunzunzù», quindi tirò le redini e il cavallo si fermò davanti a loro.

Il novello editore prese posto a cassetta, lasciando il sedile alla sorella e all’ospite.

5

Maria Spagnuolo

Palermo, marzo 1929

«Piove sempre sul bagnato» si lamentò Maria. Le gocce, spinte dal vento, colpivano i vetri con un ticchettio insistente. Si rintanò nel letto e rimase a crogiolarsi nella sua malinconia. Da che si era fidanzata con Filippo, non aveva più avuto un solo momento di tranquillità. Il padre e i fratelli le avevano dichiarato guerra e non perdevano occasione per mortificarla.

«Lo devi lasciare quel fascista» le avevano ordinato.

«Ma se Mussolini è socialista!» aveva azzardato lei.

«Non capisci proprio niente. Fascisti e socialisti sono come cani e gatti. Lo devi lasciare senza se né cusà.»

La ragazza non ci pensava proprio a separarsi da Filippo. Non era solo una questione d'amore, c'era di mezzo anche l'amicizia con Concettina. Fin dal primo momento si erano trovate: due mezze femmine, lei misera e comunista, l'altra povera e brutta. Insieme però valevano non come una femmina intera, ma come un esercito. Consapevoli di questo, si erano giurate di non allontanarsi mai l'una dall'altra e avevano studiato una strategia di sopravvivenza: il primo passo era l'accerchiamento di Filippo. Maria lo avrebbe sposato, acquisendo una buona posizione sociale, e Concettina sarebbe rimasta la padrona indiscussa della libreria.

Certo non volavano alto, lo sapevano entrambe, "ma di questi tempi due fimminedde sole si devono pure arrangiare". Poi però, con l'intervento della famiglia Spagnuolo, le cose s'erano fatte trubbule. Ogni sera attaccava turilla e a tavola c'erano sempre discussioni. I fratelli controllavano la ragazza a vista, chiudendola persino in casa quando gli girava storto. E non le avevano aperto nemmeno il 2 febbraio, quando era richiesta la sua presenza a scuola per il giuramento di fedeltà al fascismo. Maria aveva urlato, preso a calci la porta, pianto, implorato: niente da fare. Era stato grazie a Filippo e alle sue amicizie che il preside non l'aveva licenziata. Quel 1929 si era presentato con gli auspici peggiori.

"Meno male che ha smesso di piovere" pensò tirando su la testa. L'inverno era stato particolarmente rigido, la neve aveva travolto coppi e grondaie, la tramontana soffiato sulla città per settimane, il mare sferzato il porticciolo di Sant'Erasmo senza pietà. Adesso la primavera, grazie a Dio, si sentiva nell'aria e le procurava un insolito languore che le addolciva l'animo.

Dalle persiane filtrava una luce morbida e dorata, così diversa da quella bianca e tagliente dell'inverno. La ragazza fissò il soffitto, dove affioravano macchie schiumose di umidità. In pochi giorni il sole le avrebbe asciugate, lasciando rugginose gore sull'intonaco, tracce fastidiose di quella povertà che si industriava a dissimulare in ogni modo.

"Per fortuna che Filippo non può entrare a casa, così non se ne accorge" considerò. Quindi strofinò i piedi contro il lenzuolo di flanella, portò le ginocchia al petto e, così rannicchiata, respirò più volte dentro la camicia da notte. Non amava poltrire, d'estate s'alzava di scatto e senza fatica. Il freddo invece la paralizzava. Il sangue le si rapprendeva nelle vene.

"Santa Ninfa, dammi la forza" pregò. Aveva così tante cose da fare. Solo per lavarsi i capelli ci sarebbero volute almeno due ore.

La porta della stanza si aprì interrompendo il flusso dei suoi pensieri. La madre entrò con passo svelto. "La miracolata" la chiamavano nel quartiere, per via della sua improvvisa guarigione.

Era successo tutto una domenica di gennaio all'uscita dalla messa. La donna, da anni invalida per un'artrosi di cui nessuno capiva le cause, era caduta sulle gradinate di Santa Ninfa ai Crociferi. Stordita per la botta e per il dolore, invece di lamentarsi aveva preso a invocare san Camillo, il fondatore dei ministri degli infermi. «Fammi morire, ti prego» ripeteva accorata, «questa non è più vita.» E all'improvviso invece s'era alzata in piedi perfettamente guarita.

«Miracolo, miracolo!» gridava la gente tutto intorno, mentre lei incredula si era sollevata sulla punta dei piedi e provava la flessibilità delle sue articolazioni. Tornata a casa, aveva fatto piazza pulita delle medicine e s'era messa a impastare il pane con rinnovata energia.

«Mommo, u vidi ch'è buono u Signuruzzu?» aveva sussurrato commossa al marito, nella speranza che si convertisse.

L'uomo, ateo per vocazione e scettico di natura, aveva bofonchiato: «Ora vediamo». Quindi l'aveva trascinata in camera da letto per assicurarsi che, oltre alle articolazioni, anche il resto del corpo avesse ripreso a funzionare. E visto che le cose erano andate ben oltre le speranze, il marito la lasciò libera di pregare purché lo facesse di nascosto dalla gente.

Nei giorni successivi, in casa Spagnuolo aveva regnato un'armonia mai vista prima. Quell'onda di felicità aveva allarmato Maria, che temeva le fortune improvvise. «Alla sfiga non ci credo» era solita dire, «la sorte favorevole invece mi spaventa. Non si sa mai dove si va a parare.» E infatti di lì a poco l'equilibrio della sua famiglia aveva vacillato, quando "la miracolata", per grazia ricevuta, si era consacrata con una solenne cerimonia alle Camilliane, dedicando la vita agli infermi. Il marito infuriato non era più tornato a dormire nel loro letto.

«Esco» disse la madre a Maria.

«Ma perché non te ne stai tranquilla invece di correre sempre dietro a papà?»

«Fatti i fatti tuoi, a mio marito ci penso io.»

I coniugi Spagnuolo da tempo non si parlavano, non dormivano insieme e si controllavano a distanza: lui per evitare che la moglie si juncisse con tutti i parrini del circondario, lei per tenere alla larga le orrende buttanazze che gli giravano intorno.

«Perché non fate pace?» domandò Maria.

«Dopo quello che ha fatto? Non se ne parla proprio.»

Alla ragazza non piaceva quell'aria da temporale imminente che ormai gravava stabilmente sulla sua famiglia.

«Lo sai che non è cattivo...»

«Prima deve chiedere scusa a Sua Santità» rispose la madre con occhi severi.

Maria scosse la testa: sembravano due bambini capricciosi i suoi genitori, ma stavolta suo padre l'aveva fatta davvero grossa.

Era successo che dopo la firma dei Patti lateranensi Girolamo Spagnuolo si era molto arrabbiato, ma quando il Papa aveva chiamato Mussolini "l'uomo della Provvidenza", allora se n'era uscito fuori di testa, il sangue gli era schizzato al cervello e lui era caduto a terra tremando come un tarantolato. La moglie, non sapendo cosa fare, lo aveva adagiato a letto ed era corsa in chiesa a pregare san Camillo: se l'aveva graziata una volta, magari poteva farlo di nuovo. In effetti nella notte l'uomo si era ripreso, tanto bene che se n'era uscito a fare come suo solito il giro delle osterie. Tornando verso casa, gonfio di vino e di odio, le sue viscere avevano accusato movimenti disordinati. All'angolo della chiesa di Santa Maruzza, si era accucciato dietro le cancellate. Ma sotto di lui c'era una lapide che suggellava l'alleanza tra Chiesa e Stato. Di scusanti ne aveva, pover'uomo, ma i camerati che lo avevano trovato ad armeggiare con i bottoni della patta se n'erano fregati e lo avevano trascinato dritto al commissariato, pretendendo che il piantone di turno lo arrestasse.

La moglie, considerata da tutti in odore di santità, era riuscita a tirarlo fuori. Da quel momento la famiglia Spagnuolo si era spaccata definitivamente: Maria e la madre da una parte, i maschi dall'altra.

La ragazza si sollevò sui cuscini. Rimase con le orecchie tese ad aspettare che il portone esterno si richiudesse e, appena fu certa di essere sola, con un salto fu fuori dal letto. Le piaceva quando a casa non rimaneva nessuno. In solitudine respirava aria di libertà, quella che di solito le mancava.

"Ma ancora per poco. Appena Filippo mi chiederà di sposarlo, me ne andrò di corsa e ti saluto e sono!"

Appoggiò i piedi sulle maioliche scivolose, rabbrividì, i suoi capezzoli si misero in allerta. Indossò uno scialle e si affacciò nel corridoio. Il sole, che irrompeva dalle porte delle camere, cancellò di colpo tutte le amarezze degli ultimi mesi. Il sangue riprese a circolare, l'aria a fluire nei polmoni. Maria lanciò un urlo prolungato: far vibrare gola, diaframma e petto la faceva sentire in pace. Era timida e le piaceva passare inosservata, ma a forza di stare zitta ogni tanto aveva bisogno di tirar fuori la voce per sentirsi viva.

Attraversò il corridoio diretta in cucina. Nelle zone di luce, il corpo esile si stagliava sotto la camicia in tutta la sua grazia. Le spalle minute, i piccoli seni svettanti, la curva stretta dei fianchi, i glutei tondi come mele: sembrava un'adolescente.

Sul tavolo trovò il latte e una pagnotta dorata, ma non si sedette a far colazione, non aveva fame e poi andava di fretta. Filippo sarebbe arrivato nel pomeriggio e lei voleva essere fuori di casa prima che i suoi fossero di ritorno. Era l'unico sistema per evitare domande, minacce o, peggio, un vero e proprio sequestro.

Riempì la quararedda, la tirò su per i manici, le sue braccia magre tremarono per lo sforzo e la pentola oscillò. L'acqua ondeggiò, schizzando tutto intorno ai fuochi e sul pavimento. Anche la camicia da notte non fu risparmiata dalla piccola tempesta: ora aderiva alla pancia come una seconda pelle. I fiorellini di lavanda ricamati sul tessuto punteggiavano il suo ventre come un prato a primavera.

Sistemò i carboni nel ferro da stiro e sul tavolo le pezze di lino, il pettine fitto per eventuali "infiltrati" – era così che chiamava i pidocchi –, e l'acqua Chinina-Migone, la lozione che i fratelli usavano per far crescere la barba e che quindi doveva di certo andar bene pure per infoltire i suoi capelli.

S'infilò quindi nella vasca, massaggiò la testa con il sapone nero, lo spalmò anche sulla pelle. Intanto rimuginava sulle parole di Concettina: «Devi farti bella, se vogliamo acchiappare mio fratello» le aveva detto più volte. «Io, per parte mia, m'impegno a convincerlo che tu sei la ragazza giusta.» Ma nonostante le moine dell'una e le ripetute raccomandazioni dell'altra, Filippo non aveva ancora chiesto la sua mano. Anzi, negli ultimi tempi non solo si faceva vedere di rado, ma aveva anche preso l'abitudine di starsene a Firenze il sabato e la domenica, accampando impegni di lavoro.

"Domani però ci sono le elezioni e stavolta deve tornare

per forza" considerò la ragazza. Si avvolse quindi in un telo di spugna e, una volta asciutta, cosparse di polvere di riso la sua pelle bianca, che luccicò come mare in una notte di luna piena.

"Sono bella" si disse accarezzandosi le gambe, "ma perché allora Filippo si comporta con me come un merluzzo infilato dentro alla ghiacciaia?"

Fu in quel momento che qualcuno bussò alla porta.

«Chi è?» urlò.

«Postino, telegramma!»

"Oddio, che sarà successo?"

«Siete voi Maria Spagnuolo?»

«S-sì... Sono io» rispose lei.

«Allora, mi aprite?»

«Non posso, non sono vestita» rispose lei in uno slancio di sincerità.

L'uomo dall'altra parte si fregò le mani. Non gli sembrava vero di essere così vicino a una femmina nuda.

«Passatemi il telegramma sotto la porta» ordinò la ragazza.

«Aprite, non vi preoccupate. Non vi fidate del postino?»

«Passatemi il telegramma» gli intimò Maria.

Quello si arrese. "Le siciliane ce l'hanno per vizio di coprirsi..."

Il foglio, piegato in due, si incastrò tra i mattoni e lo stipite. Lei lo tirò via aiutandosi con una forcina, poi rimase incerta a fissarlo. Non se la sentiva di affrontare da sola una brutta notizia. Decise che lo avrebbe aperto insieme a Concettina.

Indossò i vestiti e uscì con i capelli ancora bagnati. Da casa sua alla libreria di piazza Verdi fece una volata.

L'amica la portò di filato nel mezzanino: «Così parliamo in pace».

«Apri» le disse Maria tendendole il telegramma.

«È indirizzato a te, non posso.»

«Io non ho il coraggio, fallo tu che sei più forte.»

Quella allora prese il tagliacarte d'argento e, muovendolo come un fioretto, scollò il margine superiore e il plico si aprì come un fiore. Quindi lo lesse d'un fiato: Affari urgentissimi mi trattengono a Firenze stop Avvisa tu mia sorella stop La prossima settimana di gelati ne mangeremo due.

Le ragazze si guardarono deluse.

«Mah, che ci può essere di così urgente per un libraio?» si chiese sospettosa Maria. «Fosse ostetrico...»

«Il travagghiu è travagghiu e la Vallecchi sta a Firenze. Filippo sa quel che fa» rispose piccata Concettina. Un conto era circuirlo, un altro buttare a terra l'onore del fratello.

L'altra fece la faccina contrita e il musetto dispiaciuto: «Secondo me, Filippo non ce la conta giusta».

«Ma che dici! Quello lavora e tu ti lamenti? Peccato solo per domani, gelato e carrozza... nisba.»

Maria cominciò a piangere.

«Dài, finiscila, lo fa per te. Sta mettendo da parte i soldi per il matrimonio.»

Quella alla parola "matrimonio" si asciugò le lacrime.

«Lui però è rappresentante per la Sicilia, no per la Toscana» fece notare.

«Finiscila di pensare male! Mio fratello è un uomo onesto!» Ma anche dentro di lei stava montando un presentimento. Se Filippo avesse sposato un'estranea, magari l'avrebbe cacciata dalla libreria e lei sarebbe dovuta tornare al paese. "'Nza ma' Dio..."

«Sai che facciamo?» disse allora con un sorriso forzato. «Il gelato andiamo lo stesso a prenderlo.»

«Noi due da sole?»

«No, ci facciamo accompagnare dal professore Tullio Genco.»

«Quello che insegna al Vittorio Emanuele?»

«Quello.»

«C'è cosa?»

«No, è che lui viene ogni mattina qua, mi porta dei fiori, insomma è un po' di tempo che parliamo...»

«E che vi dite?»

«Cose di allittrati.»

6

Tullio Genco

Palermo, gennaio 1930

Tullio Genco, professore di greco e latino al Convitto, era un tipo metodico. Ogni mattina alle dieci e quindici in punto faceva capolino al di là della vetrina. Insegnava in una scuola fredda e lui aveva bisogno di tepore, perciò appena suonava la ricreazione andava a rifugiarsi nella libreria Ciuni: lì le stanze erano ben riscaldate dai raggi del sole che filtravano fin dentro alla sala lettura, asciugandogli le ossa.

L'uomo abitava in via delle Balate un'unica camera al piano terra, il cui pavimento era costituito da antiche lastre di pietra lucide e lisce, le stesse che tappezzavano l'intera strada. A nulla serviva il doppio strato di cartoni con il quale aveva ricoperto le balate, perché durante la notte dalle fughe muschiose risalivano goccioline di vapore, e al mattino il professore si svegliava umido e dolorante.

«Buongiorno a tutte» salutò sventolando nell'aria un pacchetto. «Signorina Concettina, questo è per voi. Per augurarvi tanta fortuna.» Fece una pausa a effetto, socchiuse gli occhi come se volesse riflettere. Poi, fingendo di averci ripensato, quando la ragazza aveva quasi afferrato il dono, il professore ritrasse il braccio e le mani di lei rimasero impigliate tra le sue. Sentì che i palmi erano ruvidi, tuttavia lo stesso le fece un complimento: «Una signora come voi dovrebbe stare a casa, il lavoro è cosa di maschi...» le sussurrò.

Concettina arrossì, incerta se sentirsi lusingata o offesa.

Si sforzò di essere cordiale: «Buongiorno a voi» disse, e nella sua mente aggiunse: "Amuruzzu santo!". In fondo era una ragazza, incombeva su di lei la tentazione dell'amore. E poi quella riduzione in prosa di *Giulietta e Romeo* che covava in una tasca della sua palandrana funzionava come benzina sul suo animo pronto a infiammarsi.

Non era certo una bellezza il professore, ma Concettina Ciuni era una che s'accontentava. Quell'ometto che gli studenti malelingue chiamavano "Liccasarda", come a insinuare che leccasse sarde salate per tenere a bada i morsi della fame, era per lei un sogno possibile. Piccolo, segaligno e con il viso scavato, Tullio Genco aveva la pelle dal colorito cereo e le gote tinte di una sfumatura giallastra, sembrava malato. Solo gli occhi, sebbene affaticati dalle lunghe ore di studio, anche dietro alle spesse lenti da miope mantenevano un'espressione vivace e curiosa. I capelli radi, appiccicati alle tempie, si sollevavano in ridicoli ciuffetti all'altezza delle orecchie, scoprendo i padiglioni larghi e carnosi.

A dispetto delle sue fattezze, tuttavia, era resistente come un cespuglio di bosso. Superate egregiamente le privazioni della sua giovinezza, ora, grazie alle attenzioni di Concettina, si preparava a una fioritura tardiva. Certo, il bosso produce fiori piccoli e insignificanti, ma dal profumo intenso; e fruttifica anche, bacche piccole e legnose, non commestibili, ma pur sempre dei frutti... "Che qualcuna dovrà pur raccogliere" si era detta Concettina, che da qualche tempo aveva cominciato a guardarsi intorno, non si sa mai un fidanzato...

«Non l'aprite?» chiese il professore.

Lei, imbarazzata, si affrettò a scartare il pacchetto con dita incerte. Si trattava di un piccolo libro dalla copertina cartonata, di colore bianco avorio. Sul frontespizio, in lettere dorate, il titolo *De amicitia* stampato in corsivo.

La ragazza rimase delusa. "E che ti do da mangiare per amicizia?" si disse pensando a tutti quei dolcetti che ogni mattina gli offriva.

L'uomo equivocò. «Che c'è, non sapete il latino?»

«'Nzù» rispose lei facendo cenno di diniego.

«Non vi preoccupate, vi darò lezioni.» Poi aggiunse ammiccando: «*Cicero pro domo sua!*». Lo faceva per sé, aveva trovato una scusa per trattenersi più a lungo in libreria. Quella specie di libraia era per lui la gallina dalle uova d'oro: gli dava cibo per il corpo e cibo per l'anima, e l'opportunità di intrattenere forbite conversazioni con gli intellettuali che alla sera si riunivano in sala lettura.

"Ma di che nicche e nacche sta parlando?" considerò Concettina. Per quanto influenzata dai romanzi d'amore, aveva mantenuto integro il suo spirito pratico e, benché Tullio Genco si sdilinquisse, lei le intenzioni di quel furbastro le aveva comprese appieno. Ma era femmina, oscillava di continuo tra realtà e illusione. "Ah, se fossi nata maschio..." si trovò di nuovo a sospirare. "Altro che latino, altro che lezioni! Avrei viaggiato, ché il mondo non finisce a Porta Nuova! Mi sarei imbarcata alla ventura, ché di coraggio ne ho da vendere."

Negli ultimi tempi aveva scoperto Dumas e la sua prospettiva di vita era cambiata. Ora i dissoluti comportamenti delle cortigiane di Francia non la scandalizzavano più. Di sicuro erano più sveglie di Annuzza Karenina, che si era ammazzata per un bellimbusto vanesio! Per non parlare di quell'altra scimunita di Cathy. Perdere il sonno della notte per uno ruvittuso come Heathcliff!

«E Filippo, che fa?» s'informò il professore interrompendo i pensieri di Concettina. «È un po' che non lo vedo. Non trova più la strada di casa?»

Lei sollevò il mento verso lo scaffale più alto e atteggiò il viso in un'espressione tragica.

«Mio fratello travagghia! Lo sa Iddio che la Vallecchi ne vuole il sangue dei suoi rappresentanti.»

«*Carmina non dant panem*» chiosò Tullio Genco. «E, lezione numero uno: si dice "lavora", "travagghia" è dialetto.»

«Scusi» sibilò lei contrariata, e strinse così forte la bocca che la peluria del labbro superiore si condensò in un baffo, mentre gli occhi affondarono dentro le orbite.

"Maria bedda, pare un sorcio!" pensò l'uomo distogliendo lo sguardo da quella maschera grottesca.

«Filippo la-vo-ra» scandì lei e aggiunse: «Mischino!».

Il professore reagì con un moto di fastidio a quell'ultima parola, ma la ragazza aveva solo la quinta elementare e in fondo "la cultura non si assorbe per osmosi" considerò.

«Dovreste imparare un lemma al giorno» le suggerì indicando il vocabolario, «la vostra capacità espressiva migliorerebbe a iosa.»

Concettina questa volta non riuscì a trattenersi: «Cos'è, la lezione numero due? Ma quale dizionario e dizionario! A mia mi piacciono i romanzi».

Il professore incassò il colpo in silenzio, non voleva certo perdersi la colazione delle undici. Prese posto nella poltrona e si immerse nella lettura. Sollevò gli occhi solo quando sentì il profumo del caffè. Concettina, che comunque a quel mezzo corteggiatore non ci voleva rinunciare, arrivò con il solito vassoio.

Tullio Genco chiuse velocemente il volume, diede un morso famelico a un bignè e afferrò la tazza: «Voi non bevete con me?».

Concettina fece lo stesso e circondò il manico con le sue dita grosse, ma tenne vezzosamente il mignolo dritto in aria.

"Si vede che l'educazione le fa difetto" constatò il professore.

Ma decise di non prestare più attenzione alle pecche della libraia, 'nzà ma' si fosse deciso a sposarla, era meglio farsela piacere. Quindi, rinvigorito dalla caffeina e addolcito dalla crema, posò lo sguardo sulle forme di Concettina. Le diede una sbirciata, ché sotto il collo non era mai sceso. Frugò senza ritegno tra i suoi seni compatti, valutò i fianchi – di carne ce n'era! –, provò a immaginare le gambe sotto alla gonna ampia. A quel punto Concettina, seccata, si riprese il vassoio, si girò di spalle e, agitando il grosso sedere, si rintanò nell'ammezzato.

"Quello scemo, ma che s'è messo in testa?" si disse in un momento di lucidità. "A mia non mi ci fotte neppure Vronskij."

7

Luisa Saracinelli

Palermo, maggio 1930

«Sssh!» Luisa fece cenno al marito di tacere.

«Va bene» sussurrò Filippo, e un attimo dopo si mise a sghignazzare.

«Sssh!» ripeté lei. «Se Concettina scopre che abbiamo bevuto anche questa sera... sai che figura!»

Ridacchiò e il marito le chiuse la bocca con un bacio. Salirono le scale di casa inciampando nei loro stessi piedi.

Erano ubriachi di vino e felicità.

Si erano sposati a Firenze in gran segreto alla fine dell'inverno. Era successo tutto molto in fretta. Avevano scoperto di amarsi mentre lui era ancora fidanzato con Maria Spagnuolo, almeno formalmente, ché le cose non dette non sono mai avvenute.

Maria gli aveva scritto in ottobre: "Un surciteddu di testa sbintata / Avìa pigghiatu la via di l'acitu, / E faciva 'na vita scialacquata / Cu l'amiciuni di lu so' partitu" recitava la lettera. Era un modo poetico per sollecitare un incontro.

Non si vedevano da mesi. Quelle parole avevano colpito nel segno: Filippo si era deciso finalmente a tornare a casa per chiarire una volta per tutte la sua situazione. Comunicato alla contessa Saracinelli che aveva degli affari da sistemare e sarebbe mancato due giorni appena, era salito su un treno. Appena sceso alla stazione di Palermo, s'era diretto a casa della "fidanzata".

«Ti lascio, sono innamorato di un'altra» le aveva detto senza neanche varcare la soglia. Lei né aveva pianto né si era disperata: finalmente avrebbe trovato un po' di pace in famiglia.

«Meglio tardi che mai» aveva risposto gelida. Già nel pomeriggio avrebbe cominciato a guardarsi intorno: di tempo da perdere non ce n'era.

Subito dopo, Filippo aveva affittato una bella casa in piazza Olivella, con un magnifico terrazzo sulla chiesa di Sant'Ignazio. Quindi si era procurato un piccolo anello in argento e piombo ed era risalito sul treno per Firenze.

Luisa aveva detto di sì senza neanche chiedere il permesso al padre. Quel libraio siciliano dal tratto visionario e con la vocazione dell'editore le piaceva molto. Si erano trovati subito, lui con la sua ambizione e lei con la sua mondanità. Quando si dice le affinità elettive. Appena dopo la cerimonia erano partiti per la Sicilia.

Arrivati a Palermo, Luisa per prima cosa aveva preteso che il marito la accompagnasse alla libreria.

«Buongiorno, signora contessa.» Le impiegate s'erano

fatte trovare schierate sulla porta come facevano nelle grandi occasioni. Lei, risposto al saluto con un cenno altezzoso, le aveva congedate. Si sentiva già padrona. "Tutte queste signorine con il grembiule nero... sembra di essere dentro un orfanotrofio." Ci volevano degli impiegati competenti, non dei semplici commessi. Aveva deciso che nei giorni successivi si sarebbe messa in cerca di due giovani apprendisti: tutte quelle femmine le mettevano malinconia e comunque "la varietà è ricchezza".

La libreria era bella, niente da dire, doveva essere soltanto un po' svecchiata. Il magazzino le era sembrato ben fornito e il catalogo denso di titoli come nei grandi punti vendita di Milano. La piazza era centrale, di movimento ce n'era.

Concettina, nascosta nell'ammezzato, aveva spiato tutto ed era molto preoccupata. "Vabbe' che è contessa, vabbe' che è elegante... ma minchia, Filippo pare uno scimunito dietro a lei!"

Avrebbe preferito prendere due calci nel sedere piuttosto che affrontare faccia a faccia la cognata, ma suo fratello era salito a stanarla.

«Signora contessa...» l'aveva salutata accennando un inchino.

Luisa era scoppiata a ridere tendendo le braccia. «Ma quale contessa, siamo una famiglia! Io mi chiamo Luisella.»

Filippo allora aveva dato una spinta a quel baccalà della sorella. La Saracinelli, per fugare ogni imbarazzo, «i baci ce li daremo a casa» aveva detto, «quando non ci vedrà nessuno».

La mattina dopo, le due donne si erano trovate sole in cucina, una avvolta in un négligé di seta bianca, l'altra ingoffata dalla solita gonna di tessuto scuro.

«Mia cara» aveva esordito Luisa con il più mellifluo dei toni, «finora sei stata tu la regina, e io non mi sento di spodestarti, perciò io e Filippo, di comune accordo, abbiamo deciso che sarai tu a occuparti delle faccende domestiche.»

Concettina aveva sorriso piena di gratitudine. "Certe volte una si spaventa per nulla. Mi scantavo di dover tornare a Sommatino, e invece..." pensò abbassando la guardia. Non si era accorta della trappola nella quale stava già cadendo.

«Come volete voi» aveva risposto fiduciosa. «Allora mi sbrigo così corro al negozio.»

«No, aspetta. È proprio di questo che volevo parlarti. Ci dispiacerebbe, a me e a Filippo, che ti affaticassi troppo, perciò da oggi alla libreria sarò io a pensarci» e l'aveva stretta in un abbraccio ipocrita.

Concettina era rimasta di sasso. Si era resa conto che la cognata l'aveva appena trasformata in una serva, e stava per dirgliene quattro. Quando però la contessa le aveva chiesto la colazione, era stata lesta ad accontentarla. "'Nzà ma' quella ci ripensa e mi rimanda al paese dai miei" si era detta, "ché è meglio serva nella capitale che padrona a Sommatino."

«Ho voglia di darti un bacio» disse Filippo, che aveva smaltito il vino ma non la felicità.

«Aspetta almeno di arrivare in camera da letto» lo fermò la moglie. «Vuoi che ci veda tua sorella?»

«Non sia mai» rispose lui sgranando gli occhi e facendo il verso a Concettina.

Tra sussurri e baci raggiunsero la camera e si chiusero dentro. Appena girata la chiave nella serratura, sospirarono entrambi di sollievo. «Ora possiamo parlare e cantare quanto ci pare!»

Luisa aprì la finestra. «Senti che odore?»

Il loro terrazzo nel mese di maggio si riempiva di fiori e i profumi si mescolavano alla rinfusa, spesso però il gelsomino prendeva il sopravvento, prima di tornare a confondersi con le rose e il plumbago. Era un attimo, sufficiente però a svegliare in lei i desideri più arditi.

Si sfilò i lunghi guanti di raso e li posò sul ripiano del cassettone. Si tolse gli orecchini di perle, che mise in un cofanetto sul comodino.

«Come vanno i nuovi apprendisti?» chiese a Filippo. Era sua abitudine informarsi ogni sera della giornata di lavoro.

Il marito la fissava meravigliato: sua moglie era capace di muoversi tra registri diversi senza mai spezzare il filo di erotismo che li aveva uniti fin dalla prima volta.

«Guarda, non saprei. Mimmo è un ragazzo tranquillo, scarica le casse di libri senza protestare, fa le consegne in un batter d'occhio, pulisce e mette a posto in silenzio. Una parola è poca e due sono assai. Gran lavoratore, non c'è che dire. Quell'altro invece...»

«Ma chi, Fausto?» lo interruppe lei aiutandolo a togliersi la giacca.

Filippo si allentò la cravatta, slacciò i bottoni della camicia, la pancia saltò fuori. Luisa la morse con delicatezza.

«Proprio lui. Quel picciotto non ha né pace né gana di lavorare. Sposta poltrone, cambia ordine ai libri, pensa, pensa, pensa. Di agire però non se ne parla. Oggi s'amminchiò che vuole togliere i banconi. "Via queste barriere con le persone. Dobbiamo accoglierli come amici" ha detto alla ragioniera. Ma ti pare giusto che si mette a dare ordini?»

Filippo si era inginocchiato davanti alla moglie e le aveva sfilato le scarpe. I suoi occhi vagavano tra un dito e l'altro, gli venne voglia di ciucciarli.

«Tu lo sottovaluti, quel ragazzo. E lascialo fare. L'ho scelto proprio per la sua vivacità.»

Le mani di lui intanto erano risalite lungo le gambe tornite della moglie, e arrivate in cima si erano fermate a palpare quella sottile striscia di carne libera e nuda tra calze e culotte. Lo eccitava il contrasto tra la pelle setosa della coscia e la ruvidità del pizzo. Si insinuò sotto il reggicalze, i ganci di metallo si aprirono con un fruscìo malizioso, tutti e quattro quasi contemporaneamente. Le calze ricaddero lasche, Filippo le arrotolò fino ai malleoli e le tirò via facendo attenzione a non romperle. Rimase per un po' a godersi la vista delle unghie smaltate che spiccavano come fragole mature nel sottobosco. Afferrò poi un piede e finalmente poté succhiarlo. Lei mugolò, la bocca del marito pareva una ventosa, e cominciò a respirare rumorosamente. Quindi ricadde indietro sul letto e si tirò su la gonna, mostrandosi nella sua interezza.

Filippo adorava quella sua impudicizia. Risalì lungo i polpacci e all'altezza delle ginocchia si fermò quasi fulminato da un'idea improvvisa. Staccò a malincuore le labbra, Luisa aprì gli occhi e lo guardò.

Lui riprese il discorso interrotto: «È troppo indipendente per essere un impiegato. Non ne vuole proprio sapere di ubbidire. Gli ho ripetuto mille volte di scattare in piedi davanti ai clienti e di comportarsi come gli altri. Niente, da un orecchio gli entra e dall'altro gli esce. E si rifiuta di dire: "Il signore desidera?"».

Lei fece una risatina. «Ne parliamo dopo?»

Ma Filippo ne voleva conto e soddisfazione: «Lascia i clienti a vagare da soli per la libreria. Quando secondo lui è il momento buono, gli si avvicina alle spalle sussurrando accattivante: "Se ha bisogno di me... intanto dia uno sguardo alle novità". Certe volte quelli rimangono spaesati ad arrabattarsi tra gli scaffali».

«È proprio quello che ci vuole» rispose la donna conciliante e lo tirò delicatamente per i capelli.

«Non lo so... se lo dici tu. Però devo ammettere che li conosce tutti per nome e cognome, di ognuno sa vita, professione e gusti letterari.»

Luisa sollevò le gambe e circondò il marito.

Filippo l'accarezzava incessantemente. Quelle sue mani erano uniche, morbide e bianche come quelle di una donna, abili a deliziare e tormentare al tempo stesso.

Continuarono a parlare e ad amarsi sotto le lenzuola. Lo facevano ogni sera ed erano capaci di andare avanti così per tutta la notte.

Dopo l'amore Luisa scivolò nel sonno. Si svegliò che era già pomeriggio e il marito era uscito: nel suo nuovo lavoro di editore non poteva concedersi neanche una mattina di riposo.

Chiamò Concettina.

«Siediti» le disse invitandola con un gesto a prendere posto sui cuscini vicino a lei. «Che ora è?» chiese poi, stirando le braccia verso l'alto. I suoi seni grandi spuntavano dal bordo della scollatura.

«Le dodici.»

«Mamma mia com'è tardi! È che Filippo questa notte non mi ha dato tregua.»

La cognata avvampò e lei sorrise divertita. "Basta nulla a metterla in difficoltà, è proprio una paesanotta" pensò. «Puoi stirarlo per favore?»

Quella afferrò l'abito e corse subito via. Sulla porta Luisa la richiamò: «Scusa, noi torneremo questa sera dopo il teatro. Verranno a cena degli amici, mi raccomando».

La ragazza la guardò preoccupata, quel "mi raccomando" le suonò come un avvertimento.

«Apparecchia come ti ho insegnato io. Forchette a sinistra e coltelli a destra.»

"Destra mano gritta, sinistra mano manca" si ripeté Concettina.

«Non dimenticare le posate del pesce e della frutta. I cucchiaini poi: quelli piccolissimi sono per il caffè; più grandi e larghe le palettine del gelato. I tovaglioli piegati a triangolo sul piatto. La bottiglia storta per far decantare il vino, rosso naturalmente.»

Com'era mondana sua cognata! E Filippo, quello scimunito, le dava conto in tutto.

«E adesso corri! Anzi no, aspetta un attimo, voglio farti sentire una cosa.» Tolse il tappo a una piccola bottiglia di cristallo. «Odora, ti piace?»

L'altra ubbidì e si riempì il petto di quell'aroma sofisticato.

«Be'?»

«Boh...»

«Ambra, muschio, spezie...» suggerì la contessa.

Ma che ne sapeva, povera Concettina, che nella sua vita aveva usato solo sapone e borotalco?

«Buonissimo» disse per tagliare corto e, senza che la contessa potesse aggiungere altro, corse in cucina a scaldare il ferro da stiro.

La bella moglie di Filippo Ciuni si lavò con cura e indossò la biancheria di seta con gesti calmi e studiati. Arrotolò le calze con delicatezza, infilò prima una e poi l'altra. Le sue mani si mossero dal basso verso l'alto afferrando le caviglie e risalendo lungo i polpacci e le ginocchia tonde, finché ogni piega che turbava l'armonia di quel tessuto impalpabile sparì. Agganciò il bordo al reggicalze, quindi infilò la testa dentro a una sottoveste di raso. La sentì scivolare lungo le spalle, i fianchi, le cosce. Afferrò una manciata di gelsomini, che sua cognata le lasciava sempre in una vaschetta sulla toletta, e distribuì i petali delicati nelle coppe del reggiseno. A contatto con la sua pelle calda, dopo pochi secondi, si sprigionò un profumo così intenso che lei per prima ne fu inebriata. Finì di vestirsi davanti allo specchio. «A posto» e si avviò.

Sulle scale incontrò il postino, che con un gesto cerimonioso le consegnò alcune lettere. Lei ringraziò e le chiuse nella borsetta, era troppo tardi per rientrare a casa.

In libreria trovò Fausto all'ingresso. Il giovane apprendista aprì la porta con un inchino e le baciò la mano. «Signora contessa...»

La donna sorrise. «Fausto, che galanteria.»

Il ragazzo sfoderò i suoi denti bianchi. Era giovane ma con le donne ci sapeva fare.

«Mio marito?»

«L'aspetta nel mezzanino.»

La contessa salì le scale con passo da attrice. Il suo busto dritto e affusolato era inchiodato ai fianchi, che invece oscillavano sui tacchi sottili.

Filippo sembrava preoccupato.

«Che hai?» gli domandò abbracciandolo come se non lo vedesse da mesi.

«Ecco, ho appena parlato con Croce per quei due saggi che vorrei pubblicare.»

«Questa sì che è una notizia.»

Lui però sembrava contrariato.

«Non sei contento? Quello è un filosofo importante.»

«Sì, ma sono un po' indeciso. La sua posizione nei confronti del fascismo...»

«E che te ne importa?»

«Be', ma io sono fascista.»

«E allora?»

«Non so, non mi sembra opportuno.»

«Senti, Filippo, se vuoi fare l'editore non devi stare a pensare a nulla. Ti piace quello che scrive Croce? E allora pubblicalo. Gli editori se ne fottono di queste cose.»

Lui la guardò con un'espressione dubbiosa.

«Tu pubblicalo, al resto ci penso io» gli disse con un tono tranquillizzante.

Aveva fatto bene a sposarla, quella donna sapeva sempre cosa fare. Era veloce a prendere delle decisioni, irremovibile nel mantenerle, capace di aspettare con la certezza che prima o poi avrebbe raggiunto i suoi obiettivi. Filippo le posò un leggero bacio sulle labbra. Ora potevano cominciare a lavorare.

Luisa si sfilò i guanti, aprì la borsa per riporli e si accorse della posta che non aveva ancora aperto. Lesse l'indirizzo sulle buste.

«Guarda guarda, c'è una lettera per Concettina. Chissà chi le scrive...»

8

Don Turiddu Ciuni

Sommatino, giugno 1934

Davanti a lui, una distesa gialla riluceva al sole del tramonto. Don Turiddu accarezzò le spighe, ne saggiò la consistenza: erano colme di chicchi. "Domani si trebbia" pensò. Sprofondando fino alle ginocchia si era addentrato nel campo e ora cercava con cura meticolosa le piante infestanti.

«Talìa, neanche una foglia di gramigna. Certo che quando uno lavora bene...» Parlava da solo, era diventato vecchio e i vecchi lo fanno. Lo sorprese un mucchio di papaveri che si allargava come una chiazza di sangue al centro di quel mare d'oro. Rabbrividì, come fossero di cattivo auspicio. Anche quelle taccole nere che lo chiamavano dai rami dei tigli gli mettevano pensiero.

Si allontanò e con passo malfermo raggiunse la fila di alberi allineati al confine del podere. Una stanchezza sconosciuta si era impossessata delle sue membra. Si appoggiò al tronco largo e solido di un eucalipto cercando riparo sotto la sua chioma verde azzurrato. Un profumo dolciastro si spandeva dalle ciocche fiorite che facevano capolino tra le foglie.

Scivolò lungo l'albero e si sedette a gambe incrociate. Com'era bella la sua terra, così sensuale. "Il paradiso, se mai ne esiste uno" pensò, "ha il colore del grano." Chiuse gli occhi conservando dietro alle palpebre l'immagine di quell'immensa superficie gialla increspata dal vento.

Quando li riaprì, fu sorpreso di trovarsi nella sua stanza. Dunque aveva dormito e la collina dorata non era stata che un sogno. Le gambe gli formicolavano, le aveva tenute a lungo nella medesima posizione. Provò a scuoterle e con sgomento si rese conto che non rispondevano ai suoi ordini.

Si agitò sul materasso duro e un improvviso bruciore si diffuse lungo tutta la schiena come se l'avesse strofinata sulla carta vetrata. La sua pelle, sfibrata come stoffa logora, si stava sgranando in più punti e, lungo la linea delle vertebre, dove le ossa si susseguono come borchie sui finimenti del cavallo, una sottile scia nera denunciava l'inizio di una piaga da decubito. "Sto morendo" pensò senza alcun turbamento. Le sue condizioni, nonostante le cure affettuose della moglie, negli ultimi tempi si erano aggravate. Respirava a fatica e ormai persino parlare gli era penoso. I dolori non gli davano tregua.

«Prima è, meglio è» biascicò. La morte sarebbe stata l'unico risetto, ma quella non prendeva ordini da nessuno e, come una principessa altezzosa, si faceva attendere. Il fatto è che non si va via lasciando questioni in sospeso, don Turiddu lo sapeva bene: se non avesse risolto il problema del podere per lui non ci sarebbe stata pace.

Si disperava, la separazione dalla sua terra era più dolorosa di qualunque piaga. E lo stridio delle rondini che proveniva dall'esterno gli ricordava che era giugno. «Proprio quando c'è bisogno di me... Maledizione!» urlò muovendosi in modo scomposto.

Il lenzuolo scivolò scoprendo le sue clavicole, le braccia smagrite. La moglie si affrettò a ricoprirlo ma lui l'allontanò brusco. Odiava dover dipendere dagli altri e anche adesso, sulla soglia della fine, rifiutava con caparbietà ogni gesto di premura, che lo faceva sentire un anziano rimbambito.

"Ah, la vecchiaia" considerò addolcendosi, "l'unica malattia per la quale l'uomo non trova rimedio."

Bei tempi quando impettava con i campieri, negava il pizzo ai briganti di Sommatino, componeva le liti tra i braccianti, strappava con un colpo secco radici contorte. Ora nessuno lo stava più ad ascoltare, i suoi ordini venivano regolarmente disattesi e i suoi campi, chissà, magari erano secchi e improduttivi come quelli attorno alla miniera grande. Si sentiva impotente e i pensieri gli si attorcigliavano gli uni sugli altri, vere e proprie ossessioni.

Cercò di calmarsi e si abbandonò al flusso del respiro, ma la verità è che i momenti prima della fine non passano mai.

Ai piedi del letto, le sue due figlie monache pregavano: «*Ave Maria, gratia plena...*». Il loro brusio risuonava nelle sue orecchie come il fischio del vento tra le spighe di grano.

Di nuovo riaffiorò l'angoscia per il suo podere, al quale rimaneva tenacemente attaccato persino in punto di morte. Possibile che nessuno dei suoi figli volesse occuparsene?

Passino le femmine che, si sa, sono destinate ad annacare i mariti, ma quei maschi erano proprio dei depravati...

“Se i miei figli non mi ascoltano, la colpa è tutta sua” pensò rancoroso, e i suoi occhi andarono verso la moglie. Concetta Russo sedeva sulla sponda del letto, il capo abbandonato sul cuscino accanto a quello del marito. Lui ne percepì il tepore del fiato, l’odore acre del pianto, il disordinato battere del suo cuore impazzito per l’addio che sembrava imminente.

Non si muore con il rancore nell’animo e don Turiddu avrebbe voluto conciliarsi con lei, accarezzarle il capo. “Se anche Filippo è venuto a salutarmi, allora la perdono.”

Lo cercò tra i presenti, il suo amatissimo figlio. Trovò invece Salvatore, il primogenito. Lui avrebbe dovuto succedergli, in forza di quel diritto al maggiorascato che in Sicilia continuava a essere la norma. Fin da piccolo aveva cercato di avviarlo ai segreti del buon raccolto: “Tempo sprecato”. I suoi insegnamenti erano caduti nel nulla come semi sulla strada che gli uccelli beccano, o sulla roccia dove non riescono ad attecchire, o fra i rovi che li inghiottono soffocandoli. Salvatore aveva studiato, a Napoli era anche riuscito a raggiungere una posizione. Ma un giorno... puff!, si era preso un esaurimento nervoso che lo aveva portato dritto al manicomio.

Don Turiddu trovò gli occhi del figlio: erano vuoti, l’espressione spenta. “Ma lo capiscono anche i cretini che i libri infragiliscono la mente. La terra invece, si sa, rende sani e forti...”

All'improvviso si rese conto che attorno a lui si contavano più assenti che presenti. Vincenzo, per esempio, il secondo figlio, quello se ne stava ancora alla Merica, dove aveva fatto fortuna. "Era sperto Vincenzo, e intelligente, ma una testa dura!" C'aveva provato anche con lui a tenerlo al podere, ma quello neanche aveva finto di ascoltarlo. Anzi, appena il padre girava le spalle, il picciotto se ne scappava al mare a guardare le navi. Tornava a casa quando aveva fatto il pieno d'aria e di sole. Poi un giorno, si vede che aria e sole di Sommatino non erano abbastanza, non era più tornato. La madre e le sorelle gli avevano scritto molte volte: "Vienitene a casa, c'è bisogno di te". E lui, per tutta risposta, s'era chiamato il fratello Nicola.

"Me lo fanno apposta. Tutti contro di me" si disse colmo di rammarico. Da anni, né Vincenzo né Nicola si facevano vivi, neppure una lettera. In compenso mandavano i soldi a Filippo, che con i dollari dei *miricani* se n'era scappato a Palermo e s'era messo a fare l'editore. "Cretino e sucanchiostro!"

La colpa, tornò a ripetersi, era tutta di sua moglie. "Se gli antichi dicono che le donne devono essere un poco meno del marito, un motivo ci sarà di sicuro." Ma questo lui da giovane non lo sapeva.

Quando aveva conosciuto Concetta era vedovo da un anno, e il suo corpo reclamava a gran voce le attenzioni di una femmina. La ragazza era di una bellezza nera, a cominciare dai capelli scuri e fitti in cui lui aveva desiderato fin dal primo momento affondare il viso. Gli occhi come pece e guizzanti, le labbra carnose serrate in una smorfia volitiva.

Era un pezzo di carbonio, che talvolta lasciava intravedere il diamante: una fila di denti bianchi e distanziati. A don Turiddu era venuta voglia di metterle un dito in bocca appena l'aveva sentita parlare. Emanava inoltre un afrore pungente, come di zolfo che prende fuoco, lo stesso che veniva fuori dalle zolle gialle di Testasecca.

Senza pensarci troppo don Turiddu si era rivolto al sensale, che aveva però rifiutato l'incarico. «Lassala perdiri, donna Concetta Russo appartiene a una famiglia allittrata, ti darà filo da torcere.»

Ma lui ormai la teneva nel sangue e se non avesse soddisfatto il suo desiderio, era sicuro, si sarebbe ammalato.

«Lo so io come si trattano le femmine» aveva risposto di malagrazia, «e dillo pure a tutti i nostri paesani che don Turiddu Ciuni non si fa parlare dietro.»

Si erano sposati senza troppi festeggiamenti, perché lui in teoria era ancora a lutto. Solo una passata di ciciri e fave e poi via, ognuno a casa sua.

In principio le cose erano filate lisce. La moglie ogni tanto accennava una piccola ribellione – ché il sensale non aveva mentito – ma lui si affrettava a metterla incinta: le gravidanze, si sa, fiaccano la volontà della donna. E comunque non si trattava di un gran sacrificio: gli piacevano i suoi seni appesantiti dal latte, che assecondavano la curva della sua pancia gonfia come una spiga carica di chicchi. Più la moglie si arrotondava, più a lui cresceva la voglia di farci l'amore. Possederla significava anche marcare il territorio e contendere la proprietà di quel corpo al bambino che le stava dentro.

L'unica battaglia che don Turiddu non era riuscito a vincere riguardava l'istruzione: a Concetta piaceva leggere e questo era già un difetto che lui aveva guardato con sospetto. Nel comodino, la donna, al posto del cantaro ci teneva i libri. Una vera fissazione, anzi una malattia, che aveva passato ai figli con il latte. E appena cresciuti, senza chiedergli il permesso, li aveva mandati tutti, ma proprio tutti, senza distinzione di sesso, a studiare dai suoi fratelli maestri a Delia, dove quei ragazzi si erano riempiti la testa di idee assurde.

"Diventeranno grandi" si era illuso lì per lì don Turiddu, "e quando avranno fame, tra il frumento e le parole sapranno cosa scegliere. E poi Concetta non si azzarderà a mettermi i figli contro." Invece le cose erano andate diversamente. Quelli si erano ribellati e lei non aveva mai pronunciato una parola di biasimo.

Quei ricordi provocarono a don Turiddu un attacco di rabbia. Trovò le forze per sollevare il busto dal cuscino e solo allora scorse Filippo.

«Tocca a te» disse, «sei l'unico maschio rimasto!»

Quello rimase in silenzio ma scosse la testa in segno di diniego.

«Concettina...» Il vecchio cercò la complicità della figlia. L'aveva voluta chiamare come sua moglie, tanto l'amava. Ma lei, anziché dargli conforto, gli lanciò uno sguardo di sfida. Da Palermo era tornata carica di odio. Né il matrimonio con il pastaio l'aveva addolcita, né le due maternità.

Don Turiddu strinse i pugni, alzò la voce e atteggiandosi

a padrone si rivolse di nuovo a Filippo: «La devi finire con 'sta minchiata dei lib...».

La frase fu interrotta da una salva di colpi di tosse, l'ultima sillaba rimase prigioniera per metà al fondo della gola. Il vecchio ricadde all'indietro, sconfitto.

«Filippo» sussurrò con voce vetrosa. «La terra... Tu...»

Le erre gli graffiarono il palato come cocci di vetro appuntiti, la ti inciampò nei denti e lì si fermò.

Il figlio gli prese la mano, lui si sottrasse alla stretta che voleva essere pietosa ma risultò solo molliccia. "Non hanno visto mai un travagghiu vero" pensò il moribondo scansando quelle dita lisce e morbide che mai avevano sollevato una zappa. "Com'è che non si vergogna?" Gli stenti e la fatica di un'intera esistenza non gli pesavano quanto il tradimento della sua famiglia.

"Che può fare un uomo per garantirsi l'eternità se non passare il testimone al figlio maschio?" pensò don Turiddu mentre la vita gli scappava via. "Di quello che ho fatto non resterà niente e nessuno si ricorderà di me. Sono vissuto a matula."

Di colpo non gli importò più nulla del podere, del suo nome, di se stesso. Si abbandonò sul cuscino, un rivolo di saliva scivolò dall'angolo della bocca.

Il feudo di Testasecca in quel momento era un mare d'oro, i papaveri una pozza scura di sangue.

9

Concetta Russo, vedova Ciuni

Palermo, maggio 1945

«Ti devo parlare.»

«Non ho tempo» rispose laconica Concettina, e continuò a spianare la sfoglia di pasta sottile.

«È urgente.»

Concettina la fissò con i suoi occhietti mobili, quindi li distolse e tornò a concentrarsi sul lavoro.

«Insomma, mi vuoi ascoltare?» sbuffò l'anziana donna.

«Mimì, finisci tu che la nonna mi vuole parlare.» E con un dito bianco di farina indicò le scale: «Andiamo di sopra, nell'asciugatoio non c'è nessuno».

Salirono i gradini lentamente.

Concettina ansimava. Era sempre stata grassottella e ora, dopo le gravidanze, s'era trasformata in un donnone stazzuto e senza forme: nonostante ciò continuavano tutti a chiamarla con quel diminutivo che le avevano appioppato da bambina, per distinguerla dalla madre.

Concetta, nonostante l'età, aveva gambe magre e asciutte, caviglie sottili e ben disegnate, solo ogni tanto un ginocchio s'inceppava facendola zoppicare. La sua figura non aveva subito grandi trasformazioni, il punto vita era ben marcato, il seno pieno si distingueva dalla pancia leggermente sporgente. Un filo di grasso le si era depositato attorno alle guance, che ora sembravano più lisce di quando era giovane. In fondo era invecchiata soltanto nei movimenti, ché il suo corpo trasudava ancora un'insolita energia. I lavori di casa li faceva da sé: spazzava, spolverava anche gli angoli più scogniti, era autonoma in tutto. In cucina però si rifiutava di entrare: il focolare spento era stato il suo modo di assecondare i dolorosi cambiamenti che il destino le aveva imposto.

La stanza era calda, l'aria secca smossa da un venticello lieve. Spaghetti, linguine, margherite, mafalde, busiate e bucatini pendevano da lunghe canne di bambù appese al soffitto, e, con le loro ombre, disegnavano reticoli filiformi sulle pareti bianche.

«È come stare dentro a un caleidoscopio» disse Concetta incantata da quella giostra intessuta di chiaroscuri.

La figlia sbuffò: «T'assicuro la magia! Specie quando devo trasportare sulle spalle venti chili per volta di pasta secca...».

"Com'è acida" pensò la madre e non aggiunse altro.

Non c'erano sedie. Concettina impilò due sacchi gonfi di grano e invitò l'altra ad accomodarsi. Si trovarono vicine e rimasero per un po' a fissare la parete di fronte.

«Voglio andare a Palermo» disse infine Concetta.

«E perché? Hai passato tutta la vita tra Delia e Sommatino. Proprio ora, nella vecchiaia, hai deciso di viaggiare?»

«Voglio vedere la casa dove abitava Filippo; la sua libreria a piazza Verdi. E poi non è un viaggio, ma un pellegrinaggio.»

La ragazza si soffiò sulle mani, una nuvoletta di farina si sollevò nell'aria.

«E tu dovresti accompagnarmi» aggiunse Concetta.

«No, io non vengo» rispose quella con aria distratta, come se la cosa non la riguardasse. Ma si offrì di spiegarle la strada, non voleva essere scortese: in fondo era sua madre, era anziana e le doveva rispetto.

La donna incurvò le labbra verso il basso, sembrava una bambina capricciosa. «E come faccio a sapere se sono nel posto giusto?»

Quell'atteggiamento infantile che aveva preso da che le era morto il marito a Concettina dava ai nervi.

«Non ti puoi sbagliare. Ai Quattro Canti ci sono le statue delle sante e le fontane... E comunque puoi leggere i nomi sulle targhe.»

«Ti pare giusto far viaggiare tua madre da sola?»

Concettina finse di non sentire: «Prima della cattedrale, alla tua sinistra c'è la piazza Bologni, lì avevamo la bancarella...». La sua voce aveva un tono forzatamente neutro, il corpo rigido, la schiena dritta, le braccia incrociate sul petto. Era dichiaratamente ostile.

«Dài, accompagnami, non farti pregare.»

«Io là non ci torno» le rispose la figlia risoluta, poi tese un braccio in avanti mostrandole il palmo in un gesto che non ammetteva repliche.

«Ma perché?» Concetta le afferrò la mano e cercò i suoi occhietti mobili per carpire il segreto di tutta quella rabbia.

«Se m'aveste lasciata a Palermo, forse le cose sarebbero andate diversamente e Filippo non avrebbe fatto questa fine.»

Le parole della ragazza furono una schioppettata.

"Come se la morte di Filippo fosse colpa mia" pensò Concetta sgomenta. «Sei un cane che non conosce padrone! Invece di ringraziarmi perché ti ho protetta! Saresti stata la serva della Saracinelli per tutta la vita, se io non t'avessi richiamata a Sommatino. E senza il matrimonio che tuo padre ha combinato con quel brav'uomo di Giuseppe Cavallotto, ora saresti a fare la serva a me. È proprio vero, fai bene e scordatillo» si sfogò.

Concettina si alzò in piedi, offesa: «Fate buon viaggio, mammà» la salutò gelida, e si diresse verso le scale con i fianchi che fremevano di rabbia repressa.

La madre la tirò per il grembiule e la costrinse a girarsi: «E se mi perdo?» chiese quasi con le lacrime agli occhi. Il ricordo di Filippo la faceva sanguinare.

«Chiedete informazioni, chi ha lingua passa il mare» rispose quella con tono beffardo. E cominciò a caricare sulle spalle le canne piene di pasta.

"Discorso chiuso, partirò da sola" pensò l'anziana donna e, delusa, fece per andarsene. Si voltò per salutarla, ma vedendola piegata in due per il peso le disse soltanto: «Sembri un mulo».

«Ci disse lo scecco al mulo: "Siamo nati per dare il culo"» ribatté stizzita Concettina.

La vedova Ciuni entrò in camera da letto per preparare una borsa: non metteva piede in quella stanza da più di dieci anni. Dalla morte del marito preferiva dormire in una poltrona sistemata in sala da pranzo, davanti alla finestra. Lì la trovava il sole dell'alba e la coglieva la luce del tramonto.

Aprì l'armadio, i vestiti di don Turiddu erano ancora lì; fu investita da un odore di grano stantìo. Le salì dal profondo un desiderio che credeva dimenticato, e un'acuta nostalgia di quell'uomo corpulento che l'aveva fatta sentire la più bella delle donne. Guardò il letto impolverato: tra quelle lenzuola ruvide avevano ricomposto le più feroci litigate. Tutte tranne l'ultima: se n'era andato senza perdonare, livido di rabbia per la ribellione di Filippo.

«È morto» si ripeté più volte, «non c'è nulla che io possa fare.»

La mattina dopo, all'alba, controllò che le finestre fossero chiuse, quindi andò in stazione.

Il treno si arrampicava lento tra le colline gialle, sfiorando file di eucalipti frondosi, s'infilava all'improvviso in gallerie buie, attraversava gole rocciose, i cui massi rosati erano come sospesi nel vuoto. Il paesaggio dalle architetture ardite aveva qualcosa di assoluto e le suggeriva riflessioni sulla vita. Non si trattava di bilanci: alla sua età le cose fatte sono fatte per sempre, e le altre non c'è più il tempo per portarle a compimento. Cercava solo di spiegarsi l'astio di Concettina: che tipo di sofferenza profonda c'era dietro?

"Ah, questi figli... noi madri ci illudiamo di conoscerli

nell'intimo e invece siamo sempre le ultime a sapere la verità" concluse.

Fu in prossimità di Termini Imerese, quando davanti a lei si aprì il mare sconfinato e il binario sembrò correre nell'acqua come se volesse sprofondare, che Concetta fu colta da un'idea improvvisa, una di quelle considerazioni subitanee che illuminano l'oscurità di un'intera esistenza e tutto d'un tratto rendono chiari accadimenti fino a quel momento indecifrabili. Dai recessi della sua memoria affiorò un nome.

Tullio Genco. Vuoi vedere che Concettina, quando aiutava il fratello in libreria, si era innamorata del professore? "Ecco perché ce l'ha con me: richiamandola a Sommatino ho fatto svanire il suo sogno. Benedetta ragazza, ma non lo poteva dire?"

I suoi occhi si animarono, doveva tornare indietro, parlarle, ma poi razionalizzò: ormai sua figlia s'era sposata e aveva pure sfornato due nipotini. "Cosa fatta, capo ha" si disse. "Amen."

Alla stazione di Palermo fu l'ultima a scendere. Percorse la scaletta con la lentezza delle persone anziane quando non ricordano la direzione di casa e cincischiano per non ammettere che la memoria non funziona più tanto bene.

"Ora si tratta di seguire le istruzioni di Concettina" si rincuorò. Fece il giro della rotonda, risalì per un pezzetto la via Lincoln e imboccò via Maqueda. "Fin qui tutto bene."

Decise di tenere un'andatura lenta ma costante, e si rivolse al ginocchio stupido perché collaborasse. «Non è per comando» aggiunse, spiegando a quell'articolazione riottosa quanto il suo tono severo non riuscisse a esprimere adeguatamente la tenerezza del suo animo. Era stata una donna forte e volitiva e aveva reagito alle avversità con un certo cipiglio. Guai se non fosse stata così, con tutti gli addii che aveva dovuto sopportare: Turiddu, Angelino, Salvatore, Vincenzo, Nicola se n'erano andati e lei non si era lasciata sopraffare dal dolore. Solo la scomparsa prematura di Filippo era riuscita a spezzarla. Era morto il suo figlio prediletto, lontano da lei, in terra straniera.

Lo aveva amato tanto quel ragazzo, persino più del marito, anche se lui non ne aveva azzeccata una giusta.

«Cretino» mormorò, ma con il tono affettuoso della nostalgia e non con quello violento dell'insulto.

Ripercorse mentalmente l'elenco degli errori di Filippo, a cominciare da quando s'era messo a pubblicare volumi con il fascio littorio sulla copertina. E che onta quel catalogo con la scritta "I nostri autori sono di razza ariana"!

"Figghiuzzo mio" piagnucolò tra sé, "te ne sei andato a morire da partigiano: ma che c'entra, se eri fascista?"

Lei l'aveva comunque difeso a spada tratta. In fondo non era stata colpa sua, semmai di quella spocchiosa contessa Saracinelli, che gliel'aveva rubato. E ora, da morto, almeno il corpo poteva restituirglielo. Nemmeno i nipotini le aveva fatto conoscere, chissà se somigliavano al padre. Sospirò: "Quella strega! Ancora non torna, manco la libreria le interessa...".

Concetta camminava sovrappensiero, i ricordi le tenevano compagnia. Fortuna che sua figlia non aveva voluto accompagnarla, si disse, ché in quella città sconosciuta si sentiva stranamente libera. "Ogni impedimento è giovamento."

Intanto era arrivata in uno slargo ottagonale circondato da fontane e statue di sante. "Saranno i Quattro Canti?"

Si guardò intorno: nelle vie sovvertite dai recenti bombardamenti mancavano le targhe con i nomi.

Ripassò a memoria le istruzioni della figlia. Sì, sembravano proprio quelli. Ma adesso doveva salire o scendere?

Domandò ai passanti, uno rispose: «Acchianassi» indicando le montagne, l'altro: «Scinnissi» con il dito puntato verso il mare; lei tirò a sorte e salì.

Piazza Bologni la riconobbe dalla statua in bronzo di Carlo V. Girò attorno al piedistallo e davanti alla facciata di palazzo Alliata si fermò. Eccolo lì il balconcino del basso che avevano abitato i suoi figli. Era proprio come gliel'aveva descritto Concettina: le persiane annerite, le ringhiere bombate, e dalle inferriate si poteva quasi toccare il braccio di una delle due statue del portale. «Minchia che stemma!» esclamò davanti a quel groviglio di puttini, fasci, lance e bandiere. Accanto alle colonne c'era uno spazio libero... magari era lì che stava la bancarella con i libri. S'immaginò Filippo con i suoi grandi occhi neri, la cravatta dal nodo impeccabile, la camicia ben stirata...

Il dolore la fece vacillare. Aspettò che la stretta al petto si alleggerisse, quindi costeggiò la cattedrale. Attraversò con indifferenza i cumuli di macerie che costellavano le vie e proseguì verso il Monte di Pietà. Le gambe le erano diventate improvvisamente pesanti. Dopo via delle Sedie volanti, il ginocchio stupido cedette. Decise di fermarsi a riposare nella chiesa di Sant'Agostino. Prima di entrare si soffermò davanti alla facciata: il portale era un merletto di pietra incastonato nel tufo, il rosone sovrastante le fece girare la testa. All'interno fu avvolta da un bianco abbagliante che la costrinse a socchiudere le palpebre. La luce del sole scomposta in mille raggi si rifletteva sulle pareti candide cariche di stucchi. Le statue sembravano scolpite nel ghiaccio. Le ci volle un po' per abituare gli occhi, quindi lentamente si avviò per il corridoio di sinistra.

Nel chiostro, al quale si poteva accedere da un'entrata laterale, una piccola folla si accalcava per la benedizione delle rose. Era il 22 maggio, il giorno di santa Rita, la santa delle cose impossibili. "Se fossi credente ti chiederei di farmi rivedere anche solo per un momento il mio Filippo" pensò, poi si corresse: "Che stupida che sono, adesso mi metto pure a parlare con i santi". Ma in cuor suo, per la prima volta, rimpianse di non avere fede.

A metà corridoio si accorse che un uomo le veniva incontro. Un vecchio malmesso, a prima vista, come tanti ce n'erano ancora in giro: la guerra era finita solo da due anni, la gente non si era del tutto ripresa.

"Magari è un prete senza la tonaca." In quel corpo sformato, però, c'era qualcosa che la rendeva inquieta. "E se fosse un pazzo?" Ne giravano parecchi struppiati dalle bombe. “O un ladro?” Ché la fame, si sa, rende gli uomini cattivi.

“Quando mai mi sono scantata?” si domandò, sorpresa di quel suo nuovo atteggiamento timoroso. Lei che aveva tenuto testa ai briganti quando Turi era stato sequestrato perché s’era rifiutato di pagare il pizzo.

Se l’erano caricato una sera, mentre tornava dalla campagna, e poi erano andati da lei a chiedere il riscatto.

«Non pagare mai» l’aveva istruita don Turiddu. Ma Concetta l’amava troppo, quell’uomo, per rischiare di perderlo. Così s’era accordata con i banditi.

«Io vi pago ogni mese, ma voi non vi arrischiate a torcergli un capello. Parola d’onore?»

«Parola d’onore» aveva risposto il campiere.

«Inutile dire che la cosa rimane tra me e vossia.»

«Inutile dirlo» aveva convenuto quello. S’erano stretti la mano, con il parroco che aveva fatto da garante dello scambio.

«Lassamu fare ai parrini» aveva commentato beffarda Concetta. Poi si era organizzata un piccolo emporio e con i guadagni aveva regolarmente pagato i banditi.

Turiddu non ne aveva mai saputo nulla.

Il ricordo di quell’imbroglio le suscitò una certa ilarità. Suo marito, sebbene grosso e pieno di forza, l’aveva dovuto condurre per mano come un bambino.

«Dio, quanto l’ho amato!» pensò ad alta voce.

«Non nominare il nome del Signore invano» si sentì apostrofare. L'uomo che l'aveva tanto intimorita ora le stava di fronte.

Lei lo fissò dritto in faccia: tra le labbra e le guance notò una diffusa, tragica malinconia.

La chiesa era deserta, non poteva scappare perché le sue gambe erano lente e il ginocchio s'era del tutto ammutinato. Si rassegnò. "Speriamo bene" pensò, ma poi che aveva da perdere?

L'uomo strinse il bastone e lo brandì minaccioso. Lei allora sollevò il braccio pronta a colpire, il vecchio la fermò e le indicò una statua lignea.

«Oggi è santa Rita, l'avete benedetta la rosa?»

Concetta scoppiò a ridere, si era spaventata per nulla!

«Signora, ci vogghiu parrari» disse il vecchio. «Seriamente.»

«Chi m'hai a diri?»

«Ma vossia mi deve sentiri.»

«Ti sentu, parra» ordinò lei brusca.

«Assittamuni!»

Si sedettero ai piedi dell'altare maggiore. Il viso di lui aveva delle linee irregolari, come una maschera rozzamente intagliata. Le braccia erano muscolose e venate di sporco, gli abiti sdruciti, i capelli lunghi fino a coprire il collo. Desolazione e degrado lo avvolgevano come un'aura.

«Allura, chi m'hai a diri?» chiese di nuovo Concetta fissando l'ostensorio dorato, l'unica cosa che riusciva a distinguere in quel mare di luce.

«Insomma, cosa deve dirmi?»

«Signora, lei conosce Palermo?»

«Un poco.»

«Ha visto che bei palazzi ci sono alla via Roma?»

La donna annuì.

«Ecco, io sono il padrone di tutto il quartiere.»

«Complimenti!» rispose lei. Il tono era sarcastico, ma il vecchio non parve farci caso.

«Ora, io vorrei fare un'opera buona e regalarle un poco di soldi.»

«Picchì proprio a mia?»

«Picchì vossia mi pare proprio disperata.»

Era vero. Quell'uomo sembrava averle letto dentro.

La sua schiena cedette e lei si afflosciò sulla balaustra dell'altare come un sacco vuoto. Il bastone cadde a terra con un tonfo, il rumore si propagò per tutta la navata. La testa poggiata sulle braccia, il viso nascosto tra le mani, cominciò a piangere. Era la prima volta nella sua vita, non le era mai successo. Le lacrime scendevano lungo le guance, le bagnavano la pelle liscia, proseguivano sotto al mento e s'insinuavano nel colletto della camicia. Il pizzo dello sparato le si andava incollando al petto procurandole un fastidioso prurito nel solco del seno.

Voleva grattarsi e, portandosi la mano al collo, trovò il medaglione dal quale non si separava mai. Lo aprì con le dita tremanti, il faccione serio di Turiddu fece capolino.

«Cu è?» chiese quello.

«Mio marito» rispose lei con un sospiro, e poi fece un urlo rabbioso: «Dio, come sono sola!».

«Non nominare il nome del Signore invano» l'ammonì di nuovo lo sconosciuto.

«Ma come posso non prendermela con Dio? Lo sa lei che vita ho fatto io?»

«Signora, ci penso io, vinissi cu' mia, andiamo in banca e le do i soldi.» L'uomo, impietosito dalle lacrime di Concetta, cercava in qualche modo di consolarla.

«No» si oppose lei, «non mi servono.»

«E allura picchì chiance?»

«Perché ho bisogno di affetto» confessò Concetta con un filo di voce.

«Ci sugnu ju, perché non si sfoga?»

E d'un tratto la donna mise da parte il proprio orgoglio, abbandonò la superbia e cominciò a parlare di sé, della sua vita, delle difficoltà. Raccontò dei figli morti, di Salvatore chiuso in manicomio, di Nicola e Vincenzo spariti dall'altra parte del mondo; della figlia Concettina che la odiava dal profondo del cuore per quel matrimonio combinato, di Filippo, anche lui morto lontano da casa, in un ospedale.

Nelle pause che le servivano per respirare, l'uomo s'inseriva ripetendo, come fosse una preghiera: «Non si preoccupi, Dio è grande».

Quando finì di parlare, Concetta si sentì vuota ma serena. Aveva consegnato nelle mani dello sconosciuto tutti i suoi affanni, ora non aveva più nulla di cui dolersi.

«Desidero solo rivedere Filippo» aggiunse, quindi prese un fazzoletto, cominciò a soffiarsi rumorosamente il naso e subito sentì un intenso profumo di rosa.

«Vi ritroverete tutti» disse il vecchio con tono profetico.

«Dove?»

«Lei non è credente?»

Concetta si strinse nelle spalle.

«Un'altra vita è possibile» affermò l'altro con sicurezza.

«Se Dio è grande, come dici tu, allora dovrebbe farmi morire subito.»

La fissò con uno sguardo ambiguo: «Il suo desiderio sarà esaudito».

«Dio, come sono sola!» disse di nuovo Concetta, ma stavolta il suo non era un lamento, era una constatazione. E poi aggiunse: «Sì, lo so, non devo nominare il nome di Dio invano».

L'uomo allora tirò fuori dal suo sacco un fiore e glielo offrì.

«È una rosa di santa Rita, se la porti a casa e preghi. Chieda quello che le sta più a cuore, la santa le farà la grazia.»

Quindi la accompagnò fin sul sagrato e la salutò con un abbraccio. Lei si abbandonò a quella stretta che sapeva di compassione, non ebbe fastidio per il puzzo di miseria, né per la sporcizia delle braccia che le lasciarono un alone sugli abiti. Lo guardò allontanarsi, era stordita, confusa, non aveva più voglia di andare a piazza Verdi.

"Cosa m'importa della libreria?" si disse. "Tanto Filippo lì non lo trovo di certo."

Tornò sui suoi passi, raggiunse la stazione e salì sul primo treno diretto a Sommatino.

Durante il viaggio si chiese più volte se i cristiani avessero ragione. Era pronta a convertirsi pur di rivedere il figlio.

Dopo Bagheria cominciò a pregare, "tanto male non può fare" considerò. Pregò incessantemente fino a casa e continuò a mormorare giaculatorie tutta la notte, l'immagine di santa Rita negli occhi, il profumo dei fiori nel naso, poi la colse il sonno.

«Fammelo incontrare» furono le ultime parole prima di abbandonare la testa bianca sul bracciolo della poltrona.

Lì la trovò la figlia il mattino dopo. Aveva sulle labbra un sorriso dolce, un'espressione appagata, e tra le mani una rosa spampinata come il suo tuppo di capelli.

PARTE SECONDA

Il destino

10

Salvatore Fausto Flaccovio
Palermo, ottobre 1945

Ciccio, in piedi davanti alla scrivania del padre, toccò con cautela quel fiore che sembrava una scultura di ghiaccio. Con l'indice ne seguì il contorno. I petali avevano il bordo arricciato e si allargavano con eleganza verso l'esterno. Il centro era venato di azzurrino e denso come il muscolo di un atleta. Alla base della corolla c'era uno scrigno verde che si incastonava in un lungo gambo robusto, privo di spine, e interrotto a intervalli regolari da curiose nodosità.

Il bambino si soffermò su un gruppo di foglie dalla superficie muschiosa. I margini rigidi, dall'intenso color bronzo, erano illuminati da un raggio di sole e allungavano le loro ombre sul ripiano del tavolo, creando un magico labirinto nel quale il suo dito si mosse a zig zag.

Ogni mattina il fioraio arrivava con una rosa fresca. «Mettetelo in acqua 'stu ciuri, sinnò si spampina prima che il signor Flaccovio s'arricampa» si raccomandava. E subito la segretaria correva a riempire il vaso d'acqua, per la "rosa del soldato", come la chiamavano in libreria.

Ciccio non si spiegava perché suo padre ci tenesse tanto. Aveva appena cinque anni, ma era vispo, precoce e acuto osservatore. I suoi occhi grandi, dall'intensa tonalità castana, erano due nocciole che si muovevano costantemente come rotolando su un piano inclinato. Affascinato dalla realtà che lo circondava, di ogni ambiente coglieva colore e sfumature, come fosse davanti a un quadro d'autore.

Quella mattina era rimasto incantato dal bianco assoluto di quel fiore solitario: sembrava brillare di luce propria. Ne aspirò il profumo. Il suo naso piccolo e impertinente, per via della punta dispettosa che tendeva verso l'alto, era una linea di confine che divideva le due metà del viso con una simmetria perfetta. Il profilo sinistro non si distingueva dal destro.

«Com'è bello, sembra un angioletto!» dicevano di lui le commesse e se lo contendevano. «Lasciatelo crescere» scherzavano tra di loro, «e altro che angioletto!» Poi, sospirando tutte insieme, concludevano: «Come il padre, del resto, buon sangue non mente».

La bellezza era il tratto distintivo della sua famiglia. Si facevano notare, i Flaccovio, quando alla domenica passeggiavano tutti insieme.

«Ciccio, che fai?» La voce del padre lo fece sobbalzare.

Il bambino non seppe rispondere.

«È una rosa d'autunno» gli spiegò. «Sono più grandi, più fragili e perciò interessanti.» Quindi si sedette.

Ciccio poté osservarlo da vicino. Salvatore Fausto Flaccovio era elegante e aveva un tratto aristocratico naturale. I capelli scuri, pettinati all'indietro, si piegavano in onde fitte e si frangevano sul colletto della camicia come un mare quieto a riva. Il viso era soffuso di una bellezza assoluta, che intimidiva. Gli occhi avevano un'espressione malinconica, a volte dolente, come se la sua intelligenza, al cospetto dei grandi temi esistenziali, avesse intuito un nucleo di verità e subito dopo, angustiata, se ne fosse ritratta. Prova ne era quel solco verticale che si faceva largo tra le sopracciglia.

La bocca al contrario era sorridente; le labbra, polpose e umide, sempre schiuse in un bacio e pronte al dialogo.

All'improvviso il bambino allungò la piccola mano e la poggiò su quella del padre; ne seguì il contorno, proprio come aveva fatto prima con la rosa. Pareva che volesse imprimere nella sua memoria le fattezze di lui e conservarle per quei lunghi periodi in cui l'uomo era assente da casa. Non voleva correre il rischio di dimenticarlo. A Ciccio suo padre piaceva ma, come per il fiore, non sapeva perché. L'uomo lo sollevò e se lo mise sulle ginocchia. Il profumo di lui e quello della rosa si mischiarono. Ne scaturì una intensa fragranza di muschio.

«Papà, perché la chiamano "rosa del soldato"?» chiese Ciccio curioso.

«È una storia complicata, ma se prometti di non dirla a nessuno te la racconto.»

Ciccio ci pensò su – c'era sempre un piccolo segreto che aleggiava nella sua famiglia –, poi si portò la mano al cuore e promise.

«Devi sapere che la guerra, qui da noi, è finita nell'estate di due anni fa. L'esercito tedesco scappò prima che arrivassero gli americani. Non tutti però se n'erano andati, qualcuno non aveva fatto in tempo e se ne stava nascosto in attesa di prendere il volo quando tutto fosse stato più calmo. Una mattina ne ho visto uno per la via Ruggiero Settimo, che scappava inseguito da un carro armato americano. Urlava e correva con il fucile tra le braccia. All'improvviso quel ragazzo si girò e cominciò a sparare, e il carro armato lo travolse.»

Il bambino si ritrasse spaventato.

«Sai, Ciccio, la morte non è tanto brutta se ti coglie in casa tra i tuoi affetti, ma andarsene così è terribile. La guerra non è mai giusta.»

«E che c'entra il fiore?»

«Provai pena per quel giovane, così andai a comprare una rosa e la poggiai sul suo corpo. Non pensai alle conseguenze di quel gesto, ché a passare per amico dei tedeschi c'era da farsi ammazzare. Per fortuna il carro armato si era già allontanato e io la feci franca. Ed è per ricordare quel povero soldato e tutti i morti inutili della guerra che il signor Formisano ogni giorno porta una rosa fresca.»

Ciccio aveva ascoltato il racconto fino in fondo. In un colpo solo aveva compreso perché gli piacevano entrambi, suo padre e la rosa.

«E ora lasciami lavorare.»

L'uomo cominciò ad aprire la posta, il figlio rimase tranquillo a osservarlo, beandosi della sua vicinanza.

Poi qualcuno bussò alla porta, interrompendo la loro intimità: «C'è una signora per lei» annunciò la segretaria.

La donna entrò con un tintinnare di braccialetti.

«Contessa!» esclamò mettendo giù il bambino, che se ne rimase attaccato alla giacca del padre. Lesto, Fausto scattò in piedi, s'inchinò e baciò la mano dell'ospite.

«Ancora con questa contessa! Hai forse dimenticato il mio nome?»

«Come potrei? Se non fosse stato per voi...»

«Per Filippo, vorrai dire» lo corresse.

«Ho saputo di vostro marito, ne sono addolorato.»

«È morto in ospedale. S'era ammalato in montagna quando era con i partigiani. Ma credo che il suo cuore non abbia retto alla distruzione delle nostre tipografie. Tu sai quanto ci tenesse alla casa editrice... Maledetta guerra.»

«Già, peggio di un'epidemia» sospirò lui. «E non c'è medico che possa fermarla. Santa Rosalia è stata capace di vincere la peste, ma con la guerra non ha potuto far nulla.»

«Non ci vediamo da molto tempo» sospirò Luisa.

«Eh sì.»

«Vedo che hai messo su famiglia.» La donna accarezzò la guancia del bambino, che si ritrasse infastidito. «Chi hai sposato?»

«Quella ragazzina che veniva a comprare i quaderni da noi...»

«... nonostante fosse la figlia del più ricco cartolaio di Palermo!» La donna gli aveva tolto le parole di bocca. «Dovevo immaginarlo, quella veniva per te. Era bellissima!»

«Lo è ancora.»

«E non mi dici altro?»

«Ho due figli.»

«Con una moglie così giovane, avrai tempo di farne molti altri. Io invece...»

Nei suoi occhi passò fugace un'ombra di malinconia.

«Sei sempre lo stesso. Solo qualche filo d'argento tra i capelli, ma devo ammettere che ti fanno più bello.»

La contessa non aveva perso l'abitudine di saltare da un discorso all'altro.

«Mi volete lusingare» si schermì Fausto con un'espressione furbetta che a Ciccio non sfuggì.

"Questo è di sicuro un altro segreto che la mamma non deve venire a sapere" pensò il bambino, e si girò di spalle.

«Scusatelo» disse Fausto mortificato, «è timido.»

«Direi intelligente, piuttosto» ribatté lei, curiosando tra i volumi impilati sulla scrivania. «Come va la libreria?» domandò distratta. Aveva l'aria salottiera di sempre: nulla la interessava davvero, ma ci teneva a informarsi di tutto.

«Che volete, c'è stata la guerra... Ma noi non abbiamo mai chiuso un giorno, nemmeno durante i bombardamenti» rispose lui, non riuscendo a trattenere un moto d'orgoglio. «Appena suonava la sirena, coprivamo gli scaffali con teli di stoffa per proteggere i libri dalla polvere, e ad allarme cessato tornavamo qui per riprendere da dove avevamo lasciato.»

«La mia libreria invece...» sospirò la Saracinelli.

«Ci passo davanti ogni sera» replicò Fausto, «è sulla strada di casa...»

«Fammi vedere la tua» lo interruppe la contessa, lasciando cadere il discorso.

Fausto ne fu contrariato, ma era abituato al suo atteggiamento capriccioso. «Ma certo» acconsentì, e le aprì la porta con un gesto galante.

Lei con piccoli passi raggiunse il centro del salone. I suoi tacchi a spillo risuonarono sulla graniglia grigio perla.

«Belli questi tavoli, e quanti volumi! Anche tu hai messo le poltrone comode per i lettori, questo te l'ha insegnato Filippo.»

L'uomo arrossì.

«Ti ricordi quanto si arrabbiò quando te ne andasti per metterti in proprio?»

«E chi se lo dimentica.» Fausto inarcò la schiena, curvò le spalle e cominciò a parlare imitando la voce gutturale del suo maestro: «"Prima Salvatore Sciascia, ora tu, bella gratitudine!" aveva urlato. Poverino, com'era deluso! "E poi che fai, diventiamo concorrenti?" Sembrava preoccupato che potessi portargli via clienti».

Luisa Saracinelli scoppiò a ridere. «Ma figurati» minimizzò con quel fare affettato di cui gli aristocratici fanno sfoggio persino di fronte alla morte.

«Certo, se voi non l'aveste rabbonito» aggiunse Fausto. «Siete stata voi a convincerlo che compito di un vero libraio è...»

«... seminare libri e far fiorire librerie» l'anticipò lei. «Ah, certo che è stato un periodo meraviglioso. Filippo aveva la vocazione, come un prete. In pochi anni quanti librai ha formato! Tu e Palumbo a Palermo, Sciascia che se n'è andato a Caltanissetta... Ha fatto scuola, mio marito» mormorò con la voce piena di tristezza. Per la prima volta la contessa Saracinelli appariva una donna fragile e bisognosa di aiuto. Fausto, con fare protettivo, la prese allora sottobraccio e la ricondusse nel suo studio. Ciccio, sospettoso, gli andò dietro.

Si sedettero, lei bevve un po' d'acqua. Dei piccoli solchi le erano spuntati sopra gli zigomi. "Quelli non li aveva" notò il libraio. Il cuore gli si riempì di tenerezza e, ubbidendo al suo impulso, le offrì la rosa bianca.

«Ma è la rosa del soldato!» protestò Ciccio.

Il padre lo fulminò.

«E il vaso rimane vuoto!» continuò imperterrito il bambino.

«Ah, non sia mai!» La contessa fece il gesto di rimettere il fiore al suo posto. La sua bocca era atteggiata in un broncio delizioso che faceva concorrenza a quello del piccolo, ma l'uno era contrariato, l'altra divertita.

Fausto la guardò con ammirazione. "Un vero aristocratico non è mai in imbarazzo" constatò e ne prese nota. Poi con tono severo si rivolse al figlio: «Senti, Ciccio, se un giorno il tavolo rimane sguarnito non succede niente».

«E quel povero soldato? Non può essere!» replicò il bambino.

«Che storia è questa?» chiese lei incuriosita.

«Più che storia è leggenda» rispose lui, vago.

«Allora, non eravamo amici? Che sono questi segreti?» lo blandì la contessa. «Non ti fare pregare, raccontami perché quella rosa è così importante.»

Un uomo grande e corpulento, con i capelli impomatati e i baffi da carabiniere, era comparso sulla porta.

«Cara contessa, non si tratta di leggenda, ma di storia. Permette?» Il signore si tolse il cappello e s'inchinò: «Giuseppe Tomasi di Lampedusa, si ricorda di me?».

«Bibliothèque de la Pléiade, ma certo, mio marito si dannava per trovarle quelle pubblicazioni.»

L'uomo sorrise di gratitudine, poi si rabbuiò in viso: «Mi ha addolorato molto la morte di Filippo, era un grande libraio, senza di lui non avrei potuto avere testi importantissimi per le mie ricerche». Quindi, indicando Flaccovio: «Ora ci pensa lui, l'unico che è riuscito a lavorare anche durante la guerra. E poi ha una rara sensibilità letteraria, credo che suo marito ne avesse avuto la percezione».

Fausto arrossì: «Il principe, che mi onora della sua amicizia, è un grande letterato, voi lo sapete bene, contessa».

La donna annuì.

«Quello che non sapete è che sta scrivendo un romanzo bellissimo. A me ha dato qualche anticipazione, e mi sono persuaso che non solo è destinato a rimanere nella storia, ma farà la fortuna dell'editore che lo pubblicherà.»

«Principe, complimenti! Se un giorno volesse fare anche a me l'onore...»

L'aristocratico fece un cenno con la mano, non amava che si parlasse di lui.

«Scusatemi, adesso devo proprio andare.» E si congedò con un ampolloso saluto.

«Anch'io ho molte cose da fare» disse la contessa poco dopo, alzandosi dalla poltrona.

«Perché non rimanete ancora un po'?»

«Non posso, ho lasciato i bambini a Firenze e voglio vendere quel che rimane della libreria per tornare al più presto da loro.»

«Se lei mi permette, l'aiuterò io. La gratitudine, per quel che mi riguarda, non è un modo di dire.»

Ci andarono insieme, a piazza Verdi, il giorno dopo. La saracinesca, annerita e rovinata da macchie color ocra, era sul marciapiede all'angolo di via Volturno.

Entrarono cautamente nel locale, scansando i calcinacci che coprivano il pavimento. Il prezioso tavolo di radica e le comode poltrone di pelle erano stati portati via, come i volumi del resto. Le alte scaffalature di legno lucido, orgoglio di Concettina Ciuni, erano al loro posto, impolverate ma miracolosamente integre.

«Quelle non hanno fatto in tempo a smontarle» commentò Fausto con amarezza.

«Che peccato!» esclamò la Saracinelli, emozionata e addolorata insieme. «È come se Filippo non fosse mai esistito» considerò di fronte a quella distruzione. «È dunque questo il significato della morte? Cancellare con un colpo di spugna l'opera dell'uomo?»

Flaccovio le camminava accanto, prendendo mentalmente nota dei danni della guerra e del saccheggio. Nello stesso tempo faceva un calcolo approssimativo di quanto ci sarebbe voluto per rimettere in piedi l'attività.

La scala che portava al mezzanino era ancora lì e sembrava solida. La contessa salì, nonostante gli inviti alla cautela del suo accompagnatore.

«Sono stata così felice in quell'ufficio... Voglio rivederlo per l'ultima volta.»

Si era trattato di una felicità assoluta, così come assoluto fu il dolore che provò entrando in quello spazio sporco, maleodorante, dove avevano nidificato i piccioni e fatto la tana i topi. Rimase in piedi tra la polvere e il guano, immersa nei ricordi.

Il suo viso, all'inizio contratto, man mano che passava il tempo cominciò a rilassarsi; le rughe della fronte si distesero e il fitto reticolo attorno agli zigomi si appianò. Le labbra serrate si schiusero, mentre il suo respiro riprese un ritmo regolare. Solo la testa, solidale con il collo, vibrava come una corda sottoposta a forte tensione. Inseguiva, la contessa – o magari chissà scacciava –, un pensiero fastidioso che si era annidato nella sua mente e le impediva di aderire appieno all'emozione che il contesto le aveva suscitato. Era un'idea di rivincita e di riscatto, accompagnata da una indefinibile eccitazione.

«Perché no?» la sentì sussurrare Fausto mentre scendevano le scale, e il passo di lei risuonò di nuovo energico. Raggiunto il centro della sala, dove un tempo c'era il vaso con i fiori, la contessa si fermò.

«Sai che ho pensato?» I suoi occhi erano febbricitanti. «Filippo è venuto dal paesello e ha tessuto con pazienza una trama robusta; ora tocca a me e ai ragazzi completare l'ordito.» E con tono solenne, come se le sue parole equivalessero a una promessa, aggiunse: «Non permetterò a nessuno, tedesco, americano o siciliano, di cancellare la memoria della nostra famiglia».

Fausto assunse un'espressione disillusa: «La memoria... I siciliani sono convinti di averla robusta, solo perché sono capaci di coltivare eterni odi, ma poi si rivelano pronti a mandare in malora qualunque testimonianza del passato, specie se di pregio. Sarà un lavoro duro, contessa».

Lei gli diede un buffetto affettuoso: «Ho già conquistato Palermo una volta, lo farò di nuovo. E tu preparati, insieme faremo rivivere il salone del libro di piazza Castelnuovo».

Fausto la vide uscire dalla libreria correndo. La trovò che, con le mani ancora coperte dai guanti, spolverava l'insegna. La scritta fece capolino tra le sue dita affusolate, una lettera per volta:

FILIPPO CIUNI – EDITORE – PALERMO.

11

Concettina Ciuni, vedova Cavallotto
Caltanissetta, settembre 1954

«La gonna tira sui fianchi, la devi allargare» ordinò lapidaria Concettina.

«Signora, è la moda, il tessuto deve accostare, non svolazzare. Guardi, le faccio vedere.»

La sartina prese gli spilli, li mise tra le labbra e cominciò ad appuntarli uno per uno.

«La moda, una beata minchia!» esclamò l'altra, passandosi le mani su quel grosso sedere che già da ragazza faticava a tirarsi dietro e che ora, dopo le maternità e anni di incuria, era un macigno che la frenava in ogni movimento. Si specchiò di dietro, davanti e di lato, ogni volta scuotendo la testa.

«No, è proprio stretto. Ma come li pigghiasti le misure?»

La sartina fece un cenno di diniego, non poteva parlare con tutti quegli spilli in bocca.

«Mamma, non le abbiamo prese le misure. Abbiamo mandato la stoffa a Marietta e le abbiamo detto di cucirlo identico a quello del funerale di papà, solo che io le ho chiesto di farlo un po' più moderno.»

«Ora lo allargo io.» Concettina afferrò il tessuto con le sue mani robuste e cercò di stracciarlo.

«Mamma, che fai?» la bloccò Mimma. «Domani c'è l'apertura della libreria... E tu come ci vuoi andare conzata, con il vestito del funerale?»

«Non sia mai che portiamo sfortuna a Vituzzu, lu beddu figghiu mio!» esclamò quella facendo il gesto delle corna. «Il vestito nuovo lo voglio, ma tu, Marietta, allarga 'sta gonna e allungala pure.»

Donna Concettina Ciuni Cavallotto, da che era diventata vedova, aveva smesso di subire e adesso comandava a bacchetta famiglia, amici e paese intero, c'era poco da scherzare.

La sartina timorosa si affrettò a ubbidire. Impugnò quindi le piccole forbici smusse e fece leva delicatamente sui punti dell'imbastitura. Tirò il nodino iniziale e la gonna si aprì dalla vita fino all'orlo come una tenda. Quindi fece un gesto con le mani come a dire: "Se l'allarghiamo viene così".

«Mamma, praticamente un sacco» protestò Mimma. «Già è nero, tanto vale che risparmi e riusi l'abito vecchio.»

«Torni parrino e sciuscia. Dopo i sacrifici che ha fatto Vituzzo, ora noi ci mettiamo di traverso? No, deve essere identico a quello del funerale ma lo voglio nuovo.»

"Va a finire che alla libreria la scambiano per padre Finuzzo e le chiedono di fare la benedizione" pensò Mimma, ma non osò contraddire la madre.

Concettina certe volte era così assoluta che le pareva impossibile non assecondarla. Per esempio quando si era trattato di scegliere il tessuto: «Nero, Mimì, che tuo padre è morto da appena dieci anni. Che deve dire la gente, che Concettina Cavallotto fa la vedova allegra?». La figlia aveva detto di sì e non s'era neanche permessa di criticare il modello: una redingote morbida, chiusa da una fila di piccoli bottoni di madreperla grigia; una sottile cintura; un collettino bianco di seta per rifinire il girocollo. Ma ora, allarga e allunga, il vestito pareva davvero la tonaca di un parrino.

Mimma, rassegnata, fece cenno a Marietta di scucire anche l'altro lato.

La sartina sgranò gli occhi. Se le avesse dato retta, avrebbe dovuto cucire tutta la notte per consegnare l'abito in tempo. Allora appuntò qua e là qualche spillo, ma lasciò le cose com'erano.

Appena i lembi combaciarono, di nuovo le convessità laterali fecero la loro comparsa.

«Accussì sembro un uovo di Pasqua!» Concettina ebbe un moto di stizza e lo sgabello sul quale stava in piedi traballò.

La donna perse l'equilibrio, e per un attimo sembrò che quegli enormi glutei fossero destinati a sbattere sul pavimento.

«Bedda matre!» urlò Marietta spaventata, e gli spilli che teneva tra le labbra si sparsero a terra.

«Scimunita» la rimbrottò Concettina, «ti pare a tia che per stare appresso alla moda stai facendo succedere un Vivamaria!»

La sartina si fece rossa in viso. Cornuta e mazziata: non

solo le toccava di lavorare il doppio, viste le dimensioni della signora, ma si prendeva anche i rimproveri. Non ci vide più e le scappò una rispostaccia: «Senta, ci do un consiglio: si facissi molare i fianchi e dopo torna per il vestito».

Quindi afferrò una calamita e si chinò a raccogliere gli spilli, che si addensarono in un mucchio attorno ai due poli del magnete.

«Mamma, perché te la prendi con Marietta? Lei che c'entra? Le donne i fianchi ce l'hanno, c'è poco da fare. Solo che tu sei ponchia ponchia...»

Concettina, piena di rabbia, si sfilò l'abito nuovo e fece per indossare quello vecchio. Ora l'avevano seccata quelle due. Tutte 'ste camurrie per una semplice prova, manco si trattasse della vestizione di una Maria Addolorata il venerdì santo!

Mimma fece segno alla sartina di avere pazienza. «Lo sai come sono gli anziani...» le sussurrò all'orecchio. «Hai ragione, ma vedi se puoi darmi una mano.»

Marietta si calmò e cercò di collaborare. Dopo tanto lavoro, non poteva certo buttare l'acqua sporca con tutto il bambino.

«Signora, mi deve scusare, il problema dei fianchi ce l'abbiamo tutte noi fimmine, non solo lei. La colpa è del padreterno che c'ha fatte tonde e morbide per resistere meglio ai colpi della vita. Ché le cose piatte e dure, quando s'azziccano, poi finisce che si rompono. Senza questo grasso qua» Marietta roteò il bacino, «saremmo come gli uomini. E quelli come agiscono? Se c'è da zappare, chessò, segare, spagghiare, sono subito pronti, ma alla sera arrivano a casa sfatti e si addormentano sul tavolino. Sono spezzati dalla fatica. Noi, per non disturbarli, ce li carichiamo sulle spalle e li portiamo a letto senza svegliarli e, se il picciriddo piange, corriamo a cunottarlo. E questo dopo che abbiamo travagghiato tutto il giorno. La notte poi vigghiamo sulla famiglia, estate e inverno, per tutta la vita. Siamo elastiche, ci pieghiamo come le canne durante la china. Solo la morte ci spezza, e allora arriva il momento di riposare. Lu capìu picchì vossia è grossa? Perché ci toccò di resistere, e per questi fianchi deve ringraziare Dio.»

Concettina all'inizio di quella filippica s'era irritata, ma poi la rudimentale tesi di Marietta sulle differenze di genere l'aveva affascinata. Ora se ne stava con la bocca aperta, indecisa se continuare a litigare o lasciar perdere.

«Vero è, mamma, come dice Marietta. Io queste cose l'ho lette nell'*Enciclopedia della donna e della casa*. Sai quei due libroni che mi regalò Vito? Mi disse: "Quando ti mariterai ne avrai bisogno".»

«Chissà quando...» sospirò la madre.

Mimma la ignorò e continuò a esprimere quel pensiero che le era costato tanta fatica e tanta riflessione: «C'è scritto che sono gli ormoni femminili, quelli che fanno aumentare cianchi e minne, e che ci fanno così resistenti. I masculi ne hanno un altro di ormone, "testosterone" mi pare che si chiama. Per colpa di quello ai masculi crescono i muscoli e sono portati a fare la guerra. Ma alla sira quello diminuisce e loro scatasciano».

«Signora Concettina, mi deve scusare...» intervenne di nuovo Marietta.

«Niente, niente, non è successo niente.» Concettina s'era addolcita. «Il fatto è che sono preoccupata per Vito. La libreria nuova è grande. Se gli affari poi non vanno?»

«Ma chi, Vituzzo?» si sorprese la sartina.

«Iddu.»

«Ah, che felicità! Vituzzo già travagghia.»

«Ma no da ora!» precisò Mimma. «Hai a pinsari che chista è la secunna libreria, chiù granni e chiù bella. Quando aprì la prima aveva vent'anni, manco maggiorenne era. Tanto che la licenza se l'era dovuta intestare nostro cugino.»

«Ma ora quanti anni avi?» chiese Marietta per mettere un punto fermo nella storia della famiglia Cavallotto.

«Ventidue. Eh, mischino» rispose Concettina. «Ne ha fatti di sacrifici Vituzzo mio.»

«Vero è» assentì Mimma, che per quel fratello stravedeva.

«Mizzica! Sembra ieri che correva sulla bicicletta ad aggiustare motori in tutto il paese. Pareva una pispisa, non posava mai.»

Marietta era la memoria di Sommatino, conosceva i fatti di ogni famiglia perché le donne, per matrimoni, battesimi, cresime e funerali, prima di andare dal parrino dovevano passare da lei.

«E quante me ne ha fatte» sospirò Concettina. «Non gli entrava in testa che il meccanico non lo poteva fare. Te lo ricordi che combinò quando entrarono gli alleati?»

«E chi se lo scorda!» Mimma sorrise.

«Devi sapere, cara Marietta, che gli americani cercavano automobili da requisire. Mio cognato, il fratello di mio marito, buonanima, aveva una Balilla che teneva nascosta in campagna. Una sera se ne spuntò a casa con il cappello in mano e cominciò a lastimiare: "Ah, la mia bella automobile, non la vedrò più!". Mio marito lo compativa: "Certo la macchina non è un sacco di farina, che lo puoi ammucciare facile". "Ah, la malasorte." Vituzzo mio ascoltava interessato e si capiva che stava architettando qualche cosa. E infatti a un certo punto parlò un poco con suo zio e se ne andarono. "Torniamo più tardi" dissero, e invece s'arricampò solo Vituzzo dopo tre giorni. Te l'immagini un picciutteddu ca spirisce mentre ancora c'era la guerra? Già lo piangevamo per morto. Così, quando entrò dalla porta, m'attruvò carica come un fucile. Pigghiai 'na canna longa... Sai quelle del pastificio, quelle che servono per asciugarci la pasta? E cominciai ad assicutarlo per tutta casa. "Fermati!" gridava lui. "Mi fermo se stai qua a pigliarti le legnate che ti attoccano." E continuava a correre. Io ero grossa pure allora; le gambe, se si trattava di stare in piedi, funzionavano bene, solide come colonne, ma quando si trattava di muoverle era un problema. Lui lo sapeva, perciò firriava in tunnu, aspettando che mi stancassi. Ma a un certo punto il cuore mi stava scattando nel petto, così mi assittai. "Te le do alla scurdata." Lui allora mi fece vedere un mucchio di soldi. "Dove li hai presi? Ti mittisti a rubbari?" E afferrai di nuovo la canna. "Ma', che dici, me li sono guadagnati lavorando." Per fartela breve, era andato dallo zio, aveva smontato il motore della macchina, così l'avevano potuto nascondere pezzo pezzo. Quando erano arrivati i soldati, davanti al cofano vuoto, erano rimasti con un palmo di naso. Poi Vituzzo, che la testa ci camina, l'aveva rimontato di nuovo e funzionava perfettamente. "Ma', io sono nato per fare il meccanico" mi disse, e mi sventolò dei soldi sotto al naso. "Tu sei nato per fare il libraio come a tuo zio Filippo" ci risposi io. E gliene ho date di legnate per convincerlo.»

«Signora Cavallotto, ma come ci vinni 'n testa a vossia la libreria?» La sartina era molto interessata ad arricchire il suo archivio.

«Marietta, ma dobbiamo parlare o travagghiari?»

«Io travagghio e lei parla.»

«Come sei curiosa» rispose Concettina, ma non le pareva vero di parlare del suo amato Vituzzo. «Allora, le cose andarono così. Il figlio di mia sorella Vincenzina, Totò Sciascia, aveva aperto una libreria a Caltanissetta e abbisognando di aiuto mi scrisse una lettera...»

«Ma picchì, voi sapiti leggere?» Marietta non poteva credere alle sue orecchie, le femmine istruite al suo paese erano una stranezza.

«Per tua norma e regola, noi a casa abbiamo studiato tutti. E i libri io li ho sempre tenuti cari. Ho pure lavorato in una libreria, a Palermo, quella di mio fratello Filippo, buonanima. E sai quanti romanzi ho letto finora? Almeno cinquanta, compresa la vita di santa Teresa d'Avila.»

«Ah, quella è piaciuta pure a me» intervenne la figlia. «Un bel libro lussuoso, la copertina di cuoio e il titolo dorato. Grosso poi!»

«E picchì turnò a Sommatino allora? Non ci piaceva stare nella capitale?»

«Ma che ne vuoi sapere tu... Io lavoravo tutta la settimana, e alla domenica me ne andavo a mangiare il gelato al Foro Italico, ma in carrozza, no a piedi. Il negozio poi, in pieno centro, era affidato completamente a me. Le giornate mi squagliavano, c'era un vai e vieni di clienti, tutti gran signori, professori...»

D'un tratto affiorò alla memoria di Concettina il nome del solo uomo che le aveva fatto provare la tentazione dell'amore. Il cuore cominciò a grondare nostalgia.

«Ah, Tullio» sussurrò. Come poteva dimenticarlo? Con lui aveva azzardato l'unico ballo della sua vita, una sera all'imbrunire quando la libreria era già chiusa. Le sembrò di risentire la pressione della sua mano sulla schiena, l'odore di fritto sui suoi abiti, *un due tre*, *un due tre*, le braccia magre di lui che si stringevano attorno al suo corpo.

Concettina chiuse gli occhi e per un attimo si concesse il lusso del rimpianto. Aveva sognato durante la giovinezza, talvolta progettato, ignorando che sogni e progetti sono legati al destino. E la sorte con lei non era stata generosa. Perciò ora tutte le sue speranze erano riposte nel figlio Vito.

«Ti sta bellissimo, mamma.» La voce di Mimma la strappò ai suoi ricordi.

«Che ne dice signora, le piace così?» disse Marietta.

«Sì, così va bene» assentì Concettina, senza neanche specchiarsi. Aveva perso d'un tratto ogni interesse verso quell'abito.

Il giorno dell'inaugurazione la libreria Cavallotto, una sola stanza ampia e luminosa, era piena di amici e clienti. Di ognuno di loro Vito conosceva nome, età, stato civile e gusti letterari. Elegante nel suo abito principe di Galles, si aggirava stringendo mani, riempiendo bicchieri, dispensando inchini alle signore.

Concettina, con indosso la sua ampia redingote, se ne stava in un angolo e ogni tanto si asciugava una lacrima. «Figghiuzzo mio» mormorava. Nella sua testa, un'idea ossessiva s'era sviluppata fin dalla mattina e ora non le dava tregua.

Mimma non la lasciava un attimo, un po' per farle compagnia, un po' per timidezza. Non osava avventurarsi sola tra gli ospiti, ma li passava in rassegna senza trascurare alcun particolare, poi ne avrebbe discusso con la madre, la sera a letto.

«Mamma, talìa, ci sono proprio tutti: il preside Monaco, l'avvocato Russo, Filippo e Rosa Siciliano, Totò Amico...»

Vito si avvicinò con i suoi occhi dolci e sorridenti.

«Mamma, hai visto che festa? Manca solo Totò Sciascia e poi siamo al completo.»

«Ah, quel tuo cugino è grevio come la calia» si risentì Concettina. «L'invidia di sicuro lo sta mangiando vivo.»

«No quello! Leonardo Sciascia, mamma, u' maistru di scola. Sai, l'ho conosciuto quando facevo l'apprendista. Passava sempre da Totò, mi dimostrava simpatia. M'ha dato pure molti consigli, però iddu alle feste non ci va per abitudine, anche se io ci spero ancora che venga. Magari passa nei prossimi giorni, a scurdata. Se lo conoscessi... Ti piacerebbe di sicuro.»

Gli occhietti di Concettina non si fermavano un attimo e giravano intorno, posandosi ora sui libri ora sugli invitati.

«Padre Finuzzo, che fa, lesina sull'acqua benedetta?»

Luigi, uno degli amici più cari di Vito, l'aveva scambiata per il prete.

«Perché, ti ci devi fare il bagno?» aveva reagito lei.

«Signora, mi deve scusare, ma vestita di nero e con il colletto bianco, di spalle...»

Era uno di quelli che dividevano l'appartamento con Vito. I quattro, tutti professionisti e perciò considerati buoni partiti, erano stati soprannominati "il gruppo della Lanterna Verde", per via di quel ristorante, la Lanterna Verde appunto, dove si trovavano alla sera per mangiare e fare baldoria.

«L'avevo avvertita io...» s'intromise Mimma.

Concettina la fulminò con lo sguardo. Tutto 'sto coraggio di parlare dove l'aveva trovato, sua figlia?

L'uomo, rosso in viso come un tacchino, imbarazzato per la gaffe, biascicò alcune parole tra le quali "mortificato" e "imperdonabile", poi si dileguò nella folla.

Mimma lo seguì con lo sguardo e le sue labbra accennarono un sorriso. Sua madre le diede subito una gomitata: «Non s'ha visto mai una picciotta schetta che ride in faccia ai masculi».

Fu una festa bellissima e, quando l'ultimo ospite si allontanò per corso Umberto, Concettina si amminchiò di nuovo su quel pensiero che non aveva smesso un attimo di girarle per la testa. "Certo, se Mimma fosse sposata, tutto sarebbe più semplice" continuava a ripetersi. La figlia, fuori dalla porta, contemplava le stelle inseguendo forse lo stesso desiderio della madre.

Vito la raggiunse nel retrobottega. «Mamma, sei stanca?»

«Come si chiamano i tuoi amici, quelli dell'appartamento?» se ne uscì lei a muzzo come i cavoli a mazzo.

«Perché mamma, c'è cosa?»

«No, così, pensavo.»

«Comunque non abito più con loro, ho preso una casa da solo. Ho pensato che potevi venire a stare da me.»

Il cuore a Concettina precipitò nello stomaco: "Figghiuzzo mio, ci pensò pure lui!".

Ma, invece di buttargli le braccia al collo, rispose: «Vediamo», come se la cosa non avesse alcuna importanza. Non voleva tradire le sue vere intenzioni, ché la regola nella vita è sempre quella di farsi "disiare, no schifiare".

«Sai, Vito, c'è l'emporio e tua sorella è ancora schetta, non la posso lasciare da sola.»

«Magari vai e vieni da Sommatino» disse Vito possibilista.

L'offerta non era del tutto disinteressata. Il libraio aveva bisogno d'aiuto e non poteva permettersi di pagare lo stipendio di un impiegato.

«Ma i tuoi amici sono schetti o maritati?»

«Mamma, sono schetti, ma c'hanno la fila fuori della porta, non ti fare illusioni.»

«Sai che c'è, Vito mio? Domani torno a casa, aggiusto

qualche cosa e, se tua sorella con l'aiuto del Signore si marita, me ne vengo da te. Io in libreria ho già lavorato, a me non c'è bisogno che mi paghi, così ti risparmi questi soldi.»

Lo baciò quindi sulle guance, morbide e paffute come quelle di un bambino.

"Se solo Mimma si maritasse..." sospirò di nuovo.

12

Libertino Margaglione

Sommatino, ottobre 1960

Nonostante fossero sposati da quasi sei anni, Libertino provava un piacere intenso ogni volta che sfiorava il corpo di sua moglie.

Accarezzò i capelli di Mimma, quindi si mise a osservare con attenzione i bottoni della camicetta: una fila di funghetti bianchi, le cui teste sporgevano da cappiolini di filo ritorto. L'uomo infilò indice e medio nello scollo, esercitò una lieve torsione sul peduncolo, e il primo bottone sgusciò fuori dall'asola con un movimento fluido. Fece poi lo stesso con tutti gli altri, finché la camicetta si aprì scoprendo due seni grandi, trattenuti a stento da un reggipetto di raso. Libertino li guardò estasiato.

Era stato un colpo di fulmine. Mimma scendeva per la via delle Chiese e gli occhi di lui erano rimasti incollati a quelle curve che promettevano il paradiso.

"Minchia, pezzo di fimmina" aveva esclamato tra sé ed era corso a casa, spinto dal bisogno di condividere con qualcuno la sua felicità: ne aveva tanta dentro al cuore che rischiava di collassare.

«Ho trovato la donna della mia vita» aveva urlato, «vado a cercare il sensale!»

«Fermati» gli aveva ordinato allora il padre, «u 'nguacchiu già è stato fatto e sei promesso alla figlia del falegname.»

«Io a chidda non la vogghiu. Ha le minne piatte ed è senza culo.»

«Ormai... D'altra parte, tu non ti decidevi e io mi scantavo che mi ristavi in casa pi' simenza.»

«Piuttosto mi faccio monaco» aveva ribattuto Libertino. Amava le forme abbondanti e quella sconosciuta, una specie di mappamondo di carne, gli era entrata nel sangue. Aveva guance rosse e paffute, due mele annurche, minne come meloni, fianchi di gelatina tremolante. Mentre ci ripensava, il ragazzo si era sentito rimescolare tutto.

Il vecchio aveva notato il turbamento nello sguardo del figlio e, sapendo quanto fosse testardo, si era fatto il segno della croce invocando l'aiuto di santa Barbara: «Solo tu la puoi sminare 'sta bomba» aveva mormorato alzando gli occhi al cielo. Fare u 'nguacchiu con una picciotta e non mantenere la parola, c'era da perdere l'onore per tre generazioni.

Mentre incombeva la tragedia, era arrivato proprio il sensale: «Non si può fare. Il falegname mi disse che la picciotta è già 'nguacchiata».

Santa Barbara non s'era fatta attenniri e aveva concesso subito la grazia. Così Libertino, ritenendosi sciolto da ogni impegno, aveva dato immediatamente l'incarico a mastro Pepè di rintracciare la donna misteriosa, parlare alla sua famiglia e spiarci il matrimonio.

Il sensale, felice, ché non gli capitava mai di avere un doppio 'nguacchiu dallo stesso picciotto, si era messo al lavoro.

Era tornato dopo una settimana: «Si chiama Mimma Cavallotto, suo padre faceva il pastaio ma muriu, sua madre gestisce un emporio, è un tipo difficile: c'è di scippare tacciteddi cu' l'unghia. Mi disse che discute solo con te in persona».

Libertino era partito in quarta, ché un fuoco gli bruciava dentro, e il giorno stesso, ad apertura di negozio, s'era fatto trovare sulla porta con il cappello in mano.

Concettina aveva capito subito chi era e l'aveva invitato a entrare con un cenno del capo.

A dispetto di quanto annunciato dal sensale, la donna non si era fatta pregare: «Signor Libertino, io sono d'accordo a darvi mia figlia, ma a una condizione: vi dovete sposare entro tre mesi». E dopo una breve pausa aveva aggiunto, a scanso di equivoci: «Devo andare via da Sommatino e non posso lasciare una picciotta schetta da sola».

Non aveva premura di liberarsi di Mimma, voleva solo tornarsene dal suo adorato figlio maschio, Concettina. La libreria andava bene, Vito l'aveva ampliata aggiungendo articoli per ufficio, riproduzioni su tela di quadri famosi e qualche giocattolo. La donna sospirava pensando al reparto cartoleria affidato agli impiegati, fremeva per occuparsene lei. E poi finalmente avrebbe potuto leggere indisturbata tutti i libri che voleva.

Libertino aveva fretta pure lui, ché la carne non sente ragioni.

«E come facciamo per la casa, la festa...?»

«Per la casa, non ti preoccupare» lo aveva interrotto Concettina. «Vi prendete la mia: quando sarete sposati, a me non servirà più. La festa... Ce n'è bisogno? Non basta una cosa semplice? Tanto noi fimmine siamo sempre a lutto.»

«Il tempo di fare le carte allora.» E s'era infilato il cappello.

«Un'ultima cosa» lo aveva trattenuto la donna. «Io l'emporio non lo voglio chiudere, Mimma dovrà occuparsene.»

L'uomo aveva esitato. Quella femmina non avrebbe voluto dividerla con niente e con nessuno, ma il tono di Concettina non lasciava margine di trattativa.

Calò la testa: «Sarà fatto».

«Allora ci vediamo in chiesa.»

Sulla strada del ritorno, Libertino aveva riflettuto sulla sua decisione e sul futuro che l'aspettava. Con la picciotta non ci aveva neanche parlato. "Le piacerò? Mi piacerà?" si era chiesto. E se non fossero andati d'accordo, cosa avrebbero fatto? Stava comprando una mucca sulla fiducia.

Ma era stato fortunato per la seconda volta, perché la ragazza aveva ricambiato i suoi sentimenti. L'amore è una malattia contagiosa.

Libertino adorava le donne. Ne aveva conosciute tante nella sua vita, prima di Mimma. Di ognuna di loro aveva esplorato anfratti e pieghe, sperando di poter comprendere il magico segreto che si annidava al loro fondo, l'energia misteriosa che palpitava in quei petti generosi e che talvolta esplodeva in un singhiozzo, un sospiro, un urlo.

Nel corso del tempo, si era persuaso che il corpo delle femmine funzionasse come un orologio. C'erano vuoti che accoglievano dei pieni e c'erano pieni che si adattavano ad altri vuoti. Angela, una signorina della pensione Nives, gliel'aveva confermato: «Le donne sono roggi delicati» gli aveva detto infilando le sue cosce burrose dentro a un paio di calze a rete. «Ogni sera gli devi dare la carica, talvolta rimettere l'ora, perché vanno avanti o rimangono indietro. L'ingranaggio va oliato, sennò quello s'aggrippa e poi lo butti.»

In questa ricerca ossessiva, aveva dilapidato i suoi risparmi con le prostitute, per concludere alla fine che «le buttane montano tutte lo stesso meccanismo di bassa qualità».

Stanco e annoiato, aveva aperto una bottega da orologiaio, in attesa di incontrare la donna con un ruotismo di valore come quello degli orologi Certina.

Amava gli ingranaggi sofisticati: ne aveva conoscenza, essendosi letto molti manuali, ed esperienza, poiché per tanti anni era stato tornitore alla miniera Trabonella. Viti e bulloni, tondini di ferro, lime, non avevano segreti per lui. Alla miniera lo apprezzavano. Ma una mattina senza alcun preavviso si era licenziato, stanco di dormire in un camerino dietro l'officina, ché la strada per arrivare al paese era lunga.

«Il puzzo delle uova marce mi è entrato nello stomaco, non sento più il profumo delle pesche mature d'estate, dei gelsi di primavera, dei mandarini di Natale. E poi non vedo una fimmina da sette anni» aveva detto ai compagni che cercavano di farlo ragionare. Il suo era un lavoro buono, non doveva mai scendere dentro alla pancia della terra, ma niente, lui era stato irremovibile, non per caso si chiamava Libertino, maschile di Libertà, anche se il padre, scegliendo quel nome, pensava ai seduttori pieni di fimmine, non agli anarchici testoni.

Libertino si concentrò sul nastro di gros che rifiniva la gonna di sua moglie e soprattutto sul gancio di metallo nero che entrava in un archetto dello stesso materiale. Non riusciva a infilare le dita, la grossa pancia di Mimma sbuffava sopra e sotto la cintura stretta. "La forza la devo esercitare direttamente sul tessuto, altrimenti il gancio si spacca" pensò. Per aprirla dovette usare entrambe le mani.

Ogni sera sua moglie la spogliava lui, e la mattina dopo la rivestiva. Era stata una decisione presa di comune accordo la prima notte che avevano dormito insieme.

Dopo le nozze, nell'intimità della loro camera, Mimma s'era spogliata di corsa e, con la sottoveste addosso, s'era rifugiata in quel letto che aveva cullato l'infelicità di sua madre Concettina. La ragazza si vergognava a mostrarsi al marito, il quale, invece di occuparsi subito di lei, s'era chinato a raccogliere l'abito e l'aveva adagiato con delicatezza sulla sedia. Sopra aveva sistemato il velo, mentre le scarpe, allineate e appaiate, sporgevano dall'orlo. Quindi si era seduto sul bordo del letto ed era rimasto in silenzio. La ragazza aspettava, sapeva che doveva succedere qualcosa: "Prima è, meglio è".

Libertino, invece di passare all'azione, s'era schiarito la voce e aveva fatto un discorso sibillino: «Tesoro mio, tu sai che per amore tuo ho litigato con mio padre; ho pagato due volte il sensale; ho fatto preciso identico tutto quello che voleva tua madre. Adesso però vorrei chiederti una cosa».

Mimma aveva annuito, docile.

«Sai qual è il momento più emozionante per un orologiaio?»

«'Nzù» aveva schioccato le labbra.

«Quando smonta l'orologio e uno per uno tira fuori i pezzi che lo compongono.»

"Come parla bene mio marito" aveva pensato Mimma compiaciuta, quasi dimenticando che era la loro prima notte e avrebbero dovuto essere impegnati in ben altro.

«E sai che ci vuole per essere un bravo orologiaio? Primo, lentezza» aveva continuato Libertino, sollevando il pollice per fare un elenco, «perché la fretta ti fa combinare danni. Secondo, precisione: ogni fase prelude alla successiva. Tanto per dire, non puoi levare il bariletto prima delle lancette. Terzo, ordine, perché le viti, se non le riponi in un contenitore, quando le vai a montare te ne mancherà sempre una. Quarto» e aveva sollevato l'anulare, la fede aveva luccicato, «conoscenza: non si può fare quello che non si sa. Quinto, esperienza: certe cose non ci sono parole per spiegarle, devi vedere e poi provare finché non azzecchi il movimento giusto del cacciavite. Da ultimo: mano ferma, gli ingranaggi sono così delicati che basta un tremolizzo leggero e li perdi per sempre.»

Mimma non aveva perso una sola parola, ma si era sentita presa dai turchi. Cos'era tutto quel pitazzo? La sua timidezza però se n'era andata, almeno quel discorsone era servito a qualcosa. Perciò, quando lui aveva sollevato il lenzuolo, lei non aveva provato più alcuna vergogna.

Libertino intanto l'aveva fatta girare di profilo e le fissava le orecchie. Erano piccole, rotonde, con lobi teneri come quelli dei neonati. Con il dito aveva seguito il contorno del padiglione auricolare, fermandosi all'angolo con la mandibola. Le guance erano così paffute che sotto non si sentivano le ossa. Si era trattenuto dal ricoprirla di baci, ché la fretta – l'aveva appena detto – in fase di smontaggio è pericolosa. Però l'abbondanza delle curve e il calore della sua pelle lo avevano reso impaziente.

Già durante la cerimonia, quando per infilare la fede le loro mani si erano toccate, un tremito gli aveva percorso il corpo e lui non era stato più capace di inginocchiarsi. La benedizione perciò lo aveva colto in piedi, tra gli sguardi straniti dei presenti. Solo dopo il ricevimento le sue ginocchia si erano sciolte.

Una volta a letto, Libertino, seguendo la rotondità delle spalle, era giunto al petto e aveva sprofondato l'indice nel solco tra i seni. «È così bello.» Poi, si era sentito in dovere di chiarirle il perché di tutti quei preamboli: «Sarebbe più facile sbrigarmi, ma tu sei un orologio di marca e richiedi ancora più pazienza». Per la prima volta, Mimma si era sentita importante come un'attrice del cinematografo.

Lui aveva toccato prudentemente un seno, la ragazza gli

aveva fatto eco con un sospiro. Il marito allora l'aveva invitata a mettersi in piedi, aveva fatto scivolare le bretelle, scoperto il busto, liberato la pancia sporgente. La sottoveste era caduta sul pavimento con un fruscio. Mimma, lesta, l'aveva raccolta e lanciata sulla sedia. Adesso comprendeva appieno il significato di tutto quel pitazzo.

Gli occhi di Libertino erano corsi vogliosi alle pieghe convolute che disegnavano il suo sedere. Lei era arrossita: «I fianchi larghi ce l'hanno tutte le donne».

«Sono meravigliosi» aveva sussurrato sfilandole anche la biancheria.

Lei era lì, con la sua pelle olivastra e la sua carne che reclamavano attenzione.

L'uomo percepiva il desiderio di Mimma come una sorta di tensione paragonabile alla forza di rotazione della molla. Perciò le aveva strizzato i seni e subito dopo si era insinuato sotto le ascelle, rimanendo lì finché la moglie non fu di nuovo calma come una pendola che stava per fermarsi. All'ultimo battito, Libertino l'aveva baciata. Che profumo la sua bocca, e che dolce il suo sapore! Poi le era montato sopra, lentamente aveva adattato le sue convessità alle concavità di lei.

«Vedi, Mimma, combaciano perfettamente.»

Lei non conosceva nulla del suo corpo, né di quei meccanismi delicati che lo governavano, ma sentiva in quel momento qualcosa cambiare, come se sotto l'ombelico si fosse coagulata una goccia di ossidiana.

E, quando i loro ingranaggi avevano cominciato a girare

insieme, Mimma si era detta: "Libertino è un ottimo orologiaio".

Poi si erano addormentati in un abbraccio, mentre i loro cuori ticchettavano con la stessa affidabile precisione di un orologio Certina.

Quella sera Libertino era diverso, sembrava distratto, svogliato, e Mimma non capiva perché.

«C'è cosa?» domandò guardandolo negli occhi.

Lui le fece una carezza tenera.

«Queste le fa un fratello, non un marito» lo rimproverò Mimma.

«Vorrei parlarti» disse il marito con pudore. «Mimma, amore mio, so che la tua famiglia ti manca molto...»

«Ma no, ho te» provò a mentire lei.

«Non dire bugie, te lo leggo negli occhi.»

«È vero» ammise. «Tu sai quanto voglio bene a mio fratello Vito e a mia madre...»

«Appunto. Ho pensato: perché non ci trasferiamo a Caltanissetta pure noi?»

La donna sgranò gli occhi.

«E i negozi?»

«Vendiamo tutto e ricominciamo lì.»

Mimma era perplessa. La convivenza con la madre la spaventava. Suo marito si sarebbe adattato a quella cumannera? Ogni santo vuole il suo altare...

13

Adalgisa D'Ambra

Taormina, luglio 1963

L'albergo non era lussuoso, ma la stanza grande, con una meravigliosa vista su Isola Bella.

Vito si sedette sul letto. Adalgisa lo accarezzò, lui le trattenne la mano e cominciò a coprirla di tanti piccoli baci. Stavano per avventurarsi sul terreno accidentato dell'amore, lui con sicurezza – era un uomo, mica un ragazzo –, lei con curiosità, ché da troppo tempo reprimeva le sue fantasie: tessuti trasparenti e pizzi che rivelavano corpi nudi e umidi, membra aggrovigliate, ardite acrobazie l'assalivano improvvise anche mentre era immersa nel lavoro. Di tutto ciò lei capiva poco, ma la guidava una fiducia sconfinata nell'uomo che aveva scelto come compagno di vita.

L'ansia e l'eccitazione avevano riempito lo spazio tra loro. Iniziava una vita nuova per entrambi e le loro teste erano impelagate in riflessioni e interrogativi.

Adalgisa aveva una visione romantica dell'amore, lo immaginava fatto di telefonate, lettere, fiori, sussurri sulla punta delle labbra, qualche bacio al chiaro di luna. Tutte cose che suo marito non le aveva mai fatto mancare, con la sola eccezione di quelle parole affettuose che si vergognava a pronunciare. I discorsi gli facevano difetto, ma sapeva agire con decisione, e questo conta molto di più per una moglie.

Fin dall'inizio del loro fidanzamento, Vito aveva percepito tutta l'innocenza della ragazza dalla faccia larga e la bocca rosso vermiglio. Così, qualche giorno prima del matrimonio, in una di quelle sere trascorse alla villa comunale tra baci e carezze, di cui lei non aveva mai abbastanza, l'uomo si era offerto di fornirle qualche spiegazione.

«Adalgisa» le aveva sussurrato all'orecchio, «sai che c'è un libro per ogni aspetto della vita... Ne vorresti uno sul sesso?»

L'ultima parola era stata un sibilo che si era mischiato con il suo respiro reso affannoso dall'eccitazione.

«Ma va'» era scattata lei accavallando le gambe con fare sensuale. «Ti pare che ce ne sia bisogno?» Faceva la spavalda, non le piaceva passare per una scimunita.

Lui non aveva aggiunto altro, non se l'era sentita di insistere, però le aveva mostrato un volumetto che teneva nascosto nella tasca: «Se te ne venisse curiosità...».

Adalgisa l'aveva rifiutato con un gesto di sdegno. "La mamma dovrà pur darmi qualche consiglio" s'era detta, e inoltre confidava nelle sorelle e in Mimma. Ma nessuna di loro aveva affrontato l'argomento. La cognata in compenso, dopo il ricevimento, mentre lei saliva sulla 1100 rossa fiammante che li avrebbe portati a Taormina, l'aveva tirata in disparte e le aveva suggerito a fil di voce: «Tu pigghiasti u pannu?».

La giovane sposa aveva riso di lei. «Come sei antica» l'aveva canzonata. «Io utilizzo gli assorbenti usa e getta.»

Mimma era arrossita e s'era congedata con un saluto colmo di imbarazzo.

«Vado a prendere un whisky mentre tu ti prepari» disse Vito. Aveva bisogno di allentare l'ansia che gli procurava la prospettiva di avere a che fare con una vergine.

Inoltre erano entrambi stremati dalle emozioni e dal viaggio particolarmente faticoso a causa di un finestrino rotto che impediva all'aria di circolare. Ancora fino a Enna la temperatura era sopportabile e gli sposi avevano imboccato con entusiasmo la provinciale, un tortuoso budello che si dipanava tra colline brulle e giallognole. Si erano fermati al lago Sfondato per infilare i piedi nell'acqua gelida, ridendo come due bambini. Fiduciosi erano poi risaliti in macchina. Sulla strada per Enna s'erano trovati immersi in un banco di nubi cotonose. Adalgisa avrebbe voluto allungare le braccia per toccarle, ma il finestrino era irrimediabilmente chiuso. Al lago di Pergusa, una distesa d'acqua rossa come sangue, una fretta improvvisa aveva spinto Vito a pigiare sull'acceleratore, forse per via del caldo, ché l'aria s'era fatta rovente. Lei, nonostante la velocità le facesse paura, era rimasta zitta. Una irragionevole tensione però aveva riempito l'abitacolo. Solo davanti ai faraglioni di Acitrezza il loro respiro si era normalizzato e avevano ripreso a sorridere davanti a quei guardiani inamovibili. "Sarà quel che sarà" aveva pensato Adalgisa mentre lui la baciava.

«Se hai bisogno di me, sono al bar» le ripeté Vito, e si chiuse la porta alle spalle.

Lei ringraziò Iddio per quel momento di insperata solitudine: avrebbe potuto fare un bagno e spogliarsi senza che lui la vedesse.

Fece scattare le serrature della valigia, sollevò il coperchio e tirò fuori una lunga camicia da notte di nylon e pizzo. Alle sue sorelle non era piaciuta. «Sei nuda» le avevano detto scandalizzate vedendogliela addosso. Il suo corpo piccolo e muscoloso occhieggiava provocante dal tessuto leggero. Il seno sgusciava fuori dall'ampia scollatura, il pube era una macchia scura che irrompeva da un medaglione traforato. Sembrava un cioccolatino senza la stagnola intorno. Allora s'era fatta cucire una fodera di taffetà. Il pesante paludamento però rischiava di diventare una barriera anziché un invito. «Tanto non la terrai addosso a lungo» l'aveva presa in giro la sartina.

Adalgisa si tolse i vestiti e s'infilò nella vasca. Piano piano, l'acqua tiepida si portò via la stanchezza. Girò il collo da una parte e dall'altra per allentare la rigidità della nuca, appoggiò la testa sul bordo di ceramica e chiuse gli occhi.

Quella giornata era stata un costante susseguirsi di emozioni. Si era messa a piangere dalla felicità quando aveva indossato l'abito bianco, anche se non aveva potuto comprarne uno nuovo e si era dovuta accontentare di quello già usato dalle sue sorelle.

«Guarda com'è venuto bene!» le aveva detto orgogliosa

Marietta scartando i chilometri di carta velina che lo avvolgevano.

«Ohhh...» Anche il padre s'era meravigliato di tanta eleganza.

Il corpetto, tempestato di mughetti in rilievo e incollato al torace, faceva risaltare il suo seno armonioso. Almeno per quel giorno, aveva potuto dimenticare l'aggettivo "scarsulidda", bruttina, che la perseguitava da che era picciridda. Era stata la zia Angela a dire che Adalgisa era "la cchiù scarsulidda, anche se la cchiù aguriusa". E, a furia di sentirselo ripetere, s'era in effetti convinta di essere, rispetto alle sue bellissime sorelle, un brutto anatroccolo.

In realtà la zia voleva un figlio tutto per sé e, disperando di poterne avere, mirava a ottenere l'affidamento della nipote. Perciò ne sminuiva il valore: per convincere la cognata a disfarsene. Ma, nonostante lo sdegnato rifiuto della mamma, la bambina s'era amminchiata su quella parola. Perciò, alla sera, prima di andare a letto, preoccupata domandava a sua madre: «Mammì, e si t'arrestu 'ncapo a panza?».

«Megghiu» la tranquillizzava la donna, «accussì ridiamo di più.»

Diventata donna, Adalgisa la certezza della sua avvenenza l'aveva cercata negli sguardi degli uomini, a cominciare da quell'orrendo salumiere che l'aspettava ogni mattina sulla soglia del suo negozio, con il fiato grosso e la bava alla bocca.

La ragazza, bella non lo era mai stata, ma carina e affascinante sì. Il suo corpo era piccolo e pieno di muscoli ben disegnati: merito della ginnastica che lei praticava con impegno, tanto che era persino diventata campionessa di salto in lungo. Il seno si ergeva sotto le camicette semplici ed era in armonia con i fianchi stretti e le spalle larghe. Ma era soprattutto il contrasto tra la sensualità del suo corpo e l'ingenuità del viso a renderla, in fin dei conti, attraente. Un po' bambina, un po' puttana, Adalgisa riscuoteva sempre più consensi.

Dopo la scuola, s'era impiegata come ragioniera in un ente pubblico. Ogni mattina, traballando sui tacchi alti, scendeva per il corso e, sorridendo tutto intorno, raggiungeva l'ufficio. Gli uomini le sbavavano dietro, compreso il suo direttore, un tipo brutto, rosso di capelli e con l'espressione lasciva. E il suo collega Pietrino, che biascicava frasi oscene ogni volta che la incontrava.

Lei odiava quei sospiri bramosi e gli sguardi arrapati. Solo Vito aveva saputo conquistarla, fissandola con desiderio ma anche con rispetto. Nei suoi occhi profondi aveva trovato un abisso e lì dentro s'era persa.

Adalgisa cominciò a insaponarsi meticolosamente. Le sue mani scivolavano sulla pelle bagnata anticipando di poco il piacere che aspettava da mesi. Era così felice e si sentiva libera, finalmente! Adesso era la moglie di Vito Cavallotto e non doveva più rendere conto a suo padre, un uomo mite che talvolta però diventava aggressivo per affermare la sua autorità. Figuriamoci: con tutte quelle femmine in famiglia, il signor D'Ambra aveva rinunciato da tempo a farsi ubbidire dalle quattro figlie, ma sua moglie aveva fatto le spese di quella finta arrendevolezza.

"Povera mamma" pensò Adalgisa, "quante ne ha dovute sopportare..."

Ancora le rimbombavano nelle orecchie le sfuriate che il padre faceva quando lei e le sue sorelle andavano a ballare.

Pure quella volta che Vito le aveva telefonato nel cuore della notte – e allora non erano neppure fidanzati –, il signor D'Ambra aveva urlato contro la moglie.

Il telefono aveva squillato a mezzanotte esatta. Le luci si erano accese nelle camere da letto, tutte nello stesso momento.

«Ma chi è a quest'ora?» aveva urlato il capofamiglia. Poi era corso a rispondere, mentre la moglie in sottofondo ripeteva come una giaculatoria: «Bedda matri, sapi chi successe!».

Solo Adalgisa sembrava non aver sentito e continuava a dormire, immobile nel letto, la mano sotto la guancia, i bigodini che sporgevano dal cuscino.

«Pronto? Pronto? Ma chi è?» aveva gridato l'uomo nella cornetta. «Ma chi cerca?»

Poi c'era stata una pausa di silenzio, durante la quale qualcuno aveva parlato all'altro capo del filo. «Un attimo» si era sentito, e subito dopo il rumore della cornetta che sbatteva sulla mensola di vetro, dei passi strascicati nel corridoio e un tuppulìo delicato alla porta.

«Adalgisa, è per te» aveva detto lui trattenendo la sua rabbia.

«Per me?» si era stupita la ragazza. Lentamente si era alzata dal letto sbattendo le palpebre per la sorpresa, e, aggiustandosi il pigiama arrotolato attorno alle ginocchia, si era avviata per il corridoio, seguita in processione dal padre e dalle sorelle.

Aveva preso il telefono tra le mani e se l'era accostato al petto per tappare il microfono. «Grazie» aveva congedato con un sorriso i genitori e le sorelle, come se fosse normale ricevere una telefonata a quell'ora. S'era comportata con una tale naturalezza che i suoi familiari non avevano osato contraddirla, tornando nelle loro stanze. Solo il padre, in preda a un tardivo rigurgito di rabbia, prima di chiudere la porta l'aveva minacciata: «Io non so cu è chistu. Ma o è pazzo o è cretinu. È meglio che lo lasci perdere». Un ammonimento, il suo, che sarebbe caduto nel vuoto.

Adalgisa s'era seduta per terra. Poggiate le spalle al muro, aveva finalmente risposto: «Pronto, Vito? Come ti viene di chiamarmi a quest'ora?».

«Scusa. Ho prenotato la telefonata per le nove, ma c'è stato lo sciopero dei centralinisti, così ho dovuto aspettare per sentirti.»

Lei aveva sollevato i piedi e disegnato piccoli cerchi nell'aria.

«Mi hai scritto?» gli aveva chiesto, con quel tono querulo che assumeva quando era determinata a ottenere qualcosa.

«E tu mi hai pensato?»

«Sì» aveva risposto lei, decisa, attorcigliando il filo della cornetta tra le dita.

«E allora domani ti spedisco la lettera. Ma tu lo sai che non sono bravo con le parole.»

«Ma la desidero tanto» aveva detto Adalgisa, aggiungendo poi premurosa: «Sei stanco?».

«No, mi piace andare alla fiera, incontrare gli editori, imparare cose nuove. Mi sento carico di energia e progetti.»

«Sono orgogliosa di te.»

«Grazie.»

Erano scoppiati a ridere: con tutti quei convenevoli si erano sentiti ridicoli.

Avevano continuato a mormorare frasi smozzicate e raccomandazioni, ché Adalgisa era molto gelosa, e rassicurazioni anche, ché Vito voleva tenerla tranquilla. Quanti sospiri prima di chiudere: gli innamorati, si sa, odiano stare lontani.

Le sue sorelle l'avevano aspettata in piedi per bersagliarla di domande.

«Chi era?»

«Vito Cavallotto.»

«Ma chi, quello della libreria?»

«Sì, ma non sono fatti vostri.»

«Ma sei proprio una bastarda. E come ti metti con l'impiegata della libreria?»

«Ma chi, Sisina?»

«Lei. Non è tua amica?»

Lo era stata finché Adalgisa non s'era messa in testa di sedurre il libraio. Allora era scoppiata una guerra silenziosa, che l'una combatteva a colpi di rossetto, l'altra lavorando senza sosta.

«Ma cosa hai architettato per farla fuori?» aveva insistito Emma. «Quella ha pure il consenso della madre, donna Concettina.»

«Se promettete di lasciarmi in pace ve lo dico.»

«Promesso» avevano risposto in coro le sorelle.

«Le ho trovato un posto di lavoro migliore, con un salario più alto e un orario ridotto.»

«E lei si è lasciata convincere?»

«Lei ancora no, ma ho persuaso il padre. "È un'occasione magnifica!" gli ho spiegato, e lui ha già detto a Sisina che si deve licenziare e accettare il nuovo impiego.»

«Ma sei un diavolo!» aveva commentato Olga, un po' compiaciuta, un po' preoccupata.

«In amore tutto è permesso» aveva tagliato corto Adalgisa. «E adesso dormiamo.»

«No, prima facciamo la magia.»

Allora s'erano strette in cerchio, avevano unito le braccia e occhi negli occhi avevano pronunciato: «Arrinesci, arrinesci». Era un rito che si erano inventate da bambine, serviva a realizzare i desideri, propiziare la sorte, rafforzare la fortuna.

"E ora eccomi qui ad aspettare mio marito" si disse Adalgisa. Riaprì il rubinetto, stavolta l'acqua fredda la colpì al centro del petto, ebbe un tuffo al cuore e rabbrividì. Subito provò un senso di profondo benessere. Il caldo accumulato s'era sciolto, una tiepida lieve eccitazione cominciava a farle fremere la pelle. Uscì dalla vasca e la sciacquò scrupolosamente, voleva lasciare tutto pulito e in ordine. Cosa avrebbero pensato altrimenti i proprietari dell'albergo?

Si asciugò con cura e rovistò nella valigia alla ricerca del pettine e del profumo. Si trovò tra le mani anche la famosa lettera espresso, l'unica che Vito le avesse spedito durante il fidanzamento. L'annusò: profumava ancora di dopobarba. Quanto l'aveva aspettata, sembrava non dovesse mai arrivare! Il postino gliel'aveva consegnata ammiccando e lei s'era sentita avvampare per l'emozione.

L'aveva conservata sotto i vestiti a contatto con il seno e, una volta in ufficio, si era chiusa nel bagno per leggerla in santa pace. Aveva esitato prima di tirar fuori il cartoncino color avorio dai bordi tagliati a mano.

Mentre le sembrava di annegare nella commozione, Pietrino, il suo collega sporcaccione, le aveva biascicato nella serratura: «La liccassi tutta».

Lei era trasalita, le attenzioni di quell'uomo la facevano sentire sporca, colpevole. Quel giorno – sarà stato merito della lettera – aveva trovato la forza di reagire e sferrato un calcio alla porta. «Vattene!» s'era messa a urlare. Poi, ritrovata la giusta serenità, aveva letto; "Pensieri vivissimi" c'era scritto soltanto. Tutto qui? E dov'erano le parole d'amore che lei si aspettava? "Devo ridere? Arrabbiarmi? Commuovermi?" si era chiesta, e intanto rifletteva su quelle sette sillabe. "Vito è signore, gentiluomo, pieno di pensieri delicati, timido; di certo non mi prende in giro." «Non come certi bastardi!» aveva urlato verso la porta. Poi s'era sciolta in lacrime.

Adalgisa cotonò i capelli, si diede il rossetto e indossò la camicia. "Com'è che ancora non torna?" si chiese. Mise a posto anche gli abiti di lui. Le piaceva giocare alla mogliettina e voleva godersi ogni momento di quella luna di miele, ché al ritorno, già lo sapeva, il marito l'avrebbe dovuto dividere con la suocera. "Addio intimità" si disse pensando a quella forzata coabitazione.

La faccia torva di Concettina, Adalgisa se l'era trovata davanti fin dal primo momento, ogni volta che passava dalla libreria. Succedeva al mattino e alla sera, ché il suo ufficio si trovava al primo piano dello stesso palazzo. Per sfuggire alle molestie dell'implacabile Pietrino, la ragazza, finito l'orario di lavoro, scappava via di corsa. Infilava il cappotto lungo le scale, si fermava davanti alla vetrina per annodarsi il foulard, talvolta entrava con la scusa di salutare Sisina.

Concettina Ciuni la accoglieva con un grugnito. Non che non le piacesse quella ragazza che faceva gli occhi dolci a Vito, ma ne era gelosa. Se il figlio avesse ceduto alle sue grazie, lei di sicuro sarebbe stata cacciata via un'altra volta.

«Chista è come la Saracinelli» aveva confidato alla figlia Mimma. «Chidda si pigghiò a Filippo e chista si voli pigghiari a Vituzzo mio. E poi avi i cianchi stritti stritti, 'na fimmina accussì nun po' resistiri al travagghiu.» La forma ad anfora di Sisina la convinceva di più, sia per le gravidanze, ché lei i nipoti li voleva, sia per il lavoro, ché la tesi degli ormoni "che fanno crescere minne e cianchi per resistere megghiu al travagghiu" l'aveva fatta sua.

Adalgisa dal canto suo era determinata a sposarselo, quel libraio silenzioso, impipandosene dell'ostilità della madre. Così s'inventava mille scuse per parlare direttamente con lui: i libri per la sorella, la ricerca di un manuale per ragionieri. Vito sempre lì tra le sue carte, buongiorno e buonasera: sembrava inarrivabile.

Un giorno Adalgisa aveva chiesto a Sisina di accompagnarla alla posta, odiava girare da sola.

«Non posso venire» aveva risposto l'amica e, indicando il principale, aveva aggiunto: «Devi chiederlo a lui il permesso».

Adalgisa allora s'era avvicinata al bancone.

«Signor Cavallotto» aveva sussurrato con voce flautata e il più smagliante dei suoi sorrisi.

«Sì?»

Vito aveva sollevato appena gli occhi e l'aveva guardata in un modo che lei si era sentita subito bella. La sua immaginazione si era accesa e, ubbidendo a un impulso sconosciuto, gli aveva strappato il libro dalle mani.

«Ma che sta leggendo con tanto interesse?» aveva chiesto. Era rimasta con il busto appoggiato sul ripiano di legno che la divideva da Vito, e con i piedi penzoloni nell'aria. Il suo corpo era proteso verso di lui come se gli si volesse offrire.

Il libraio l'aveva guardata esterrefatto, poi s'era ripreso il volume con un gesto gentile. Le loro mani si erano sfiorate. La scossa l'avevano percepita entrambi, forte e per tutto il corpo.

«Nulla di interessante.»

Lei aveva riso spalancando la bocca e, inclinato il collo all'indietro, gli aveva mostrato la gola bianca. Era una risata sfacciata e innocente al tempo stesso.

«E allura picchì lu legge?» l'aveva provocato. Quanto le piaceva sedurre.

Concettina seguiva la scena: l'interesse del figlio per quella ragazza era evidente. Così, ondeggiando sui suoi piedi deformati da due grosse cipolle, era stata lesta a intervenire: «Può venire, può venire. Sisina, accompagna la tua amica alla posta» le aveva congedate sgarbata.

Adalgisa, ignorata la donna, s'era di nuovo rivolta a Vito, che era sembrato uniformarsi ai doveri della madre: «Per me...».

Dopo quella prima volta, Adalgisa e Vito si erano rincontrati casualmente per strada. Lei stava attraversando sulle strisce pedonali, lui aveva bloccato la macchina. Le era sembrato un gesto galante. In un'altra occasione, avevano fatto insieme un pezzo di tragitto a piedi. Poi avevano preso l'abitudine di bere un caffè al bar prima del lavoro. Lei desiderava in modo spasmodico di essere baciata, ma lui sembrava non averne alcuna voglia. Finché, un giorno di giugno, era successo davvero: stavano gustando un gelato alla villa comunale quando Vito l'aveva baciata con le labbra sporche di pistacchio.

"Ah, quanto ho dovuto penare prima di fidanzarmi" sospirò Adalgisa, riponendo le cravatte nella gruccia. "Tra mia suocera che non voleva mollare e mio padre che attendeva di sposare prima le mie sorelle... Ma dov'è finito mio marito?" Quanto le piaceva quella nuova parola.

La stava facendo aspettare giusto la prima notte di nozze.

Ma com'è che quell'uomo si faceva sempre atteniri? A dirla tutta, Adalgisa aveva nutrito in passato alcuni dubbi sulla virilità di Vito, c'erano delle cose di lui che non la facevano stare tranquilla.

«Non sa nuotare» aveva raccontato a sua sorella Emma, che le aveva risposto: «Cosa c'entra? È un uomo, non un pesce». E lei s'era chetata.

Quando l'aveva visto in costume al mare, era rimasta turbata dalla sua pelle liscia come quella di una donna e con pochi peli. Ma quella sera stessa le carezze di lui l'avevano fatta avvampare, e lei non c'aveva più pensato.

«Non sa ballare» aveva poi detto alla madre.

«Si vede che è uno serio.»

«E non urla mai...»

«Vuoi fare la fine mia? Sai quante volte ho pregato Dio perché facesse diventare muto tuo padre?»

Ma tutto questo tempo al bar, la prima notte di nozze... I dubbi stavano riaffiorando e rischiavano di guastarle il piacere che quella camicia da notte le procurava.

Le gocce di sudore scendevano lungo le curve del suo corpo e si arrestavano nelle pieghe. Gli strati di nylon e taffetà le si erano appiccicati alla pelle come un velo di plastica. Avrebbe voluto strapparsela di dosso, ma ci teneva a essere elegante. Sollevò i capelli per liberare il collo, non c'era un alito di vento. Fuori una spiaggia scura e il mare immoto, come un campo impietrito dalla siccità. C'era una luce d'argento su Isola Bella, che si stagliava nera e misteriosa al centro della baia.

Sperò che dall'acqua si levasse un po' di frescura. Guardò l'orologio. Il suo desiderio cresceva.

«Hai qualche preoccupazione?» le chiese Vito. Era rientrato e lei non se n'era accorta. Da un po' la stava osservando come incantato.

Adalgisa sorrise, finalmente libera di farlo. La suocera, durante il ricevimento, l'aveva rimproverata più volte: «Un s'ha mai vistu una sposina ca' ride!» le aveva sibilato durante il taglio della torta, e lei, ubbidiente, s'era affrettata a serrare le labbra. Ma poi Vito le aveva mormorato una sciocchezza all'orecchio ed era scoppiata in una risata fragorosa. Cosa poteva farci se si sentiva felice?

Il marito la baciò, aveva un sapore forte, di alcol e sigarette. Lei socchiuse le labbra e si fermò in attesa. Non sapeva cos'altro fare.

Vito la prese in braccio, la sollevò come fosse una bambina e la poggiò delicatamente sul letto.

«Sei tutta sudata» constatò passandole una mano sul seno.

«Fa molto caldo.»

Continuò a baciarla e ad accarezzarla. Anche a lui, come a Libertino, le signorine della pensione Nives avevano svelato le regole dell'amore, e la lentezza era la prima. La tenne stretta per un tempo infinito, finché non la sentì calda e liquida come cera. Fu allora che le tolse la camicia e il corpo di Adalgisa si allargò nel letto come acqua fuori dal suo contenitore. La osservò alla luce della luna: aveva gli occhi e i pugni serrati. Le allentò le dita, una per una. Sapeva di dover essere paziente, ché di solito non è la prima notte la più bella e soddisfacente, ma la centesima. Le baciò le palpebre, le guance, il collo, il seno. Scese fino alla pancia, poi più giù ancora, e man mano Adalgisa riprendeva forma. Lei si abbandonò, sentì il suo corpo contrarsi, aprirsi e di nuovo stringersi. Erano due e sembravano uno, era uno che a tratti si divideva in due.

Il respiro di lui si fece corto, quello di lei profondo.

La mattina dopo si alzarono presto, sul lenzuolo le tracce evidenti della loro fusione. Adalgisa comprese d'un tratto il significato di quella sibillina raccomandazione di Mimma: "Tu pigghiasti u pannu?". Prima di partire volle lavare le lenzuola. Che cosa avrebbero potuto pensare di lei i proprietari dell'albergo?

14

Alfio Barone

Catania, settembre 1969

Alfio Barone si alzava ogni mattina di malumore. Adorava poltrire, ma sfortunatamente, quando ancora il sonno intorpidiva la sua testa, gli toccava di saltare giù dal letto, ammesso che si potesse chiamare così lo scomodo divano sul quale da qualche mese trascorreva le notti. Si affrettava quindi a liberare la stanza prima che arrivassero gli impiegati della libreria Cavallotto.

La corsa contro il tempo gli faceva battere il cuore disordinatamente e sollecitava oltremodo i suoi nervi: perciò al risveglio era scorbutico. Nel corso della giornata la sua natura serena prendeva di nuovo il sopravvento; per evitare una rispostaccia, quindi, bastava non parlargli finché non avesse fatto colazione.

Alfio piegò le lenzuola, le posò sul materasso, richiuse la rete e la infilò all'interno del suo telaio. Il meccanismo non oppose alcuna resistenza e le cerniere scivolarono le une sulle altre con tale fluidità che gli scappò un sorriso. Era un tipo semplice e con una congenita tendenza all'allegria, gli bastava poco per sentirsi in pace. Sprimacciò con forza i cuscini e aprì la finestra per arieggiare la stanza. Priva del disordine della notte, l'improvvisata camera da letto tornò a essere il severo studio di un libraio, con una scrivania di legno massiccio, due poltrone, un divano in pelle e molti scaffali colmi di volumi.

Da fuori arrivò una luce vivida, così intensa che aveva la consistenza dell'acqua. I mobili sembrarono galleggiare come dopo un'alluvione.

Un moderno e alto palazzo occludeva la prospettiva: il cielo, da lì, Alfio non riusciva a vederlo. Anche quella mattina si rammaricò di non poterne avere un suo personale, piccolo pezzo. Tuttavia la vita gli sembrò ugualmente radiosa.

Salì le strette scale che conducevano al ballatoio, scavalcando mucchi di libri in attesa di collocazione. Entrò in un bagnetto risicato, dove erano accatastati gli scatoloni vuoti; con un piede li spinse delicatamente contro il muro e, una volta fattosi largo, poté specchiarsi.

Viveva da qualche anno in una condizione di precarietà che si portava dietro parecchi inconvenienti, dei quali però non si lamentava. Li considerava gli effetti collaterali della sua inguaribile pigrizia. Piuttosto che fare un lavoro vero, aveva sempre preferito campare di espedienti, della generosità di parenti e amici, arrangiarsi in un sottoscala, in un retrobottega.

«È dura per chi non ha né arte né parte» disse alla sua faccia riflessa, e si massaggiò con insistenza la mascella. La barba ispida, se accarezzata contropelo, produceva un lieve crepitio, come le foglie secche quando vengono calpestate. Quel cric crac lo fece sentire in stretta armonia con l'universo.

Si insaponò viso e collo con il pennello, lasciò fuori solo i grossi baffi ritorti: a sistemarli ci avrebbe pensato dopo.

Teneva molto all'aspetto fisico, cui dedicava tempo e cure. Era il corpo l'unico capitale che possedeva, e gli aveva consentito, almeno negli anni della giovinezza, di vivere come un principe.

Nato povero, Alfio era emigrato in Sudamerica senza una valigia, portando con sé una bellezza maschia, un temperamento ardente, modi galanti e un'indolenza che gli aveva impedito di mettere su casa e famiglia.

Nel suo peregrinare aveva conosciuto e impalmato la figlia del presidente del Paraguay. La donna s'era incapricciata della sua sensuale virilità facendogli compiere un vertiginoso balzo sociale. Alfio aveva finalmente una casa e si era sentito pronto per fare dei figli.

«Ah, che anni meravigliosi ho vissuto!» esclamò prima di mettere la testa sotto l'acqua. «Stoviglie d'argento, vestiti eleganti, balli, ricevimenti...» Il ricordo lo riempì di felicità: non era tipo da affliggersi con i rimpianti e aveva la straordinaria capacità di tenere gli occhi saldamente fissi avanti.

Talvolta, quando era in completa solitudine, si concedeva il lusso di una nostalgia affettuosa, ma erano solo le cose belle che riaffioravano alla sua memoria.

Ripensò alla moglie, una ragazza magra e dalla pelle bronzea, che sapeva mugolare come una gatta. "Se solo non avesse avuto quel carattere lunatico..." considerò mentre si spazzolava i denti. D'altra parte a lui le donne focose lo attiravano come calamite, e le sudamericane sembravano impastate con la lava. Perciò era stato felice in quel Paese così lontano, le femmine gli si davano con la gioia del donarsi e la fretta di soddisfarsi. Nulla a che vedere con le siciliane che aveva lasciato a Caltanissetta, dilaniate dal dramma anche mentre gemevano di piacere tra le sue braccia.

Quando era avvenuto il colpo di stato e il regime era stato rovesciato, Alfio aveva dovuto interrompere la sua nuova, lussuosa esistenza. Il destino gli teneva in serbo ancora anni di instabilità. Se n'era dovuto tornare indietro, lasciando soldi, possedimenti e persino la moglie. Solo le figlie aveva potuto portare con sé, tre deliziose bocche da sfamare.

Il ricordo delle bambine lo commosse. Non aveva loro notizie ormai da tanti anni. Erano stati insieme poco tempo, ma quelle faccine scure e sorridenti, quei riccioli morbidi e neri non poteva certo dimenticarli. "Chissà dove sono adesso... Saranno ormai delle giovani donne." Che emozione aveva provato nel prenderle in braccio per la prima volta! Era stato sempre così misero che non poteva dire di aver mai avuto davvero l'affetto di qualcuno. Quei fagottini, invece, gli appartenevano totalmente.

Una lacrima, una sola, gli scivolò lungo il mento. L'asciugò con un gesto furtivo. Non era tipo da perdersi in pianti, fiducioso affrontava gli accadimenti, persino i più tragici, anche se un senso di fallimento covava in fondo al suo cuore da che aveva rimesso piede in Sicilia.

Era stato difficile trovare una sistemazione, e con tre bambine al seguito... "Me la caverò di nuovo" s'era detto. "La Provvidenza non mi abbandonerà."

E quella Provvidenza in cui riponeva una fiducia sconfinata gli era venuta presto in soccorso. Un cugino benestante e generoso lo aveva preso in casa insieme con le figlie. Alfio aveva di nuovo da mangiare e dove dormire; in cambio intratteneva parenti e ospiti con i suoi racconti da *Mille e una notte*: era così bravo a tenere la scena!

Poi una mattina era ricomparsa la moglie, magra, piena di alcol, di droga e di pretese. S'era infilata in quella casa sovraffollata e in poco tempo aveva scatenato malumori e litigi. Nulla era mai abbastanza per lei, che voleva ballare, ricevere, frequentare. Dopo alcuni mesi, forse annoiata dalla vita di provincia, era sparita senza una parola di spiegazione, portandosi dietro le bambine.

I parenti per alcune settimane avevano compatito Alfio, che però si era presto reso conto che anche per lui era giunto il momento di togliere le tende. Pigro sì, ma perspicace e pieno d'orgoglio. Così, prima che il cugino si stancasse della sua presenza e lo cacciasse, si era trovato un posto di precettore all'istituto di Agraria, con regolare stipendio, vitto e alloggio compresi.

Tra una sigaretta, un piatto di minestra e poche, leggere incombenze – ché al lavoro era allergico –, gli anni della maturità erano volati ed era arrivato alla pensione. Senza un ruolo sociale ben definito, Alfio aveva cominciato a vivacchiare sulle panchine della piazza centrale, ascoltando il vento che, a orari fissi, si levava dalle colline intorno e mulinava tra le chiome degli eucalipti. Sembrava destinato a finire così i suoi giorni. Quando c'era stata l'inaugurazione della nuova libreria Cavallotto in corso Umberto, un evento mondano per Caltanissetta, s'era fatto coraggio e, spinto dall'istinto di sopravvivenza più che dalla curiosità, c'era andato vestito di tutto punto.

Non era solito frequentare quel tipo di posti, aveva letto giusto un libro in tutta la sua vita, ma la presenza di commesse giovani e belle che scodinzolavano dietro al bancone gli aveva rallegrato la vista. S'era intrattenuto fino a tardi, non riuscendo a staccare gli occhi da quei corpi flessuosi, e s'era sperticato in complimenti, colmando di galanterie persino la mamma del proprietario, la scorbutica e corpulenta Concettina.

Il suo accento spagnolo e il continuo intercalare di parole esotiche avevano fatto colpo sulle ragazze e sui proprietari, che non avevano voluto lasciarlo andare. Così Alfio, certo di essere ben accolto, aveva preso l'abitudine di tornare lì ogni pomeriggio.

La frequentazione con il titolare, nel corso delle settimane, era diventata quasi amicizia. I due non avevano molto in comune: uno sembrava amare i libri più della moglie, l'altro li guardava con indifferenza, come se tra le pagine potesse annidarsi al massimo qualche insetto. Ma entrambi erano abitati dall'amore per l'azzardo che li induceva ad andare avanti sempre e comunque. Ogni sera si fermavano a chiacchierare e presto erano passati dal "lei" al "tu", coltivando una certa intimità. Eppure nessuno dei due amava parlare apertamente di sé, finché un giorno Vito aveva chiamato Alfio in disparte: «Devo parlarti di una cosa. Adalgisa però non deve saperne nulla, sai come sono le donne...».

«Siamo tra gentiluomini» gli aveva risposto l'altro, ed era sprofondato in una poltrona con un grosso sigaro tra le dita, immaginando una storiella piccante.

«Ho deciso di aprire una nuova libreria a Catania. Ho voglia di crescere. E poi chissà, magari un giorno ne aprirò un'altra a Palermo, e poi potrei anche diventare editore...»

Alfio era sbigottito. "Ma tu guarda se un uomo per lavorare deve nascondersi dalla moglie" aveva pensato commiserando l'amico, e s'era rallegrato della sua solitudine.

«Vengo al dunque. Ho bisogno di te.»

«Per la libreria?»

«Certo.»

«Ma io nella mia vita ho letto solo *Pinocchio*, come posso aiutarti in questa impresa?»

«Per uscire dalle angustie della provincia e intrattenere rapporti con autori e artisti – perché voglio aprire anche una galleria – è necessario conoscere le lingue. Tu ne parli quattro e poi sei bravo con le persone, sei simpatico a tutti, saresti perfetto per tenere le pubbliche relazioni.»

Alfio si mise a ridere. Si aspettava una storia di corna e invece aveva ricevuto una vera proposta di lavoro.

«Ti darei anche uno stipendio e la qualifica di direttore» aveva aggiunto Vito per allettarlo.

«Ma perché tua moglie non deve saperlo?»

«Dice che lavoro troppo, che non stiamo mai insieme... Allora, fammi sapere presto. Ma mi raccomando, shhh...» e si era portato l'indice dritto davanti alla bocca.

«Sono un uomo di mondo, perbacco!»

Mentre era fermo in piedi davanti al piccolo lavandino, la pancia del direttore borbottò per la fame, ricordandogli che la sera prima aveva saltato la cena.

Vito e Alfio avevano l'abitudine di mangiare insieme. Entrambi soffrivano di colite, e insieme si divertivano a esaminare ogni singolo piatto. «Peperoni no, finocchi sì» recitava uno; «Brodo sì, riso sì, salsiccia no» gli faceva il controcanto l'altro. Di ognuno si raccontavano gli effetti, una sorta di gioco, e così, nonostante quel problema, mangiavano in allegria. A pranzo, almeno.

"Invece la cena ci fa veleno" pensava piccato Alfio da quando le paturnie della signora Cavallotto erano peggiorate. "Quella donna, una ranocchia dalla bocca larga e i fianchi stretti! Il fastidio le cola dagli occhi come lacrime!"

Adalgisa, ritenendo il direttore della libreria responsabile delle assenze del marito, gli lanciava continue frecciatine velenose. Ma un po' per rispetto del suo capo, un po' perché se avesse dovuto dar retta a ogni provocazione la sua vita sarebbe stata un inferno, non reagiva. Chi vive di espedienti deve purtroppo mettere da parte orgoglio e amor proprio.

«Mi spiace» aveva sussurrato Vito la sera precedente, rosso in viso per l'imbarazzo. «Adalgisa non ha voglia di cucinare. Scusa, scusa e ancora scusa. Sai come sono le donne...»

"Bah, le mogli!" aveva pensato Alfio. "Fortuna che io non ne ho."

Aprì l'acqua calda e cominciò a lavarsi un pezzo alla volta. Era costretto a contorsioni e acrobazie sotto al rubinetto. "Almeno una doccia potevano metterla" si lamentò tra sé. Quindi, completata la sua toletta, rimise tutto a posto e tornò di sotto per vestirsi. Nascose il pigiama dietro i faldoni della contabilità. La camicia fresca di bucato si posò leggera sul torace ancora possente, l'abito di lino lo avvolse come l'abbraccio di un'amante. Annodò la cravatta, si pettinò, infilò le scarpe; ecco, adesso era pronto per affrontare un nuovo giorno di lavoro.

Percorse il ballatoio, appoggiandosi al lungo parapetto di vetro contro il quale i raggi del sole rimbalzavano come fosse un immenso specchio ustore. L'effetto di tutta quella trasparenza e del fuoco incrociato dei riflessi era magnifico, luce ovunque e una prospettiva verso l'infinito, oltre l'orizzonte del mare.

Aprì la porta, il frastuono del traffico lo investì. Le macchine sfrecciavano impazienti, gli autobus ringhiavano. Attraversò la strada facendosi largo con un gesto imperioso e prese posto al bar sotto i portici. Il cameriere gli servì la colazione. D'improvviso l'urgenza che l'aveva portato fin lì sembrò dissolversi e Alfio cominciò a sbocconcellare la brioscia così lentamente che i cristalli di caffè persero la loro consistenza diamantina e la granita si trasformò in un liquido scuro e poco allettante.

Universitari, impiegati pubblici e bancari cominciavano

ad animare corso Sicilia. E quante studentesse! Lui le amava tutte, anche quelle brutte. Sapeva adularle, corteggiarle, lusingarle e, quando serviva, anche intimorirle. Le adorava per l'innocenza e la curiosità che brillavano nei loro occhi giovani. Se ne entrava una in libreria, le correva incontro con un sorriso accattivante: «Sono qui per lei» sussurrava inchinandosi. Nessuna, neanche la più riottosa, la più timida, la più paesanotta, si sottraeva alle sue attenzioni.

Seguì con lo sguardo una ragazza dai fianchi morbidi e le gambe lunghe. Ah, che delizia quelle minigonne che scoprivano centimetri di pelle e pieghe deliziose.

«Che fai, Alfio?» La voce di Vito lo colse di sorpresa. Ce l'aveva per abitudine di arrivare silenzioso e fermarsi a osservare senza esser visto. Erano quelli i momenti che lui considerava "di verità".

«Niente, conduco studi di antropologia...»

Risero insieme.

«Se hai finito di studiare, andiamo dentro a lavorare. La settimana prossima inauguriamo la mostra. Sei o non sei il direttore della galleria?»

Salirono al secondo piano del palazzone INA-casa, un enorme parallelepipedo in ferro e vetro che voleva essere un monumento alla modernità. Vito aveva dovuto faticare per convincere gli oscuri burocrati dell'ente a concedergli il permesso di aprire una scala interna. «Che senso ha la libreria scollegata dalla galleria?» aveva protestato più volte, ma per spuntarla aveva dovuto produrre i documenti e le perizie più assurde.

«Sono così inamovibili, i siciliani» era solito ripetere.

Alfio, per quel giovane uomo affamato di novità, aveva una vera e propria venerazione; lo difendeva sempre dalle critiche e dai pettegolezzi. "Quello anticipa il futuro. Solo a un visionario, nella Catania del 1969, può venire in mente di assumere un addetto alle pubbliche relazioni. Cosa volete capire, voi poveri provinciali?"

La famiglia Cavallotto, nell'estate del 1968, pochi mesi prima che s'inaugurasse la libreria di Catania, aveva cominciato a villeggiare nel campeggio della Playa, non lontano da corso Sicilia.

Vito aveva pensato di lasciare la famiglia a Caltanissetta finché non si fosse sistemato bene, ma Luisa, la figlia più piccola, era stata così male che si era arrivati a temere per la sua vita. Il medico era stato chiaro: «Il mare ci vuole». E lui si era precipitato a comprare una roulotte.

Adalgisa si era opposta fin dall'inizio al progetto di aprire *un'altra* libreria. Non sapeva che il marito aveva già affittato i locali nel cuore della "city" etnea e lottava contro una serie di Cassandre che presagivano il fallimento entro tre mesi.

Alfio era preoccupato dalle voci che raccoglieva in giro.

«Vito, ma com'è che sei così tranquillo?» aveva chiesto.

«Vedi» gli aveva confidato lui, «ho un asso nella manica. Ho parlato con Biagio Melloni e sono l'unico rappresentante per la Sicilia di remainder. Libri esauriti e rarità che a Caltanissetta per me sono stati un buon affare, e conto che lo possano diventare anche a Catania.»

«E quando glielo dici, a tua moglie?»
«Adalgisa lasciala perdere, sai come sono le donne...»

Adesso, dopo un anno, a dispetto delle previsioni degli invidiosi la libreria andava bene. Vito aveva sparso qua e là comode poltrone e impartito istruzioni precise ai commessi: «Lasciate liberi i clienti, lasciate che leggano quel che vogliono». E ora c'era pure la galleria!

I quadri erano già stati appesi alle pareti, Alfio e Vito li passarono in rassegna. Incisioni, oli e litografie si susseguivano creando un bell'effetto scenico. Alfio chiese spiegazioni di ognuno, ne osservò a lungo i particolari. Ogni tanto faceva qualche commento che l'altro ascoltava con vivo interesse.

«Magnifico, superbo, eccelso!» ripeteva con entusiasmo. «Questo è il mio preferito» disse indicando un disegno di Emilio Greco, un dolce profilo di donna che si perdeva nel bianco. «Belli anche questi.»

«Sono disegni di Bruno Caruso, me li ha portati Leonardo Sciascia» lo informò Vito.

«U maistru?»

«Lui. Quando sono in libreria a Caltanissetta, a volte viene a trovarmi. È uno silenzioso e solitario. Certe volte arriva con un rotolo di disegni sotto al braccio. "L'ammu a fari?" mi dice. È patito di incisioni e gli piacciono le mostre. Ha promesso di passare anche qui a Catania, ma non il giorno dell'inaugurazione, non gli piace stare in mezzo alla folla.»

«Siete amici?»

«Mah... Quello sta qui» disse Vito alzando il braccio una spanna sopra la sua testa, «e io sono qui» e abbassò la mano fino a metà coscia.

«Questione di prospettiva» rispose Alfio, che considerava il Cavallotto un gigante.

«Con me ha sempre parlato volentieri, anche quando facevo il banconista da mio cugino Totò. È stato lui, u maistru, a dirmi che dovevo mettermi in proprio. E io gli ho dato retta subito. Una sera che non dimenticherò mai, u maistru mi domandò: "Ma lei perché non fa l'editore?". E io gli risposi che non mi sentivo pronto. Allora mi scrisse un titolo su un pizzino. "Questo deve pubblicare, come primo libro." Così mi ha messo un'altra idea in testa. Guarda, ho il biglietto nel portafogli, quando sarà il momento...»

«Questo poi è stupendo» disse ancora Alfio indicando un quadro.

«*Donna che cammina sotto la pioggia*, è di Vespignani. Cioè, l'ha dipinto lui, ma è di proprietà di mia moglie. Non ti dico per farmelo prestare... Ci tiene tanto che non voleva separarsene neanche per qualche giorno.»

L'allestimento finiva con un olio di Guttuso, un nudo di donna di grandi dimensioni.

«Magnifico!» esclamò Alfio. E Vito gli sorrise grato: per lui quella collezione era come un figlio.

«Se non hai più bisogno di me, io vado, ho molto da fare.»

«Lavoro?» chiese Vito incredulo.

«Sì» gli rispose orgoglioso l'altro.

Il direttore se ne andò al piano terra e si mise a passeggiare come suo solito tra gli scaffali. Ogni tanto prendeva un libro, lo sfogliava, muoveva la testa come se approvasse. Nonostante avesse letto solo *Pinocchio*, era capace di intrattenere lunghe discussioni con i clienti, compresi gli intellettuali catanesi, che arrivavano a frotte soprattutto alla sera, quando l'aria non più rovente regalava attimi di lucidità. Si accaloravano per un nonnulla, piluccando pagine di libri come galline il pastone.

Alfio li ascoltava deferente, sforzandosi di cogliere le parole più inusuali, che subito faceva sue. Se le studiava nel suono e nel significato e le riproponeva poi nel corso delle conversazioni galanti. Già, la sua specialità era rimasta sempre la stessa: le donne. A ognuna di loro riservava un baciamano appassionato. Si inchinava sfiorando con i baffi quelle dita bianche e infliggendo loro un solletico delizioso. Tutte arrossivano di piacere e d'imbarazzo.

«Mia adorata» sospirava. Non conversava, Alfio, ma corteggiava. S'informava della loro salute, delle loro preferenze letterarie, quindi si dirigeva verso la lettera c – gli autori erano disposti in ordine alfabetico – e tirava fuori una copia di *Pinocchio*.

«*Et voilà*» esclamava trionfante. «La più profonda metafora della condizione umana.» E quando pronunciava quella frase teneva il portamento eretto, atteggiava la faccia in un'espressione seria, il suo sguardo andava oltre la vetrina, per arginare le sue idee indisciplinate che al cospetto della cultura tentavano la fuga.

«Non si può dire di conoscere la condizione umana se non si è prima letto *Pinocchio*, miserabile burattino, povero bambino.» Adorava la rima finale.

Non era uno sbruffone, bensì un simpatico imbonitore.

Puntualmente la donna, stringendo al petto il volume, correva alla cassa a pagare.

Alfio la seguiva con gli occhi e, quando lei sventolava il pacchetto, la invitava a ritornare: «Aspetto le sue riflessioni, *madame*!».

Certo è che il lavoro lo svolgeva con entusiasmo e professionalità, ammesso che lavoro potesse considerarsi quel breve corteggiamento, e professionalità quel parlare senza senso.

La mostra fu un successone. I quadri furono venduti tutti, compreso il Vespignani di Adalgisa.

«Scommetto che è stato Alfio Barone!» urlò la donna con le mani sui fianchi. Ah, questa volta s'arrabbiò davvero, e mise al bando lo scroccone.

«Vito, ma ti pare giusto che ogni sera è qui a cena?» si lamentava di continuo Adalgisa.

Alfio capì che non era più il caso di insistere e disertò la tavola dei Cavallotto. Alla Playa, però, riuscì a farsi invitare nelle roulotte degli altri campeggiatori. Doveva pur mangiare, che diamine!

«Vito, ti pare giusto che ogni sera scrocca da mangiare ai nostri amici?» cominciò a dire Adalgisa. Voleva fargli terra bruciata intorno.

Gli amici per la verità se lo contendevano Alfio, a pranzo e a cena, era così brillante. E lui, per ricambiare quei generosi inviti, si fece carico di svolgere per conto di tutti piccole commissioni, come consegnare la spesa o portare gli abiti in tintoria. E, poiché non amava faticare, delegò quelle incombenze al fattorino della libreria. Apriti cielo!

«Ti pare giusto, Vito, che il tuo impiegato deve portare la carne alla signora Agata? E i giornali al generale Fiaccavento?»

Adalgisa sollecitava senza sosta il marito perché prendesse provvedimenti.

Alla fine, tanto disse e tanto fece, la querula signora, che il Cavallotto si trovò nelle condizioni di dover licenziare il direttore. Lo convocò perciò nel suo studio, ma gli mancarono le parole: non ne aveva trovate neanche nei libri, nonostante avesse sempre detto che ne esiste uno per ogni situazione.

Alfio capì subito che era arrivato il momento di lasciare la scena.

«Sono stanco» disse sbadigliando. «Voglio godermi la pensione e, d'altra parte, ormai la libreria è ben avviata e tu non hai più bisogno di me.»

Vito si alzò in piedi e l'abbracciò riconoscente per il lavoro svolto e per quelle dimissioni spontanee, che lo sollevavano da un compito sgradevolissimo.

«Grazie, mi mancherai.»

«Sei davvero speciale» gli disse l'ormai ex direttore ricambiando l'abbraccio. «Meriti di diventare un grande editore.»

15

Le sorelle Cavallotto e la zia Mimma

La Playa, agosto 1977 – Caltanissetta, dicembre 1977

La zia Mimma era grossa come la loro nonna, ma molto più simpatica e accondiscendente. Nutriva per le nipoti un affetto smisurato e andava spesso a trovarle al campeggio della Playa, trascorrendo le giornate a giocare con loro. Nel pomeriggio crollava all'improvviso sulla sdraio, come un orologio che ha esaurito la carica. Adorava il profumo del mare e quello dei pini. Le piaceva inoltre osservare il sole che se ne calava colorando il cielo, prima di un rosso passione e poi di una preziosa tonalità dorata.

Lo zio Libertino le stava accanto, tenendole stretta la mano. Mimma avrebbe voluto baciare il marito sulla bocca, ché a quell'ora le saliva sempre un desiderio dalla pancia. Ma non osava, c'erano le nipotine e non stava bene davanti a loro.

«Le adolescenti hanno diritto alla loro sessualità» ripeteva suo fratello Vito, a cui piaceva fare il moderno e spesso le sparava grosse. Mimma allora arrossiva e si faceva il segno della croce: «Poi però borbotti se le figlie girano per casa con le sole mutandine o se portano le minigonne...».

La roulotte era abbastanza comoda e nel corso delle stagioni aveva acquisito le fattezze di una vera e propria casa.

C'erano una camera matrimoniale e i lettini a castello. Due porte ricoperte di specchi isolavano gli ambienti e li facevano apparire più ampi di quello che erano. Forse avrebbero potuto affittare un appartamento, i Cavallotto, ma erano gli anni Settanta e il campeggio era un dovere sociale.

Le sorelle durante le vacanze pretendevano di dormire con la mamma, che in inverno era inflessibile e le costringeva nella loro stanza. In campeggio però le regole non valevano e se ne stavano vicine, una aggrappata all'altra come una colonia di pipistrelli.

I letti a castello erano per gli ospiti: ce n'erano sempre tanti, i Cavallotto amavano la compagnia. Ma erano brandine strette e Mimma alla sera ce la dovevano spingere a forza.

Con le mani affondate nel grosso sedere della zia e i piedi ben saldi per terra, Cetti, Anna e Luisa la mettevano a dormire tra scherzi e risate sgangherate, trasformando la tragedia in farsa.

Mimma se ne faceva un cruccio della sua stazza e, quando rimaneva sola tra le lenzuola, si pizzicava con cattiveria quei fianchi inutilmente larghi, che non avevano mai accolto una briciola d'eternità.

Nell'angolo più estremo della roulotte, vicino a una finestrella, Vito si era ritagliato un posto tutto suo, dove, immerso nei libri e nelle carte, trascorreva le sue notti insonni senza disturbare nessuno.

Adalgisa soffriva a dormire separata dal marito: forse per

quello in campeggio era sempre nervosa e trattava male tutti. Le bambine vivevano invece in uno stato di totale felicità e non facevano caso al malumore della madre, ormai abituate alle sue sfuriate.

Mimma, quando c'era aria di tempesta, era pronta a schierarsi dalla parte della cognata. «Poverina» la mischiniava, «il lavoro, tre figlie una dietro l'altra...»

Un po' la comprendeva, ma soprattutto da tempo coltivava il progetto di farsi affidare una delle bambine. Aveva puntato Luisa, la più piccola. Era magra e bisognosa d'attenzioni, e poi le aveva letteralmente donato il sangue, perciò la sentiva un po' come fosse figlia sua. Non aveva però ancora trovato il momento né le parole giuste per parlargliene, e intanto si rodeva perché l'intimità con il marito sarà pure mancata alla cognata, costretta per molti anni alla convivenza con la suocera, ma il suo ventre, poche settimane dopo il matrimonio, già bruciava di un coccio di vita.

Le sorelle al mattino si svegliavano presto. Raggiungevano il padre e si accucciavano vicino a lui, che le accoglieva con un bacio, un sorriso. Adoravano la sua pancia morbida: negli ultimi anni Vito era ingrassato. «Devi mangiare di meno» lo prendevano in giro. Anna andava matta per i suoi rotoli, non faceva altro che accarezzarglieli, infilava le sue piccole dita tra una piega e l'altra. "Ponchiolone" lo chiamava.

Talvolta nel letto trovavano la mamma con l'aria soddisfatta e un'espressione stranamente pacificata, perché di solito le sue labbra erano tirate e gli occhi strizzati a fessura.

Le bambine coglievano al volo quel momento di grazia e si mettevano a saltare sul materasso come fosse un trampolino. Più in alto, sempre più in alto, finché una mattina la roulotte s'era piegata su un lato ed erano caduti tutti e cinque a terra. Che risate si erano fatte, sembravano impazzite. Tranne Cetti, che aveva incassato la testa nelle spalle e s'era portata le mani sul viso temendo di essere rimproverata.

Aveva sempre paura quella ragazzina, nonostante a nove anni avesse già l'aspetto di una donna. Sensibile e introversa, sembrava destinata all'infelicità; il padre, che l'aveva intuito, cercava di valorizzare i suoi talenti e la incoraggiava a esprimere quello che sentiva. Cetti, per compiacerlo, si affannava a studiare: avrebbe preferito morire piuttosto che deluderlo. Era stato lui, un giorno, a iniziarla alla magia dei libri. La ragazza sentiva ancora il suo cuoricino battere più forte, ogni volta che ripensava a quel momento.

Aveva quattro anni, la mamma era incinta di Luisa e la sua pancia voluminosa funzionava come un grosso respingente, tanto che la bambina non riusciva ad abbracciarla.

Nella libreria di Caltanissetta, Cetti aveva imparato a parlare, a camminare, e in quei giorni aveva appena cominciato a sfogliare i primi libri, ma con distrazione, perché ancora preferiva i giocattoli. Un pomeriggio, ubbidendo a un diktat interiore, Cetti si era arrampicata su una pedana di legno e s'era intrufolata nella vetrina. Nascosta in un mucchio di bambolotti, che erano la novità di quel Natale, era rimasta lì con lo sguardo perso, sembrava una bambola anche lei.

Sua madre non si era accorta di nulla, altrimenti l'avrebbe tirata via in malo modo. Già in quel periodo era così irritabile, ché lavoro e maternità non vanno d'accordo, e quando si cova non si può pensare ad altro. Il papà, come al solito, era in giro per lavoro.

Tranquilla come una pecorella in un recinto, in quella vetrina la fantasia di Cetti aveva cominciato a lavorare. E così le era comparso Fefè, un elefantino azzurro che l'aveva salutata con un colpo di proboscide e le si era avvinghiato alle caviglie. Farfalle, orsetti e coniglietti si erano materializzati dal nulla, la bambina aveva trovato dei compagni di giochi. Da quella volta, se ne stava sempre rintanata lì e alla sera dovevano tirarla via di peso.

La nonna Concettina, che non si faceva mai i fatti suoi, borbottava: «Questa picciridda non mi convince. Invece di correre e saltare come fanno quelli della sua età, se ne sta ferma a giocare alle belle statuine. E poi ha lo sguardo assente». Ma la donna non poteva sapere che la nipote non era sola: c'erano coccinelle chiassose a ricoprirle le braccia, sciami di lucciole a danzarle tra i capelli e una cucciolata di canuzzi pelosi che guaivano e chiedevano carezze.

Una mattina, un cliente era entrato nel negozio dicendo di voler acquistare un regalo per la moglie.

Si era guardato un po' intorno e poi aveva domandato, soldi alla mano: «Quanto costa la picciridda?».

«Ma di che parla?» era intervenuta lesta Maria, una delle commesse. Nella libreria lavoravano solo donne, così aveva deciso Vito: «Sono fedeli e ubbidiscono senza che io debba alzare la voce», e quindi aveva tappato la bocca alla moglie che faceva la gelosa.

«Vorrei la picciridda con la vistina rosa. Sa, non ho figli...»

L'uomo aveva puntato un dito secco e giallo contro Cetti. Aveva gli occhi strabici, e questo lo faceva sembrare cattivo.

«Viene mille lire al chilo» lo aveva informato Maria. Scherzavano, ma la bambina non poteva capirlo e cominciò a preoccuparsi.

«Se la prenda» era intervenuta Adalgisa lisciandosi la pancia sporgente, «tanto io a giorni devo accattare di nuovo, e poi a casa ne ho già un'altra.»

«Che preferisce, maschio o femmina?» aveva domandato l'orbo.

«Che domanda, maschio!» aveva risposto lei. «Ma nella mia famiglia non ne nascono da troppo tempo» aggiunse con rammarico. «Perciò, se proprio ci tiene, se la prenda la picciridda.» Poi si era rivolta alla figlia con un sorriso mellifluo: «Vieni, che ti metto sulla bilancia». Le commesse intanto ridevano sgangheratamente.

«Non voglio che l'orbo mi compri. Dategli un bambolotto» aveva protestato Cetti, però non si sentiva più tranquilla e i suoi amichetti immaginari, spaventati anche loro, si erano dati alla fuga.

«Lo sai che le cose della vetrina le dobbiamo vendere. Perciò, se te ne stai lì, accetti il fatto che qualcuno ti possa comprare» aveva concluso secca la madre.

Maria era salita sulla pedana con passo deciso: «Vieni che ti peso».

La piccola s'era incollata alla parete e aveva preso a scalciare.

«Càlmati» le aveva ordinato la mamma. Temeva che rompesse il vetro e si ferisse. La sua voce era però tagliente, il suo viso duro, l'espressione severa. Cetti si era sentita come se una lama di acciaio le avesse trapassato il cuore e si era messa a urlare con quanto fiato aveva in gola.

Adalgisa, che odiava quelle scenate, aveva messo su due occhiacci e aveva preso a strattonarla, finché la figlia era caduta sulla schiena.

«Forse è meglio se la finiamo» aveva detto Maria, «la picciridda è scantata morta, magari le vengono i vermi.» E aveva pregato l'orbo di spiegare che stavano scherzando.

«Avà, non fare così, babbiamo» aveva balbettato l'uomo con la faccia mortificata, e si era rimesso i soldi in tasca.

La bambina sentiva in bocca il sapore salato delle lacrime e sul palato quello vischioso della paura. Il naso le si era gonfiato e l'aria passava attraverso le narici con un fischio. A un tratto era diventata paonazza e un rivolo tiepido era comparso da sotto la gonna, aveva superato le ginocchia grassocce, s'era infilato nei calzini bianchi. Per la vergogna si era rannicchiata su se stessa, ma i suoi piedi avevano urtato la fila di bambolotti, che erano caduti l'uno sull'altro come le tessere di un domino.

La madre era andata su tutte le furie: «Talìa 'sta scimunita! Ora dobbiamo rimettere in ordine e lavare pure per terra».

Il padre era arrivato proprio in quel momento. Da fuori

aveva visto tutto quell'ammuino e si era spaventato. Aveva abbandonato la macchina in strada, non aveva spento neanche il motore e si era precipitato dentro la libreria.

«Che succede?» aveva domandato alle commesse.

«Niente, niente, scherziamo» avevano minimizzato loro.

Lui aveva guardato la pozza al centro della vetrina e aveva capito. Lo avevano visto portarsi la mano al petto, sembrava cercasse di tenere a bada il suo cuore addolorato.

«Con una bambina piccola! Ma come vi spercia?» La sua voce vibrava di indignazione. «Siete delle cretine» aveva urlato alle commesse. «E lei è meglio se non si fa più vedere» aveva detto all'orbo, che aveva infilato la porta di corsa. Quindi Vito aveva allargato le braccia e Cetti ci si era rifugiata. L'aveva tenuta stretta a lungo contro la sua giacca ruvida. Lei si era riempita i polmoni di quel profumo di tabacco e inchiostro, mentre il papà le aveva coperto le guance di bacetti sonori.

«Picciridduzza mia, siddu c'è stidda, stidda siti vui. Siddu c'è suli, siti vui lu suli, siddu c'è luna, luna siti vui. Siddu c'è ciuri, siti vui lu ciuri; nun c'è biddizza ca nun siti vui.»

Era un canto d'amore e la bimba si era calmata.

Il padre l'aveva portata di peso in bagno, le aveva lavato il viso, le aveva fatto indossare dei calzini asciutti. «Ti ho portato un regalo, aprilo» le aveva detto con gli occhi che brillavano. Era un libro grande e pesante. Dal taglio laterale pendevano fili e linguette sottili. Cetti aveva sollevato la copertina e un albero dalla chioma smeraldina aveva fatto la sua comparsa. Avevano sfogliato insieme le prime pagine:

dentro c'erano stormi di usignoli variopinti e uno sciame di farfalle. Avevano armeggiato con i fili, gli uccellini avevano preso il volo cinguettando.

«È un libro animato» aveva esclamato lui felice come un bambino. «Guarda, ce ne sono altri.»

Ne aveva acquistati di molto belli da un antiquario, e uno assai prezioso di Kubašta, dalle cui pagine saltavano fuori cavalli, circhi, giostre. I singoli elementi, piegati e incastrati ad arte, sembravano dotati di una forza propulsiva intrinseca.

Vito aveva insegnato alla figlia a manovrare le linguette e i protagonisti delle fiabe avevano preso vita.

Rassicurata dal padre che non sarebbe mai stata venduta, Cetti era tornata ad abitare la vetrina.

La roulotte di anno in anno si arricchiva di nuovi ambienti, sembrava un organismo in crescita. Proprio come le bambine, che in autunno tornavano a casa più alte e più esperte.

Vito dal canto suo contribuiva con mille idee a quel continuo divenire. Aveva montato davanti alla porta una grande tenda che voleva essere una veranda. L'aveva riempita di sdraio e alla sera riuniva parenti e amici per tirare tardi chiacchierando. Nella parte posteriore, sotto un tetto in onduline, aveva sistemato un grande tavolo da pranzo e un'infinità di sedie, un forno e una cucina, perché chiunque entrava in quella casa, che era come quella di Gesù, non se ne andava più.

Dopo alcuni anni e molte superfetazioni, la roulotte sembrava una villa progettata da un architetto matto. Le piccole in quello spazio bizzarro erano libere di muoversi e, al confronto, la casa di Catania in cui i Cavallotto si erano trasferiti sembrava una prigione.

«Non ci sono balconi» si lamentava Luisa. «Non lo vedete? L'aria non ce la fa a entrare dalle finestre.» Era piccola, ma una vera rompiscatole. «Come si fa a stare in una casa senza balconi?» insisteva.

Le sorelle non ne potevano più dei suoi capricci, soprattutto Cetti si dispiaceva che Luisa non riuscisse ad apprezzare i sacrifici del padre. Così le aveva affibbiato il soprannome di "stronzisa". E quando la bambina s'era chetata, ormai tutta la parentela di Caltanissetta la chiamava con quell'irritante nomignolo.

Raramente, a rendere più complicata la vita di tutti, arrivava nonna Concettina, intabarrata anche al mare nelle sue vesti lunghe e scure. L'acqua neanche voleva vederla, se ne stava nel cucinotto con le labbra serrate a preparare il sugo di pomodoro più dolce del mondo.

Le sorelle in quelle occasioni rinunciavano alla spiaggia. Cetti era felice di poter ascoltare nuove storie, che poi si affrettava ad annotare in un quaderno per paura di dimenticarle. Anna no, odiava stare ferma mentre i suoi amici – ne aveva una banda – scorrazzavano in bicicletta o si rincorrevano tra le onde spruzzandosi. Ma non piazzava il muso e si consolava disegnando sotto lo sguardo affettuoso dello zio.

«Com'è tranquilla» si compiaceva la nonna.

«È sempre stata mansa fin dalla nascita» conveniva Libertino, che grazie alle tre nipotine si sentiva padre.

Anna forse quieta non avrebbe voluto esserlo, ma schiacciata tra Cetti, che tutti adoravano perché era la maggiore, e Luisa, la più determinata del gruppo, non le rimaneva scelta: doveva essere tranquilla per forza. Ancora lattante l'avevano relegata ai piedi del lettone, mentre le altre due dormivano beate al fianco dei genitori. Lei, invece di piangere, s'era consolata ciucciandosi furiosamente le dita di una mano.

«Che brava 'sta picciridda! Talìa che begli orologi ha disegnato. E le pendole, che precisione!» continuava a lodarla lo zio mostrando il foglio a Mimma. La moglie però aveva la testa da un'altra parte e fissava con insistenza Luisa, che sembrava indifferente a tutto. L'importante per quello scricciolo era poter camminare sulle punte e avere un minimo di spazio dove provare i passi di danza. Se ne stava un po' in disparte, allungando le braccia verso il cielo e flettendosi in tutte le direzioni, come le canne del fiume quando tira scirocco. La fastidiosa malattia che aveva messo a rischio la sua salute era solo un ricordo, tuttavia era rimasta magra.

In quella strana famiglia allargata, ognuna delle Cavallotto pensava di essere speciale per qualcuno.

«Io ho papà e farò la libraia» diceva Cetti con la serietà di cui sono capaci solo i bambini.

«Io la zia Mimma» faceva il controcanto Luisa.

«Io non ve lo dico» rilanciava Anna, facendole morire di curiosità.

Le tre ragazze non litigavano spesso. Solo il padre, che vedevano così poco, se lo contendevano a colpi di baci e moine. Ma erano così diverse l'una dall'altra che non si sentivano veramente in competizione.

Adoravano quell'unico maschio di casa, avrebbero desiderato tanto anche un fratello, magari un cane, purché fosse maschio pure quello.

"Papà Bricole" lo chiamava Cetti, perché le aveva costruito una piccola libreria tutta per lei. Insieme si erano divertiti molto a montare gli scaffali, che in realtà erano cassette della frutta. Lei gli aveva fatto da assistente passandogli i chiodi e tenendo il martello quando non serviva. Ogni volta che le loro mani si sfioravano, sentiva un'onda di tenerezza prenderle la gola, tanto che le veniva da piangere.

Accudite da una tata, sulla riva della Playa, le tre sorelle avevano imparato a nuotare e fatto nuove amicizie. S'erano spellate mani e piedi sulla sabbia cocente.

Come tre brave donnine, attendevano alle faccende domestiche, mostrando le diversità dei loro caratteri persino mentre spolveravano.

Cetti era la più lenta delle tre, ma anche la più precisa.

«Sbrigati, vogliamo andare a fare il bagno» la sollecitava Luisa.

«Ancora non hai finito? Sei proprio un bradipo» si lagnava Anna.

«Ma se voi continuate a ripassare con le scarpe non finirò mai. Guardate il pavimento, è pieno di impronte!» si disperava lei.

«E dài, lascia stare, finirai dopo.»

«Se non è perfetto, io non vengo» protestava.

«E allora ciao» le due sorelle le rispondevano in coro e infilavano di corsa il vialetto alberato.

Non volevano sprecare neanche un minuto di quelle vacanze estive e cercavano di godere appieno del mare scuro che le aveva cullate sempre con molta dolcezza.

Cetti si sedeva sconsolata in cucina, contemplava le orme disordinate sul linoleum, e con infinita pazienza ricominciava daccapo. Alla sera, stanca e nervosa, crollava addormentata mentre le altre continuavano a giocare.

Quell'estate del '77, le ragazzine erano però molto preoccupate: incombeva su di loro un trasferimento.

Il papà aveva aperto una terza libreria, a Palermo, e affittato per la famiglia una casa in un bel palazzo dei primi del Novecento alle spalle di via della Libertà. S'era amminchiato che voleva fare l'editore.

«A Catania non ci sono buoni stampatori né bravi legatori. Bisogna andare a Milano o, caso mai, accontentarsi di Palermo» spiegava alla moglie, che non mancava di far presente le sue perplessità. «E poi in Germania, fino in America vi voglio portare.»

Le bambine sentivano tutto il peso di quella separazione dagli zii, dalle nonne, da quel mare nero di lava e dal vulcano che ogni tanto infiammava il cielo.

«Che paura fottuta» ammetteva Luisa, che aveva cominciato a dire qualche parolaccia, ma in gran segreto e facendo bene attenzione che nessuno la ascoltasse.

"Chissà se torneremo l'anno prossimo" si chiedeva Cetti.

«Ma giusto giusto questa mania cretina di aprire librerie doveva venire a papà?» imprecava Anna.

«Saremo sole» concordavano tutte, e se la prendevano con Palermo: «È così lontana, maledizione!».

La zia Mimma cercava di consolarle: «Tornerete a Natale» ripeteva come un mantra magico, «e vi farò trovare un sacco di regali».

Avevano chiuso la roulotte e salutato i parenti il primo di ottobre. C'erano stati abbracci strazianti e baci umidi di lacrime. Poi era calato il sipario e, per i primi mesi, ognuno dei Cavallotto s'era trovato a fronteggiare le proprie difficoltà.

Il Natale era puntualmente arrivato, come promesso dalla zia Mimma.

«Le faccio un pacchetto?» chiese Mimma indicando il piccolo girocollo d'oro e brillanti.

«Non lo so, mi sembra un po' caro.» Fingeva di non avere abbastanza soldi, la signora Lovoi, ma lo sapevano tutti a Caltanissetta che era ricchissima.

«Sono tutte rosette di brillanti» puntualizzò Mimma.

«Sì, lo capisco, ma non pensavo di spendere tanto.»

La gioielliera le poggiò il monile sul collo, quindi puntò la lampada come fosse un riflettore: «Ma si guardi, le illumina tutto il viso».

Qualunque donna adora i gioielli. C'è chi ama possederli, chi accumularli, chi mostrarli per suscitare invidia, chi indossarli per il piacere di sentirli sulla pelle. Alla Lovoi bastava sfiorarli per avvertire un brivido lungo la schiena; perciò non accennava né a comprare il gioiello né ad andarsene: era felice così come stava.

Mimma, che conosceva i trucchi del mestiere, lasciò che la cliente si pavoneggiasse un po'.

«Le pietre sono purissime e si intonano perfettamente al suo incarnato bianco. Allora, che ne dice?» chiese.

Di solito non aveva fretta, stavolta però era diverso, di lì a poco sarebbero arrivate le nipotine, non le vedeva da quasi tre mesi.

«Va bene, magari ci vuole pensare e torna dopo le vacanze?» domandò con una nota di impazienza nella voce. «Peccato però, una cosa nuova a Capodanno ci vuole. Pensi che figura farebbe al cenone. Anche un abitino da niente, con un girocollo così...» E lasciò volutamente la frase in sospeso aspettando che la donna la completasse. Ma quella tentennava ancora.

«Le faccio un prezzo speciale, giusto perché siamo a Natale. L'importante è che non lo dica a nessuno, altrimenti mi rovina.»

La signora a quel punto calò la testa. L'avrebbe comprata, pur di sentire ancora quei piccoli ganci ritorti e le pietre lisce accarezzarle la pelle.

«Guardi, le faccio il dieci per cento, proprio perché è lei, ma mi raccomando: silenzio!»

La Lovoi annuì con serietà.

Mimma confezionò un elegante pacchetto pieno di fiocchi e campanellini, intascò veloce i soldi, poi salutò con mille auguri.

«Buon Natale, signora, vedrà che figurone! Mi faccia sapere che ne pensano le sue amiche.»

Le aprì la porta e quella finalmente sparì.

L'anno lo chiudeva con un grosso guadagno, più di quanto avrebbe potuto immaginare. Il segreto del suo successo stava nell'aumentare del venti per cento il prezzo della merce, per far finta poi di praticare forti sconti.

"Il commercio è psicologia pura" si compiaceva mentre rimetteva in cassaforte i gioielli. "Bisogna conoscere le persone e prevenire le loro reazioni."

Infilò i regalini per le nipoti nella borsa, indossò il cappotto e si avviò verso casa. Non vedeva l'ora di riabbracciarle.

«Mamma, hai preparato i letti?» domandò appena aperta la porta.

«Ma certo. Se aspettavo a tia, Vituzzo il letto se lo poteva conzare da solo» la rimproverò Concettina.

Sua madre non perdeva occasione per sottolineare quelle che, nella sua rigidità, considerava delle vere e proprie inadempienze. E pensare che, fin da bambina, Mimma non aveva fatto altro che rinunciare alle cose migliori per favorire il fratello. E lavorava così tanto per poter comprare la casa alle nipoti. Persino Libertino s'era sacrificato per Vito.

Avevano lasciato Sommatino per Caltanissetta, accogliendo la suocera in casa. Quando suo fratello s'era sposato, gli avevano aperto la porta con molta generosità.

«Ma che disturbo» aveva ribadito Mimma, «capi la casa quantu voli u patruni», e aveva tirato su due pareti di stoffa per delimitare una camera. Certo il letto era in discesa, le reti unite con uno spago avevano altezze diverse, ma quanto avevano riso ogni volta che Vito imprecava perché scivolava sulla moglie a causa della pendenza. «Ogni impedimento è giovamento» commentava felice Adalgisa, che non le pareva vero di trovarsi abbracciata al marito.

«Libertino è a casa?» domandò alla madre.

Gli aveva chiesto di tornare in tempo per aiutarla a preparare la cena. Nulla di sofisticato, figuriamoci, le solite patate e il solito riso, «ché a Vituzzo ci dole la panza» s'era preoccupata Concettina, e intanto aveva tagliato un'altra maglia di lana per fare una pancera: «Aiuta la digestione».

«Promesso» le aveva assicurato Libertino. Ma quello aveva una percezione del tempo tutta sua, viveva con un ritmo autonomo rispetto al resto dell'umanità. Tardi, presto: erano concetti che non gli appartenevano. Seguiva un suo metronomo interno che a Mimma appariva lento, abituata al fratello che conduceva una vita convulsa tra Caltanissetta, Catania e Palermo, roso da una sorta di insoddisfazione che lo faceva assomigliare a un cronometro impazzito.

«Che vita è la sua?» chiedeva talvolta Libertino.

«La stessa vita che faceva mio fratello Filippo» rispondeva sgarbata Concettina, che attraverso il figlio aveva potuto finalmente realizzare il suo antico sogno. E pazienza se "Vituzzo è sempre stanco e si consuma l'esistenza".

Le due donne si misero alla finestra. A tratti fioccava e loro erano in ansia, ché la strada per salire fin là era brutta e piena di curve.

«Ho preparato la camera grande per Adalgisa e le figlie e quella piccola in fondo per Vituzzo. Lavora tanto, figghiuzzu miu, che senza la moglie si riposa meglio» disse Concettina tanto per ingannare l'attesa.

Improvvisa, la sagoma del furgone comparve in fondo alla salita, facendo svanire ogni preoccupazione.

«Dio ti ringrazio» mormorò Mimma, e anche sua madre si concesse un sorriso.

Le bambine fecero le scale con uno scalpiccio gioioso, seguite da Libertino che aveva aspettato gli ospiti al portone. I tacchi di Adalgisa rimbombarono nel lunghissimo corridoio, mentre Vito entrò con il passo pesante dei Cavallotto: lui, quando c'era, c'era veramente.

E furono baci e abbracci, esclamazioni di sorpresa e di felicità. Le picciridde erano cresciute e Adalgisa s'era tagliata i capelli, le stavano bene. Che bella cravatta aveva Vito, sempre così elegante.

«Hai mal di pancia, a mamma? Ti faccio una bella camomilla?»

Fuori era freddo, ma d'un tratto nessuno lo sentì più, gli affetti ritrovati bastarono a scaldarli tutti.

«Vado a cambiarmi» disse Adalgisa.

La suocera la trattenne per un braccio. «Vedi che la tua stanza è quella. Tu dormi là con le bambine.»

«Ma... e Vito dove dorme?» Era la prima volta che la nuora protestava.

«Lassalu stari a Vitu, ca è stanco.»

Adalgisa si avvilì. Aveva sperato di poter recuperare almeno in quei giorni di vacanza un po' di intimità con il marito che non vedeva mai. Si era illusa che le ragazzine potessero stare con la nonna, così lei avrebbe potuto godere di un po' di libertà.

All'inizio del matrimonio, quando abitavano tutti insieme, Concettina aveva riconosciuto platealmente alla nuora lo status di padrona, ritagliando per sé il ruolo della serva. E infatti faceva la spesa, le pulizie, le consegnava persino i soldi. Quella, anziché insospettirsi, s'era sentita sollevata: in fondo avrebbe avuto più tempo per la libreria – lei si occupava dei giocattoli e delle valigie. Ed erano vissuti tutti insieme fino alla nascita di Cetti in questo ambiguo equilibrio.

Quando s'era liberata una casa nello stesso palazzo, Vito aveva trasferito la famiglia al piano di sopra. Concettina non aveva accettato quella separazione, pretendendo di andare a vivere con loro.

Mimma s'era opposta: «Mamma, ogni santo vuole il suo altare, stattene da noi e lasciali in pace».

«Non solo faccio la serva, ma pure mi devo sentire rimproverare. Io a Vito lo devo proteggere da tutte le Saracinelli del mondo.»

Bruciava ancora, dopo tanto tempo, il ricordo del fratello.

Concettina anche quella volta s'era impadronita di tutti gli spazi. La sua invadenza non conosceva limiti. Alla sera, prima di andare a letto, chiamava la nuora in disparte e guardandola dritta negli occhi le intimava: «Lassalu stari a Vituzzu, ca è stanco».

Il trasferimento a Catania perciò era stato provvidenziale. E nei primi mesi, all'ora di pranzo, quando la gente normale mangiava, i coniugi Cavallotto se ne tornavano nella casa deserta e sperimentavano, in tutta tranquillità, quello che fino a quel momento non s'erano potuti concedere.

Fuori, la neve si era infittita e un manto bianco ingentiliva il paesaggio.

Mimma prese Adalgisa per un braccio e la tirò in un angolo. «Non preoccuparti» le disse, «ho pensato che le bambine possono dormire con me e Libertino; così magari tu e Vito...»

Le fu grata dell'offerta e la guardò con occhi riconoscenti.

Mimma pensò che forse quello era il momento giusto: «Se invece ve le volete tenere voi, magari possiamo averne una sola. Chessò, Luisa?». Aspettò qualche secondo e aggiunse: «Intendo dire, non solo per queste vacanze, ma finché non cresce e si sposa».

Intanto guardava Luisa e se la mangiava con gli occhi. Adorava quella nipotina magra come una filinia, e così elegante quando se ne stava con la schiena dritta e i piedi a papera in prima posizione. Se l'era portata in negozio molte volte. Le sembrava di giocare alle bambole con quello scriccioletto. La metteva seduta sul bancone e le faceva indossare i gioielli più preziosi. Ah, com'era bella quella bambina, così aggraziata e dai movimenti leggeri! «A parera devi fare» le diceva orgogliosa, «l'indossatrice.» Luisa quella parola non sapeva proprio cosa significasse, ma per compiacere la zia scendeva lesta per terra, facendo tintinnare bracciali e collane, volteggiava sulle punte, accennava tre piroette di filato e terminava con una spaccata. E la zia, stringendola forte al petto, le prometteva che l'avrebbe portata a Milano per farle vedere uno spettacolo alla Scala. Magari in braccio, ma era sicura che ce l'avrebbe portata.

«È Natale, Argisa, lasciamela, fammi questo regalo. Voi ve ne tornate a casa... Chessò, quando eravate a Catania non mi sentivo così sola. Ma ora sapervi a Palermo è come se foste in capo al mondo.»

«Fosse per me» rispose Adalgisa «ti direi subito di sì, ma Vito...» Lei la capiva quella donna senza figli che se ne moriva dietro alle nipoti.

«La mia proposta è questa: ho visto che sei stanca, tre bambine una dietro l'altra non è una passeggiata. Lavori molto, Vito è sempre in giro e a Palermo non hai nessuno. Tu ti tieni le due più grandi, e la piccola resta con me. Le ho pure donato il sangue, me la sento un po' figlia mia.»

Povera Mimma, da quando s'era sposata ogni notte aveva fatto l'amore con la convinzione prima, con il desiderio poi, con la speranza infine di rimanere incinta. Nel corso degli anni s'era rassegnata a quella punizione del padreterno. Colpa di Libertino e di quelle signorine con cui si era accompagnato prima del matrimonio. Ma lei che cosa doveva espiare?

Adalgisa l'abbracciò con tenerezza. Lei gliel'avrebbe data volentieri la figlia, dopo tutti i sacrifici che la cognata aveva fatto per loro meritava un gesto di gratitudine. E poi le donne queste cose le capiscono, e la solidarietà sanno cos'è.

Vito, al solito, era arrivato alle loro spalle e aveva ascoltato. I suoi occhi, di solito dolci e quieti come un mare familiare, erano agitati da un gorgo furioso. Prese la sorella per un braccio. «Ne avessi anche mille di figli, non mi priverei di nessuno» esclamò furibondo, e si chiuse nella camera senza voler cenare.

Adalgisa s'arrabbiò. Mai avrebbe potuto immaginare nel marito tanta ingratitudine e sperò che quel Natale passasse presto. "Fortuna che viene una volta l'anno" si disse.

Nella stanza accanto, le sorelle Cavallotto saltavano sul letto e cantavano a squarciagola: «Peccato che il Natale venga solo una volta l'anno!».

16

Vito Cavallotto

Catania, 28 gennaio 1983

Adalgisa l'aiutò a indossare l'impermeabile alla Bogart. Era stata lei a suggergli di comprarlo: «Chiaro, doppio petto, corto al ginocchio che ti slancia». Gli mise un fazzoletto pulito nella tasca, ché non c'è niente di più imbarazzante del dover tirare su con il naso, infine lo strinse a sé con trasporto. Il marito le posò un bacio distratto sulla guancia e si svincolò dal suo abbraccio.

«Che hai?» gli chiese. Da un po' si era accorta che era nervoso, spesso assente. Certo lavorava molto, ma non si trattava di un semplice affaticamento, era lontano, distaccato. A tavola ingoiava qualunque cosa senza battere ciglio; lui, che di solito era schizzinoso a causa della sua colite, pure il cervello fritto aveva mangiato.

La notte, dentro al letto, si girava da un lato e dall'altro e, quando s'addormentava, di solito alle prime luci del mattino, digrignava i denti. «Se continui così ti servirà una dentiera» lo aveva avvertito. Lui non aveva risposto, come sempre negli ultimi tempi, e ora se ne stava andando senza salutarla.

«Vito» lo richiamò, «se hai qualche problema dovresti parlarmene. Non sono una bambina e mi piacerebbe aiutarti.»

Lui si costrinse a sorridere: «Ma che vai a pensare!».

Adalgisa gli infilò le mani sotto la giacca e gli appoggiò la testa sul petto. Aspirò il suo profumo, le venne voglia di far l'amore. Il desiderio la assaliva nei momenti più impensati, e sempre fuori dal letto.

«Stai perdendo la timidezza» le aveva detto lui, e ne aveva approfittato, ritrovando un nuovo slancio e rinfocolando la passione. Dopo tre figlie si erano avventurati, con la curiosità dei neofiti, sull'accidentato terreno dell'amore fisico. Vito l'aveva sollecitata a sperimentare con mano calma e un'infinita dolcezza nel cuore, lei lo aveva seguito con fiducioso abbandono.

«È tardi.»

Vito si staccò da lei.

«Giura che se c'è qualcosa me ne parlerai.»

Lui la baciò, questa volta con tenerezza. «Prometto» le disse guardandola negli occhi. E si accorse che il desiderio le aveva cambiato il colore delle iridi e rimpicciolito le pupille, che erano diventate due puntini luminosi e fissi come stelle in una galassia lattiginosa.

«Rimandiamo a questa sera?» le chiese il marito, ma non era una vera domanda, semmai una promessa.

Lo abbracciò di nuovo. «Non te ne andare» lo pregò.

«Dài che faccio tardi.» Vito le diede una pacca sul sedere e uscì.

Sulla via della Libertà tirava una tramontana affilata. I

lembi dell'impermeabile svolazzarono come un aquilone che non riesce a prendere quota. Lui li accostò, lo impacciavano, strinse ancora di più la cintura. Con la testa incassata tra le spalle fece pochi metri di strada tra i platani nudi e ischeletriti, e raggiunse il Bar del Viale.

Le vetrine erano appannate dalla condensa. Una volta entrato, l'avvolse l'odore dolciastro dei lieviti, accorciandogli il respiro. Si tolse la sciarpa che gli serrava il collo: l'aria, satura di vapore e zucchero, gli si era appiccicata alla gola secca.

I camerieri lavoravano con energia, le tazzine tintinnavano tra le loro agili mani, la macchina del caffè sbuffava i suoi aromi con ritmo intermittente.

«Sono qui!» Un uomo gli fece cenno con il braccio alzato. Vito attraversò la sala deserta, che di lì a poco si sarebbe riempita di famelici studenti e impiegati svogliati.

«Buongiorno, professore, come va?»

Si sedette e ordinò un caffè.

«Come sta lei, dottor Cavallotto?»

Erano amici da anni, lui e il professor De Bonis, sebbene avessero caratteri diversi e differenti aspirazioni. Vito era uno spirito indipendente, un cane sciolto, che aveva dovuto lottare per affermarsi in una società chiusa e classista come quella siciliana. De Bonis era un intellettuale organico, votato al potere. Il partito, nel giro di pochi anni, lo aveva sistemato in cattedra e infilato in numerose commissioni.

I due si erano incontrati durante un convegno su Pasolini organizzato dallo stesso Vito. Le loro intelligenze si erano riconosciute e avevano cominciato a dialogare fitto fitto. Le conversazioni erano improntate a una totale sincerità. Talvolta scivolavano inavvertitamente sul crinale della sfrontatezza, tuttavia non avevano mai litigato. Vito conosceva bene il limite e non lo superava; il professore apprezzava la sua prudenza deferente e lo gratificava con molti complimenti.

«Questo lei non l'ha ancora visto» disse Vito, e tirò fuori dalla borsa il suo ultimo libro.

L'uomo prese il volume tra le mani, lo fece scivolare fuori dalla custodia rigida. La copertina lucida brillò alla luce del lampadario di cristallo. Lesse il titolo sul frontespizio: *Profumi di Sicilia*. Lo sfogliò con la delicatezza che meritano i libri di pregio: «Uhmmm, profuma di grano maturo e di spezie pregiate!» esclamò.

«Grazie, professore.»

Il cameriere interruppe quella salva di convenevoli e posò sul tavolo le tazze fumanti, i piattini colmi di lieviti e krapfen dorati.

«Certo, le sarà costato parecchio pubblicare un volume di tale qualità...»

«Eh sì, non lo dica a me. Gli stampatori bravi e gli incisori raffinati si fanno pagare a peso d'oro. Per far uscire tre volumi di seguito ho dovuto chiedere un mutuo in banca. Però guardi che bellezza!»

Tirò fuori anche *La Sicilia illustrata* e lo mostrò con orgoglio.

«Magnifico» convenne il De Bonis, rigirandosi tra le mani il grosso tomo.

«Per ammortizzare i costi, ho pensato di dividerli in fascicoli e farne uscire uno a settimana in edicola. Alla gente piace fare le raccolte, i costi si abbassano e la cultura è alla portata di tutti.»

«Ottima idea» approvò l'altro.

«E poi confido nell'assegnazione dei nuovi fondi, per rientrare nel prestito, almeno in parte.»

Quest'ultima frase fu accolta da un silenzio gelido. Da che il professore era stato messo a capo del comitato per il finanziamento dell'editoria, qualcosa era cambiato nel loro rapporto. Vito aveva opinioni critiche rispetto al comitato e non si era astenuto dall'esprimerle.

«A dire il vero... i fondi sono già stati assegnati a un unico editore che rischiava di fallire.»

«Ma è una follia!» sbottò Vito. «E anche una carognata» aggiunse senza tanti giri di parole. La sua voce, abitualmente morbida, era diventata stridula. La rabbia gli serrava a tal punto le corde vocali che aveva perduto i toni gravi e s'era messo a parlare in falsetto.

I soldi di solito venivano distribuiti più o meno equamente tra gli editori che avevano partecipato al bando, consentendo a tutti di respirare fino all'anno successivo. Il nuovo corso era una stranezza, un'anomalia mai vista.

«Dottore, non se la prenda tanto, lo sa come vanno le cose... Ci saranno altre occasioni» lo consolò il professore, e addentò un altro krapfen. Alcuni granelli di zucchero si depositarono sulla sua cravatta scura, come forfora sfuggita dalla testa di un trascurato travet.

«Le cose vanno sempre al solito in quest'isola, una buttana che fa differenza tra figli e figliastri» considerò Vito sconsolato. Aveva un saporaccio di fiele nella bocca, certamente non per quel caffè che aveva ingollato in un sorso. Si avventò su una ciambella fritta, dimenticandosi per un attimo della sua colite. Aveva un bisogno urgente di riempire il buco doloroso che gli si era aperto nello stomaco e se ne fregò delle conseguenze della frittura, anche se di lì a poco, per sedare il suo intestino eccitato, non sarebbe bastato un medico, ci sarebbe voluto un esorcista.

«Su, dottore, non dica queste cose.»

Il professore posò il krapfen sul piattino, la marmellata di ciliegie colò dalla pasta bianca come un rivolo di sangue, alcune gocce rosse cominciarono ad allargarsi sulla tovaglia.

«Si è trattato di una decisione dolorosa ma necessaria, non potevamo disperdere i soldi in tanti rigagnoli» continuò l'uomo, e gli batté la mano sulla spalla. Era un gesto paternalistico, ipocrita, ma non violento. Vito avvampò come se avesse ricevuto uno schiaffo.

«Così abbiamo salvato una casa editrice dal fallimento sicuro e voi potrete rifarvi l'anno prossimo» continuò quello con un'espressione di circostanza, ma il suo sguardo era risentito. Come si permetteva quel provincialotto di mettere in discussione l'operato di tanti autorevoli accademici?

A Vito saltarono i nervi.

«Cornuto e mazziato?» urlò allora con gli occhi di fuori. «Sta' a vedere che, alla fine della fiera, io sono uno stronzo e voi dei benefattori?»

L'altro inforcò gli occhiali, visibilmente indispettito da quella che considerava un'insopportabile aggressione. "La troppa confidenza finisce a malacrianza" pensò.

«Guardi, professore, che io denuncio tutto alla stampa» lo minacciò.

La faccia del De Bonis inaspettatamente si atteggiò a una espressione di bonomia. Sarebbe scoppiato un casino se la notizia fosse arrivata a certi giornaletti... così cercò una mediazione.

«Dottore, ma perché dice queste cose? Dovrebbe essere contento che un suo collega è stato salvato. Sa quanti onesti padri di famiglia lavorano in questa impresa?»

L'altro lo ascoltava sbigottito. "Ma tu guarda se mi tocca sorbirmi pure un predicozzo sul valore della solidarietà" pensava, e la rabbia gli montava dentro impedendogli di respirare, appena provava ad allargare i polmoni una stilettata gli attraversava il petto. All'improvviso, come un vento indeciso che modifica di continuo la sua direzione, il professore cambiò registro. Lo sguardo dietro gli occhiali s'indurì come acqua nel congelatore, la voce diventò un sibilo forzato attraverso la fessura delle sue labbra pallide, le guance scomparvero sotto la barba rada, la sua faccia diventò una terrifica maschera mortuaria.

«Dottore, le consiglio di non continuare su questo tono. Potrebbe farsi molti nemici inutili. E poi perché tanta acrimonia?» aggiunse rilasciando le guance, che penzolarono ai lati del mento come le orecchie di un cane. «Ci saranno nuovi finanziamenti. Sarebbe un peccato ritrovarsi escluso per una sciocca presa di posizione. La sua denuncia finirebbe in una bolla di sapone, ché il comitato ha sempre agito in piena legalità e continua a muoversi nel rispetto delle regole. Non si vorrà mettere contro il mondo accademico, le pare? Ci pensi, dottore, non faccia cose avventate. Lo dico per il suo bene.»

Vito era rimasto immobile sulla sedia. Di colpo si sentì svuotato di ogni energia, il cuore batteva fioco. Le sue costole non riuscivano più a espandersi e sembravano le sbarre rigide di una gabbietta per pappagallini. Le braccia ciondolavano lungo i fianchi, la mente perse chiarezza, si sentì vecchissimo.

«Sta bene?» gli domandò il professore, e sollevò la mano per attirare l'attenzione del cameriere. «Ci porti dell'acqua» ordinò.

"Dove troverò le risorse?" si domandava intanto Vito. In banca s'era esposto parecchio. Se il direttore gli avesse chiesto di rientrare del fido, cosa avrebbe fatto?

Si alzò dal tavolo e, senza una parola di commiato, uscì.

Camminò fino al garage. L'aria fresca gli fece bene, il dolore in mezzo al torace scemò e il sangue riprese a scorrere. Si assicurò che il carrello con i libri fosse ben agganciato alla macchina, mise in moto e partì alla volta di Catania.

Fino a Termini Imerese il mare non si distingueva dal cielo, avvolto com'era da un velo biancastro di umidità che rendeva tutto tremulo e sfumato. Il sole pallido dell'inverno colorava il paesaggio di un grigio uniforme. Il suo sguardo vagava tra la distesa d'acqua e le pareti rocciose alla sua destra.

Il vento violento di gennaio lo colse a tradimento a Malpertugio e il carrello d'improvviso prese a oscillare sull'asfalto. Vito serrò le mani sul volante e rinsaldò la presa.

S'infilò poi con sollievo nelle gallerie che violavano le viscere delle Madonie. Di solito tanto bastava a rasserenarlo. Quel venerdì però i cattivi pensieri non accennavano ad andarsene. Si sentiva sopraffatto. Il finanziamento negato era l'ultima di una serie di contrarietà. Da tempo era bersagliato da continue richieste di pizzo, a cui non aveva voluto dare peso; ma che ora, in un contesto così complesso, acquisivano consistenza e cominciavano a fargli paura. E se lo avessero fatto saltare in aria? Quella mattina se lo chiese per la prima volta.

Palermo gli aveva aperto le porte, i palermitani invece gli si erano mostrati totalmente ostili. Ogni consiglio che riceveva suonava come un avvertimento. Un collega aveva avuto la faccia tosta di minacciarlo fin dentro la sua libreria.

«Cugghiti i furmi e vatinni, Palermo non è cosa pi tia.»

Vito l'aveva deriso. «Ma come, proprio tu? Ma vero dici che ti scanti di mia?»

E quello aveva insistito: «Dài retta a me, è meglio che te ne vada».

«Io faccio il mio lavoro, tu fai il tuo» gli aveva risposto lui a muso duro. «No che non me ne vado.»

«Lo sfogo di un invidioso» aveva minimizzato la sera con la moglie. «Figuriamoci se mi lascio condizionare da un rosicone.» E, per tutta risposta, aveva intensificato gli incontri con gli autori. Aveva ospitato Ionesco, allestito una personale di Guttuso, e quello sarebbe stato solo l'inizio.

«Ma che cazzo vogliono da me i palermitani?» esplose all'improvviso, e la sua voce rimbombò nell'abitacolo dell'automobile come una scarica elettrica nella radio.

Quando cominciò la lunga sequenza dei viadotti, i suoi pensieri finalmente rallentarono, si diradarono. Il costante rumore delle ruote sui giunti metallici funzionava come un calmante. *Tunt*, respiro profondo, *tunt*, battito regolare, *tunt*, piccolo sorriso, *tunt*, sguardo d'insieme.

Arrivò a Catania che la libreria era chiusa per la pausa pranzo, avrebbe dovuto aspettare il ritorno degli impiegati. Decise allora di andare da Galatea l'affittacamere. Aveva preso una stanza in famiglia, dopo aver traslocato a Palermo, un punto d'appoggio modesto, ché doveva pur riposare da qualche parte. Non poteva certo mettere un divano letto in ufficio, come aveva fatto Alfio Barone; lui era il padrone e ne avrebbe perso in autorevolezza.

Si trattava di una soluzione economica e dignitosa, e lui s'era trovato bene in quella famiglia che assomigliava tanto alla sua, perché composta di sole donne. Gli piacevano le femmine, aveva l'impressione che vivessero con più sentimento degli uomini, e lui si divertiva a cogliere quel fine erotismo che esprimevano in ogni atto quotidiano. Anche pelare un pomodoro, tra le eleganti mani femminili, diventava una performance d'artista. Avevano corpi vibranti di vita e colmi di grazia che rallegravano l'esistenza. Vito le considerava esseri superiori, a metà strada tra gli umani e le divinità pagane. Era quello che lo attraeva, perciò non aveva patito l'assenza di un figlio maschio: lui aveva generato tre dee.

Si allungò sul copriletto di cretonne e non si tolse neanche le scarpe. Girò gli occhi tutto intorno. La carta da parati attirò la sua attenzione: era scrostata in più punti, e le ghirlande di fiori dai contorni scoloriti sembravano nuvole disordinate e minacciose. Vicino al tetto, piccole macchie di muffa, che nei momenti di allegria si divertiva a interpretare, adesso gli sembrarono un intollerabile segno di trascuratezza. Le tende dall'orlo sfilacciato, i mobili in stile Ottocento siciliano, inutilmente pomposi. "Dio, che squallore! Com'è che non me ne sono accorto prima?" si chiese, e per consolarsi si accucciò tra i suoi libri.

La fatica stratificata nel suo animo gli impedì di godere appieno delle sue creature, e come al solito finì per amminchiarsi sulle avversità che lo avevano preso di mira. Lui che aveva pensato di poter spaccare le balate con le mani nude, quel venerdì si sentiva in balìa degli eventi. Il suo colon aveva preso a contorcersi come immerso in una colata di peperoncino.

«Tra poco è pronto.» Galatea era entrata senza bussare e se ne stava a fianco del letto a fissarlo. Qualcosa le urgeva, sembrava avesse bisogno di parlargli.

La donna aveva una figlia trentenne, con velleità artistiche, un po' sopra le righe ma buona, forse troppo. Vito l'aveva presa a cuore, gli ricordava le sue figlie e, nonostante lo scarso talento, aveva cercato di introdurla tra gli artisti catanesi. A un certo punto però gli era sembrato che l'atteggiamento di Livia nei suoi confronti fosse diventato morboso. Talvolta aveva ricevuto delle brevi carezze. Nulla di esplicito, solo sfioramenti, così leggeri che lui aveva dubitato delle sue stesse sensazioni. "Possibile" si chiedeva "che me lo sia immaginato quel dito perso per un attimo tra i bottoni della camicia? E quella mano nella tasca dei pantaloni, infilata e poi ritratta, c'è stata davvero?"

Insomma, aveva cominciato a sentirsi a disagio.

Non che Livia fosse brutta, anzi aveva una sensualità pungente che lo prendeva alla gola come gli anelli di cipolla fritta. Intuiva che madre e figlia stavano tessendo una rete in cui temeva di rimanere impigliato. Perciò da un po' coltivava l'idea di lasciare quella stanza, ma doveva prima trovarne un'altra.

«Chiamami quando è pronto» rispose a Galatea distogliendo lo sguardo: le unghie di lei, laccate di rosso vermiglio, gli erano sembrate di una intollerabile volgarità.

«Senti, Vito...» continuò la donna ignorando il suo bisogno di solitudine. «Se hai un po' di tempo, Livia vorrebbe parlarti della sua mostra. Hai fissato una data?» I suoi occhi erano diventati rapaci e possessivi.

Le fece cenno di lasciarlo in pace. «Ne parliamo a tavola» tagliò corto, e si girò dall'altro lato.

"Mi hanno preso per l'uomo di casa" pensò, "ma la generosità si nutre di energia e io sono un limone spremuto, non ho abbastanza succo nemmeno per la mia famiglia. Figuriamoci per loro."

Appena fu solo, Vito prese dalla tasca un foglietto sul quale aveva annotato gli appuntamenti del giorno e cominciò a scrivere con una grafia minuta e precisa:

1) Preavviso di licenziamento
2) Chiudere quindici giorni
3) Fare l'inventario
4) Iniziare pratic...

A metà di quella parola si fermò.

"Altro che promemoria, sembrano disposizioni testamentarie! Vero è che a luglio compio cinquant'anni... Nel mezzo del cammin di nostra vita..." si disse e lasciò cadere la penna. Ripose il biglietto nel portafogli, non era ancora arrivato quel momento, e preferì spulciare alcune fatture.

«Prontoooo» sentì gridare da dietro la porta. Quell'urlo gli sembrò un ordine e gli saltarono i nervi. Attraversò il corridoio con passo veloce, raggiunse la sala da pranzo e annunciò secco: «Vado via».

La donna si mostrò turbata, dispiaciuta, stava per piangere.

«Non si piange quando va via un inquilino» la rimbrottò Vito con una durezza che non sapeva di possedere.

«E a Livia?» protestò lei. «A lei non ci pensi?»

La ragazza, come se l'avessero chiamata, comparve in quel momento e gli girò intorno facendogli delle moine.

Vito provò pena per se stesso.

«Guarda che non basta il sedere di una giovane donna a mandare a monte tutta una vita d'amore» disse.

La ragazza si ritrasse umiliata.

In libreria si fermò per il tempo strettamente necessario. Scaricò il carrello, lo ricaricò di nuovi libri e telefonò alla moglie. Sentiva il bisogno fisico della sua voce squillante, delle sue attenzioni affettuose e disinteressate.

«Sì, parto tra poco.»

«Ti aspettiamo per cena?»

«Non lo so, dipende dalla strada. E poi non voglio correre, mi sento già stanco.»

«Mi raccomando, se ti viene sonno fermati a riposare in una piazzola.»

«No, lì non mi ci fermo più. Sai quanti depravati ci sono? Hanno pure cercato di adescarmi. Se proprio devo, preferisco fermarmi sulla corsia d'emergenza.»

«Stai attento.»

«Ci vediamo questa sera.»

Prese i documenti.

«Faccia buon viaggio, dottore» lo salutarono in coro le commesse.

Imboccò l'autostrada con un senso di liberazione. Catania gli stava stretta da un po', perciò aveva responsabilizzato i suoi impiegati e aveva più volte ventilato l'intenzione di affidare loro la gestione della libreria, come aveva fatto già con quella di Caltanissetta. Aveva delegato gran parte del lavoro a Gaetano, un ragazzo molto intelligente che ormai faceva quasi tutto da solo.

Vito accarezzava persino l'idea di andare via dall'Italia, gli piaceva l'America. "Chissà, magari quando Cetti finirà il liceo..."

Mise la quarta e aspettò fiducioso che i suoi muscoli si allentassero, che la mente si svuotasse. Le montagne, sebbene scure, sembravano cariche di promesse.

Conosceva il percorso a memoria, lo faceva tante di quelle volte durante la settimana che avrebbe potuto guidare con gli occhi chiusi. Si accese una sigaretta e d'improvviso gli venne in mente che gli serviva una copia del bilancio. La mattina dopo aveva un importante appuntamento con l'assessore regionale, quel foglio era necessario per completare la pratica. Ancora non aveva smaltito l'ultima delusione per il finanziamento negato e già faceva nuovi progetti. Davvero Vito non si arrendeva mai.

Aveva chiesto alla ragioniera di metterne una copia in una busta e di lasciargliela in macchina, chissà se si era ricordata. Guardò nel cassetto portaoggetti, sul sedile, niente. "Magari sta nel portabagagli" pensò. "Meglio controllare." Se non l'avesse trovato, sarebbe dovuto tornare indietro a recuperarlo. Superata la galleria, mise la freccia e si fermò nella corsia d'emergenza. Il carrello, più largo della macchina, sporgeva un po' invadendo la corsia di marcia. "Vabbe', tanto è un attimo."

Scese allacciandosi l'impermeabile, faceva freddo. Si mosse con cautela, l'asfalto era scivoloso per l'umidità. Scavalcò il telaio del carrello, aprì il baule, frugò velocemente tra le cartelle, ma il documento non c'era.

"Ho fatto bene a fermarmi" si disse richiudendo il portellone. Si accese un'altra sigaretta, prima di tornare dentro. Il sole da un pezzo era dietro alle montagne e tutto aveva una uniforme tonalità grigia.

Un camion stava arrivando nella corsia di marcia. L'autista il carrello lo vide all'ultimo minuto, capì che non avrebbe potuto evitarlo, perciò si attaccò al clacson con tutte e due le mani per alcuni lunghi, interminabili secondi e pregò che la macchina ferma fosse vuota.

Chissà se Vito lo sentì, immerso com'era nei suoi pensieri. Il suono violento di quelle trombe rimbombò cupo nell'aria, rimbalzò sulle pareti rocciose e frantumò il silenzio grave della valle. Poi un prolungato stridio, probabilmente i freni, seguiti da una salva di piccoli echi, dalla frequenza ripetuta, che si propagarono fino al cielo. Per un po' calò di nuovo il silenzio, solo gli abituali rumori della natura: il vento, l'abbaiare di un cane, lo stormire delle foglie, il raglio di un asino, fino alle sirene dell'ambulanza.

17

Adalgisa D'Ambra in Cavallotto

Palermo, 28 gennaio 1983

"Ne riparliamo questa sera" pensò Adalgisa chiudendo la porta, dopo che il marito se n'era andato. Poi andò dritta a prepararsi, ché di cose ne aveva da fare. S'infilò nella doccia e indugiò sotto l'acqua per qualche minuto, era l'unico vero lusso che si concedeva. Le gocce cadevano con un ritmo costante sulla sua testa abbandonata all'indietro, lei contraeva i muscoli per contrastare la violenta pressione dell'acqua, tenendo le braccia tese e le mani sulle maioliche, le serviva un appoggio sicuro. Con le gambe allargate si offriva al getto tiepido, il piacere che ne ricavava se lo portava dietro fino a sera. Quando sentì il collo dolere, riportò la testa dritta, piegò le ginocchia, si accucciò sul pavimento con gli occhi chiusi e si abbandonò come fosse in riva al mare.

Le sue orecchie in quell'atmosfera ovattata riprendevano a sentire i suoni interni, mentre i rumori quotidiani, lo sbattere delle stoviglie, il cigolio delle imposte, il frastuono del traffico, il cicaleccio delle figlie e dei clienti della libreria, rimanevano fuori dalla cabina doccia.

In quello spazio risicato, per qualche secondo, si rinchiudeva nella “camera segreta del suo cuore”, faccia a faccia con “terra e cielo, fuoco e aria, sole e luna, tutto ciò che le apparteneva e tutto ciò che non le apparteneva”.

Quindi, paga e serena, chiuse l’acqua e fu pronta ad affrontare ogni difficoltà.

Una volta asciutta, cercò un vestito che s’intonasse con l’umore di quella mattina. Si sentiva seria, le ci voleva un tailleur. La gonna stretta, sulle sue curve contenute, si modellò con eleganza, peccato che fosse troppo lunga. Aveva ancora delle bellissime gambe, le piaceva metterle in mostra, ma Vito le aveva intimato di allungare gli orli. Non che fosse geloso, ma «sei una signora» aveva ribadito, e Adalgisa s’era adeguata. Non le piaceva litigare per delle sciocchezze, e poi suo marito nel mondo si orientava meglio di lei.

Allacciò i bottoni della giacca, aveva delle spalle così imponenti che assomigliava alla giubba di un generale. Era la moda esagerata di quegli anni, colori assurdi e forme sproporzionate. Non le piaceva molto, ma mica poteva fare la figura della paesanotta. Farsi spazio tra l’altezzosa borghesia palermitana era stato duro, e proprio lei non voleva dare adito a critiche.

Le ragazze irruppero nella sua camera vociando.

«Mamma, noi andiamo!»

«Come sei elegante!»

Anna la riempiva sempre di complimenti. Era una ragazza allegra, carina, e non le piaceva andare a fondo nelle cose, perciò viveva tranquilla, in una zona al confine con la felicità.

Cetti invece era spesso critica. Affondò le dita nelle spalline della giacca e disse: «Sembri Ufo Robot!».

«Si trasforma in un razzo missile, con circuiti di mille valvole, tra le stelle sprinta e vaaa...» cantò Luisa, poi fece un paio di piroette e corse via. A lei la vita palermitana era piaciuta fin dal primo momento, era piena di amici e passava di continuo da una festa a una gita.

Adalgisa le salutò con un bacio e poi si diede un filo di rossetto, il suo viso fresco non aveva bisogno di grossi restauri. Era ancora piacente, non era molto cambiata, aveva però assunto modi di fare severi e asciutti. Colpa del moralismo ipocrita delle sue conoscenze che aveva rintuzzato la sua naturale sensualità. Dopo il matrimonio aveva dovuto abbandonare ogni forma di ambivalenza sfoderando un comportamento di grande equilibrio.

"Io sono di Vito Cavallotto" diceva tutto il suo corpo, anzi sembrava che quella frase ce l'avesse stampata sulla fronte come un marchio di appartenenza. E la sua carnalità, prudentemente celata, la riservava al marito che accoglieva con gioia ogni volta che lui ne avesse voglia. Quel muro che aveva tirato su, anziché contenere la sua femminilità esuberante, l'aveva esaltata, tanto che ogni suo gesto, anche il più banale, come quello di scrivere una fattura, appariva una promessa maliziosa.

Indossò il giro di perle e con un'aria altera, che sembrava dire "non toccarmi che mi sciupo", andò a svegliare la suocera.

«Mamma, le ho portato il caffè.»

«U Signuri tu paga.»

L'aiutò a indossare i vestiti, le pettinò i capelli e, tenendola per un braccio, la condusse fino alla macchina. La strada per l'ospedale era lunga, lei pigiò sull'acceleratore.

Concettina combatteva da qualche mese contro un cancro alla mammella. Ironia della sorte, era stata colpita in quell'organo simbolo della femminilità, lei che la sua natura di donna l'aveva percepita una sola volta negli occhi miopi del professore Tullio Genco e poi l'aveva dimenticata per sempre. Ora, nella vecchiaia, era costretta a farci i conti, e nel modo peggiore.

Le cure, lunghe e dolorose, avevano infiacchito l'anziana, che pativa la dipendenza dagli altri e si crucciava di non poter più faticare come un mulo.

Se però il suo corpo si era indebolito, mente e capacità percettive si erano affinate. Ora le cose le sapeva in anticipo. Del resto, ne aveva viste talmente tante nella vita che le bastava mettere in fila le sue esperienze e poi tirare le somme con un po' di logica, per non essere colta alla sprovvista.

Si era accorta anche lei che Vito non era più lo stesso; ma, coerente con la natura riservata del figlio, aveva evitato di fare domande e aspettava fiduciosa che lui si risolvesse a parlarne. Gli intervalli di tempo tra un accadimento e l'altro non la spazientivano, anzi li considerava preziose occasioni da sfruttare fino in fondo; "perché" si ripeteva con amarezza "la vita non è altro che una lunga attesa e si conclude per tutti allo stesso modo".

Nell'ambulatorio freddo, Concettina si spogliò con riluttanza. Avesse avuto un problema alle gambe l'avrebbe affrontato più volentieri, invece le seccava mostrare le minne a un maschio. Quindi, coprendosi alla meglio con le mani, si sdraiò sul lettino e cercò di pensare ad altro.

«Che cucina oggi, mamma?» le chiese Adalgisa per aiutarla a superare l'imbarazzo.

«Polpette» mugugnò la suocera.

«E che ci mette dentro?»

«Aglio a pezzettini piccolissimi, prezzemolo, uovo, formaggio.»

«E la carne no?» scherzò il dottore.

«Certo» rispose quella mantenendo gli occhi chiusi.

«E come le prepara, mamma?»

«Metto il macinato sul tavolo, al centro faccio una conchetta, ci butto dentro l'uovo e il resto; impasto e preparo tante palline tutte uguali. Ah, m'ero scordata, un poco di cannella, sennò puzzano di carne e sono sdignuse.»

Il medico la visitò con attenzione, non tralasciando né le ascelle né gli inguini. Cercava segni di malattia, sembrava non ce ne fossero e ogni volta calava la testa in segno di approvazione.

«E poi le frigge, mamma?» domandò Adalgisa, come se non le conoscesse, le polpette della suocera.

«Mai, Maria!» esclamò quella scandalizzata. «La frittura è come il diavolo, entra nel corpo e non se ne esce più. Semmai le cuocio con tante verdure a dadini e un po' di brodo vegetale.»

«Bene, signora, stiamo andando benissimo, si può rivestire.»

«È contenta, mamma?» le chiese la nuora, aiutandola a indossare l'abito.

Concettina fece spallucce, "di qualcosa bisogna pur morire" pensò, ma quella considerazione la tenne per sé. Adalgisa si faceva in quattro, non trovava giusto caricarla anche del suo pessimismo.

«Credo che possiamo stare tranquilli» le rassicurò il medico. «La radioterapia è un'arma potentissima. Ora sta a lei, signora Cavallotto, rimettersi in forma. Se non ci sono novità, ci vediamo tra sei mesi.»

Prima di tornare a casa si fermarono a fare la spesa, altrimenti le polpette sarebbero rimaste la chiacchiera di due perditempo.

Adalgisa scaricò la macchina, portò su le buste piene, poi tornò indietro, prese la suocera sottobraccio e insieme salirono le scale, gradino dopo gradino.

Concettina guardava con affetto e gratitudine quella donna che le riservava le stesse premure di una figlia femmina. Svanite le antiche gelosie e conflittualità – ché nel cuore grande di Vito c'era posto per entrambe –, si erano trovate complici nell'amore per quell'unico maschio di casa.

Adalgisa se n'era poi andata in libreria ed era tornata alla sera un po' più tardi del solito. Concettina si sentiva molto stanca.

«Mi aiuti a mettermi a letto?»

La nuora le aveva medicato le ferite, due ustioni profonde e sanguinanti provocate dalla radioterapia, poi l'aveva aiutata a indossare la camicia.

«Me lo saluti tu a Vituzzo?»

«Sì, mamma, non si preoccupi. Mi ha chiamato prima di partire da Catania, non ha saputo dirmi a che ora sarebbe arrivato. Ma se non è tardi, vedrà che verrà a salutarla.»

Le rimboccò le coperte, l'anziana si era abbandonata sul cuscino con gli occhi chiusi. Sembrava dormisse, ma all'improvviso, come se un pensiero importante le avesse attraversato la mente facendola tornare indietro dal mondo dei sogni, Concettina ebbe uno scatto e acchiappò il braccio della nuora. Le sue dita stringevano forte, erano artigli, quindi la tirò a sé e l'abbracciò.

«Un masculu 'un lu pò capiri il travagghiu di una fimmina. Grazie Argisa» le disse con inusuale dolcezza. Era la prima vera, tangibile dimostrazione di affetto.

L'altra si commosse. «Si metta a dormire, mamma. Ha sentito che ha detto il dottore? Deve riprendere le forze.» Poi chiuse la porta con una sensazione di sconfinata pienezza. Nulla la rendeva più felice dell'apprezzamento dei suoi familiari.

Tornò in cucina per apparecchiare. Le figlie avevano divorato tutte le polpette. "Ora che m'invento?" si chiese guardandosi intorno. C'erano solo patate, così decise di fare uno sformato.

"Vito mio, questa sera non scappi" pensava imburrando la teglia. "Mi devi dire tutto, voglio sapere perché sei così nervoso."

Un profumo di caciocavallo aleggiava nella cucina. Adalgisa si sedette di fronte al forno per non perdere d'occhio lo sformato, bastava un attimo perché la morbida e dorata crosticina diventasse un mattoncino duro come creta. Accese una sigaretta e diede una boccata profonda. La fatica si sciolse in una serie di piccoli anelli di fumo. Il suo cuore, concentrato sui suoi affetti, era come una botte piena di vino buono.

Il telefono cominciò a squillare. Adalgisa attese che smettesse. Non poteva distrarsi, ché la cena si sarebbe potuta bruciare. "E poi nessuna persona perbene telefona a quest'ora nelle case della gente onesta..."

Ma chiunque fosse, continuava a insistere. Alla fine fu costretta a rispondere.

«Pronto? Olga, tu sei? Come mai telefoni a quest'ora?»

La sorella, all'altro capo del filo, aveva una voce strana, metallica, lenta e controllata. Tra una frase e l'altra lasciava passare qualche secondo, come se di ognuna valutasse il peso e le conseguenze.

«Vito come sta?» chiese a un certo punto Adalgisa, e la sua voce era fuori controllo.

Forse fu quel tono alterato a incuriosire Cetti, che uscì dalla sua stanza sporgendo appena la testa dalla porta. La madre era impallidita e i suoi occhi correvano in tutte le direzioni, ora scrutavano i quadri in fila sulla parete, ora si abbassavano sul pavimento e inseguivano le volute delle cornici di marmo, che avevano preso a muoversi come girandole.

«Sì ma come sta Vito?» domandò ancora una volta. Probabilmente dall'altro capo del filo le risposte arrivavano imprecise e non pertinenti, perché Adalgisa ripeté la medesima domanda un'infinità di volte. Poi salutò e i suoi occhi si fermarono a fissare il vuoto.

La cornetta era rimasta a mezz'aria, fu Cetti a riattaccare e a far accomodare la madre su una sedia.

Il cuore della ragazza, legato a quello del padre da una comunicazione sottile, non ebbe bisogno di parole per sapere cosa fosse accaduto. Nella sua mente si fece subito largo una certezza: "Non lo rivedrò più". Appoggiò allora le braccia al muro per non cadere, ché non poteva più fare affidamento sulle sue gambe. Taceva la ragazza in quella stupida posizione, chiedendosi se dovesse dire qualcosa alle sorelle, ma non voleva spaventarle. Muta e immobile, cercava dentro di sé di ritrovare il controllo della realtà.

Un puzzo fastidioso in quel momento invase il corridoio. Adalgisa, persa in un altro luogo, non lo avvertì. Cetti si fece forza, raggiunse la cucina e con cautela, ché la teglia era bollente, tirò fuori dal forno lo sformato completamente carbonizzato. Una nuvola di fumo riempì la stanza, salendo in volute ampie e vorticando tra i pensili d'acciaio.

La ragazza vacillò sotto il peso delle inaspettate responsabilità, si era sentita d'improvviso cresciuta. Aprì la finestra, era quella la prima cosa da fare. Il freddo di gennaio irruppe facendo svanire il tepore del riscaldamento. La luce era diventata più fioca, colpa di un calo di tensione, succedeva spesso d'inverno, ma in quel momento Cetti ebbe l'impressione che tutti gli elementi partecipassero di una realtà tragica e dolorosa.

“Sono io la maggiore” si disse. “Tocca a me proteggere la mia famiglia, ché la mamma è sempre stata la bambina di casa.” Se lo ripeté più volte e quando si sentì abbastanza solida tornò da sua madre, che era ancora lì, con lo sguardo fisso e il braccio a mezz’aria, impettita sulla sedia, una regina senza regno. Le toccò una spalla: «Ci sono io» le sussurrò arrossendo. Non aveva mai osato sentirsi più forte di lei.

Adalgisa la guardò senza vederla, poi s’infilò un cappotto e si sedette nell’ingresso.

«Papà ha avuto un incidente, è in ospedale. Gli zii stanno venendo a prenderci, di’ alle tue sorelle di prepararsi» disse con tono neutro, come se stesse parlando di un fatto capitato a un vicino di casa.

Cetti allora svegliò la nonna con voce delicata: «Papà ha avuto un incidente, nulla di grave, non ti preoccupare».

Concettina non fece domande. Abituata alla tragedia, non fu colta di sorpresa. “È questo che c’è alla fine dell’attesa” pensò la donna.

Presero posto sul sedile posteriore, strette strette, vicine vicine. Solo la felicità riuscivano ad affrontarla singolarmente, la difficoltà la vivevano in comunione.

Anna e Luisa, appoggiate alla madre, si erano addormentate. Cetti non si dava pace: quella certezza che si era annidata dentro di lei le macerava il cuore.

Il buio era così fitto che si distingueva appena la carreggiata illuminata dai fari. Una densa colata d'inchiostro di china scendeva dalle montagne, si fondeva con l'asfalto e si riversava a mare. Nemmeno le stelle c'erano, a punteggiare il cielo. Sotto e sopra, destra e sinistra, erano stupide convenzioni che non trovavano riscontro fuori dall'automobile. Procedevano come in un volo cieco, affidandosi alla guida dello zio Totò, che non staccava lo sguardo dalla linea bianca tratteggiata sulla strada.

Adalgisa teneva gli occhi spalancati, le palpebre ritratte e fisse in una posizione innaturale. Da qualche parte doveva esserci la macchina di Vito e lei la cercava affannosamente. Poi un dolore s'irradiò alle pupille, risalì lungo le tempie. Un chiodo penetrava tra le pieghe del suo cervello, scompaginando le idee.

"All'ombra de' cipressi e dentro l'urne / confortate di pianto è forse il sonno / della morte men duro?" Cetti continuava a ripetere a mente quei versi, era stata interrogata la mattina a scuola e non era più riuscita a toglierseli dalla testa, come fossero parole di una canzoncina molesta.

Enna la videro in lontananza, una scia più chiara a fondo valle e una serie di ombre che si proiettavano verso l'alto e si dileguavano sulla cima della montagna. Il cuore di tutti cominciò a battere forte, quello di Adalgisa fece un tale frastuono che Anna e Luisa si svegliarono.

«Signora Cavallotto!»

Il libraio di Enna le venne incontro lungo il corridoio dell'ospedale. Le sue scarpe avevano una doppia suola di gomma che faceva attrito sul pavimento e l'uomo aveva un'andatura bislacca: a ogni passo il suo corpo si trovava qualche centimetro più avanti rispetto ai piedi e sembrava dovesse cadere da un minuto all'altro. Perciò, quando le tese la mano, Adalgisa l'afferrò per sostenerlo e fornirgli un appoggio.

«Che ci fa qui?» domandò lei con tono sospettoso.

«Bah, Enna è un paesone, le notizie arrivano in fretta e io sono corso appena mi hanno avvertito. Sa quanto eravamo amici io e suo marito.»

Eravamo? Adalgisa notò il tempo passato, ma non si allarmò. I siciliani ignorano volutamente le regole grammaticali, coniugano i verbi in base allo stato d'animo e li declinano a seconda dei desideri: in fondo, le parole sono al servizio delle emozioni e non il contrario.

«Venga, si metta seduta.» La condusse vicino alle figlie che ciondolavano stanche e impaurite sulle panche di plastica rigida. Solo Cetti resisteva stoicamente in piedi. I suoi occhi frugavano senza sosta in ogni angolo del corridoio livido. Cercava di distinguere le ombre oltre quella porta di vetro smerigliato che la separava dal padre, sperando di vederlo spuntare fuori da lì per fugare quella triste poesia che le girava nella testa.

Il dottore sbucò all'improvviso. Era alto, con le dita grandi come mazzòle, la fronte sudata, così grasso che le cosce sfregavano l'una contro l'altra.

"Ma che reparto è?" si domandò Adalgisa. "Non si sente niente, neanche un lamento! Di solito i malati si lagnano, specie di notte."

Il dottore le prese la mano e non parlò.

«Vito come sta?» chiese allora lei, stufa degli sguardi sfuggenti e di quegli atteggiamenti omertosi. «Anche se è tutto rotto, non fa niente. Lavorerò io e le ragazze lo assisteranno finché non si rimetterà, pazienza.»

Cetti le stava accanto sgomenta. "Possibile che non abbia capito?" si domandava, e una tenerezza infinita le sgorgava dal cuore per quella donna che ancora si illudeva come una bambina.

«Fatemi vedere mio marito. Lui quando sta male mi vuole sempre vicino.»

«Signora...» disse il medico con un tono che non lasciava dubbi.

Adalgisa lo prese come un rimprovero e puntandogli un dito contro il camice gli intimò di lasciarla entrare. Fu allora che Olga l'abbracciò, il libraio le posò una mano sulla spalla e le ragazze, scivolate sulle sedie, cominciarono a piangere. La testa piegata sul petto, le mani nelle tasche, tiravano su con il naso e a tratti singhiozzavano. Il silenzio, nonostante i rumori, sembrava essersi fatto più ampio e solenne in quella cattedrale del dolore.

"Matti, sono tutti matti" pensò Adalgisa.

«Signora, mi spiace, per suo marito non c'è stato nulla da fare, è arrivato già morto.» Il medico parlava con una vocetta fina e inconcludente, che si dispiegava in parole di circostanza e particolari orribili. «Sono davvero rammaricato» concluse.

«Voglio vederlo» disse Adalgisa con gli occhi asciutti e lo sguardo duro, ma quello si oppose. Allora lei si convinse che Vito era vivo, “magari tutto rotto, perciò non vogliono che mi impressioni, ma io da qui non mi muovo”.

Prese posto su una panca, si tirò dietro le figlie e cominciò a ripetere come un mantra rassicurante: «Fatemelo vedere, ha bisogno di me».

La verità era che lei separata dal marito non poteva starci. Nel passato aveva spesso avuto paura che lui si stancasse e potesse lasciarla per un'altra, ma alla morte non ci aveva mai pensato. Perciò si rifiutava di comprendere la verità. Solo Cetti aveva capito fin dal primo squillo del telefono ed era dilaniata dal senso di colpa: maledizione, se solo fosse stata capace di pensare positivo, suo padre adesso sarebbe ancora vivo.

Adalgisa rimase su quella sedia per un bel pezzo a covare un'illusione e, quando l'infermiera smorzò le luci, la sua ombra, come una marionetta senza fili, cercò di scivolare sotto quel diaframma di vetro che custodiva Vito.

«Signora Cavallotto, sono le due di notte, qui non fa nulla. Venga con me» le sussurrò il libraio.

Lei scosse la testa con violenza e serrò le mani delle ragazze.

«Le sue figlie hanno bisogno di dormire. Su, venga, mia moglie vi sta aspettando.»

Il libraio aveva una voce vibrante di compassione. Adalgisa disse una serie di no, ma con un tono sempre meno convinto. Infine cedette: «Sì, ma lo faccio solo per le mie figlie». Si sentiva un generale che abbandona i propri soldati sul campo di battaglia.

Nella casa del libraio trovarono un lettone pronto e un paio di brandine.

La madre si sdraiò tutta vestita, le figlie le si misero accanto così strette che non si distinguevano l'una dall'altra.

«Buonanotte, signora. Cerchi di dormire, domani sarà una giornata difficile. Guardi che dobbiamo prendere dei vestiti puliti, quelli di Vito erano...»

«Ci pensi lei» lo interruppe Adalgisa.

«Certo, non si preoccupi. Che taglia porta?»

«Cinquanta» rispose lei sovrappensiero.

"Che strana domanda" considerò Cetti. "Come se dovessero comprare l'abito per una festa."

«C'è un colore che preferisce?»

«Qualsiasi, ma non il rosa, Vito lo odia.»

«Va bene, a domani allora.»

«No, aspetti» lo richiamò Adalgisa.

L'uomo si fermò sulla porta: «Sì?».

«Faccia come vuole, anche il rosa se le piace. Tanto quello lì mica è Vito.»

18

Il libraio, il dottore, l'artificiere

Caltanissetta – Catania, gennaio 1983

Vito era steso su una lastra di marmo, coperto da un telo di plastica nera, sembrava munnizza. Come se il padreterno, volendo buttare via quello che gli avanzava dell'universo, avesse deciso di cominciare proprio da lui.

Adalgisa lo guardò a lungo da vicino, gli girò intorno senza risolversi a toccarlo. Nonostante le ferite e le ammaccature, la faccia era quella del marito. Le guance paffute, gli occhi allungati verso l'alto. "Sì, potrebbe essere..." mormorò tra sé e sé. Però l'altezza e la stazza non le tornavano. Vito era ponchio ponchio e dava l'idea della forza. Quel corpo invece era piccolo, ristretto, corto, come una giacca lavata in acqua calda. Se ne stette così per un po' a interrogarsi: "È lui o non è lui?".

Cetti invece aveva solo certezze. Perciò, senza alcuna esitazione, sollevò il telo con fare deciso e gli scoprì i piedi. Suo padre sugli alluci non tollerava neanche un finissimo lenzuolo di lino, figuriamoci la plastica pesante.

C'era tristezza nell'aria, forse anche dolore, ma non strazio, ché la negazione è il più efficace strumento di autodifesa.

L'amico libraio se ne stava un po' discosto, stringendo tra le mani la busta degli abiti nuovi. Vito andava vestito e ricomposto, rifletteva, e lui l'avrebbe fatto volentieri, ma era giusto sostituirsi alla moglie? E come l'avrebbe presa? In fondo si trattava di avventurarsi nel delicato terreno dell'intimità. È vero che erano buoni amici, si incontravano ogni volta con gioia, si stringevano forte le mani, si specchiavano e si riconoscevano l'uno nell'altro, però non avevano mai parlato di cose personali, al centro delle loro conversazioni c'erano soprattutto i libri. "Che fare, quindi?" si chiese, addolorato e indeciso. "Vito Cavallotto non sarebbe stato di certo a guardare" si disse infine. "Avrebbe agito con decisione, sollevando quelle povere donne da ogni dolorosa incombenza. Non è compito del maschio proteggere le femmine?"

Mosso da quel pensiero, si avvicinò al tavolo. «Ho preso una cravatta azzurra» sussurrò con dolcezza, «dal momento che Vito odiava il rosa... Le piace?»

Adalgisa buttò uno sguardo distratto. «Rosa o celeste, cosa importa? Tanto quello mica è Vito!» ripeté.

«È bella, grazie» intervenne allora Cetti facendo scorrere la cravatta tra le mani.

Il libraio riprese a respirare, talvolta basta lanciare il sasso e poi le cose vanno da sé. Cominciò così a scartare gli abiti appena comprati, era delicato nei movimenti e aveva un atteggiamento affettuoso che raggiunse il cuore di Adalgisa e sollecitò la sua pietà. Vito o no, quell'uomo era morto, e non lo si poteva lasciare così, bisognava ricomporlo.

«Avanti» disse togliendosi la giacca e, con la stessa determinazione che aveva mosso Antigone quando decise di seppellire il fratello Polinice, buttò via il telo di plastica, lavò quel corpo e lo rivestì di tutto punto.

La chiesa era piena di gente: clienti, amici, parenti erano venuti a salutarlo per l'ultima volta. Non era morto solamente un amico leale, un familiare generoso, ma anche un libraio appassionato, un editore entusiasta.

Le Cavallotto se ne stavano al primo banco, legate da un filo di dolore come fiori di un unico mazzo, tutte incapaci di trattenere le lacrime, tranne Concettina, ché non sta bene ridere e neanche piangere davanti agli estranei. Impettita nella sua tonaca nera, fissava la bara con uno sguardo di rimprovero.

"Ti ho amato più di tutti, più di me stessa, più di tua sorella. Forse più di Filippo. Ma tu, inaffidabile come mio fratello, mi hai lasciata."

La funzione si concluse. L'organo cominciò a suonare, la gente si avvicinò: «Condoglianze».

«Grazie» rispondevano tutte loro.

«Ma ce l'ha un figlio maschio?» s'informavano con la vedova.

«'Nzù» rispondeva Adalgisa mostrando le ragazze attaccate ai suoi fianchi.

«Peccato!» si rammaricavano gli amici.

Quella frase di commiserazione gliela ripeterono infinite

volte, e altrettante volte sentì le persone bisbigliare alle sue spalle: «Ma c'hannu a fari quattru fimminedde sule?».

A casa, Adalgisa rifiutò il conforto della minestrina in brodo e se ne andò dritta a letto. Non era stanca, ma un senso di straniamento le rendeva difficoltoso stare insieme agli altri. Le figlie vollero dormire con la nonna e lei ringraziò Dio, desiderava molto rimanere da sola. La loro costante presenza negli ultimi giorni l'aveva fatta sentire come un territorio occupato.

S'infilò sotto le lenzuola e chiuse gli occhi. Imprevista, le salì la voglia di far l'amore. Il suo corpo reclamava la presenza di Vito. Allargò le braccia e afferrò solo aria. Rotolò dall'altro lato del letto e trovò nient'altro che un cuscino. Cercò allora di zittirle, quelle viscere impertinenti che reclamavano vita, le supplicò di tacere ma quelle continuarono a gridare. Finché dalla stanza segreta del suo cuore salì alla gola una forza oscura, un vento furioso che spoglia i rami dei loro fiori, li spezza e li disperde. La sua vita le passò davanti agli occhi, uno specchio rotto i cui frammenti taglienti le erano conficcati nel petto, nel cervello. E allora le uscì dalla gola un urlo gutturale, profondo, che si allargò nella camera, superò le pareti, si abbatté sull'intera casa. Adalgisa ululava come una lupa che non trova più i suoi cuccioli, rumoreggiava come una fragorosa tempesta tra le gole impervie di montagne inaccessibili, ragliava come un'asina che ha perso il compagno, piangeva come le prefiche che accompagnavano il corpo di Ettore. Infine le sue mani incontrollate si abbatterono sul suo viso e lo riempirono di schiaffi per punirsi. Le dita batterono le guance con un rumore di grandine sui tetti, e quando la pelle diventò viola passarono a colpire il capo con una gragnuola di pugni violenti. Il corpo, prima della mente, aveva compreso quello che era successo.

Poi toccò al cuore capire cosa il destino le aveva riservato e lei si vide come in uno specchio: era una giovane vedova, con tre figlie adolescenti.

Cominciò a piangere e non la smise più.

Il giorno dopo, i suoi occhi erano due sfere di fuoco, le palpebre s'erano ritirate come la spiaggia quando avanza la marea.

Ci voleva un medico.

Vincenzo Restivo era un uomo pacioso, dall'espressione bonaria e dotato di una forte carica empatica. Nel salotto trovò la vecchia madre e la figlia Mimma ad accoglierlo. Tra le due donne, piegate su loro stesse, sedevano le tre ragazze.

«Signora Concettina, che perdita!»

Quella allargò le braccia desolata: «Che vuole, dottore, ci sono già passata una volta con mio fratello Filippo. Me l'aspettavo già da tempo e mi consumavo nell'attesa. Le può suonare strano, ma mi sembra di essermi tolta un peso dal cuore».

«Come si sente?»

«Io non mi sento più, dottore» rispose lapidaria la donna.

«Ma non vuole prendere qualcosa per sentirsi meglio? Le prescrivo una medicina?»

«Non ce n'è medicine per le disgrazie.»

«Donna Concettina, qualcosa si può fare sempre.»

«Dottore, che dice? La vita è come una partita a sette e mezzo. Bisogna capire quando è il momento di chiamare carta e quando no. Ecco, per me è il momento di stare, sennò me ne vado in palazzo.»

Il medico tacque ma non era affatto stupito di quelle parole. Conosceva Concettina da molti anni, poiché frequentava la libreria di corso Umberto fin da quando era uno studente squattrinato. A quel tempo era già un insaziabile collezionista di libri d'arte e talvolta, quando non aveva neanche soldi per mangiare, li rubava. Vito non se n'era mai accorto, oppure aveva fatto finta di niente. Gli aveva persino concesso sconti vantaggiosi e pagamenti rateali, e più di una volta regalato qualche raro testo.

Alcuni anni dopo, ossessionato dal senso di colpa e con ormai una solida posizione alle spalle, il medico aveva confessato al libraio quei piccoli e ripetuti furti, non senza imbarazzo, e cercato di restituire le somme con gli interessi.

Il Cavallotto s'era messo a ridere.

«Dottore, ma lei pensa che io non me ne sia accorto?» aveva detto con l'aria di chi la sapeva lunga.

«E allora perché non m'ha fermato?»

«Un ragazzo che ruba un libro non è un vero problema, anzi è un'assicurazione sul futuro. Quando avrà i soldi, sarà un lettore accanito e un amico della libreria.»

«Sì, ma...»

«La sua presenza qui, oggi, è la dimostrazione che ho ragione.»

Adesso però era arrivato il momento di restituire qualcosa alla famiglia Cavallotto. "Quelle fimminedde sule hanno bisogno di aiuto, ché le donne, per loro temperamento, sono inclini alla tragedia e all'autolesionismo." Perciò le osservava con occhio clinico: a loro insaputa le stava visitando.

L'anziana gli sembrava solida e, a suo modo, ben orientata. Le tre ragazze... Bah, i giovani si riprendono in fretta. Mimma piangeva sulla spalla del marito Libertino, la sua vita non avrebbe subìto interruzioni, presto sarebbe ripresa con i soliti ritmi.

La casa, che il medico aveva immaginato immersa nel silenzio del lutto, risuonava di un sommesso chiacchiericcio. Il brusio di ogni voce, unito a quello delle altre, si moltiplicava e pareva che una miriade di storni volasse dentro le stanze e sbattesse contro le pareti per trovare una via d'uscita. In effetti c'era molta gente che andava e veniva. Le persone prendevano posto sulle poltrone di fronte a Concettina e sciorinavano le frasi di rito.

«Condoglianze, signora Cavallotto.»

«Grazie.»

Poi sospiravano e infine pronunciavano qualche esclamazione rassegnata.

«Mah.»

«C'amma a fari?»

«Ca semu.»

E in quelle frasi all'apparenza senza senso c'erano la rassegnazione e il fatalismo che albergano nell'animo siciliano.

Infine gli ospiti si congedavano baciando Concettina sulle guance.

«L'unico figlio maschio» la mischinavano. «Peccato!»

«Peccato» faceva eco lei.

"Questo però non è il ruolo della madre, ma della vedova" considerò meravigliato il dottore e, tirando in disparte Libertino, domandò: «Adalgisa dov'è?».

Adalgisa se ne stava nel letto e piangeva di un pianto asciutto, fatto di singhiozzi intervallati a sospiri.

«Come andiamo?» chiese il medico.

Lei non rispose, sembrava assente.

«Ha mangiato qualcosa?»

«Ogni tanto riusciamo a farle ingoiare qualche sorso di latte; ma per il resto vuole solo dormire» rispose Libertino.

«Eh no, così non va bene.» Invitò Libertino a lasciarli soli. «Vorrei visitarla» chiarì.

La vedova non ebbe nulla da ridire, se ne rimase inerme, abbandonata sulla coperta, un corpo senza nerbo. L'uomo le auscultò il cuore, che batteva vigoroso nonostante tutto. La pressione era bassa, logico: era digiuna dal giorno dell'incidente. Nel complesso però le condizioni di salute erano buone. Solo gli occhi facevano impressione: due enormi sfere attraversate da lingue di fuoco.

«Signora, ha bisogno di un collirio.»

Adalgisa scosse la testa in segno di diniego.

«Ma così diventa cieca!»

Lei si strinse nelle spalle. "Sai che me ne frega" sembrava dire.

«E poi deve prendere un po' di vitamine, quelle la sostengono» aggiunse il medico e si apprestò a scrivere qualcosa sul ricettario.

«No, voglio la pillola per dormire.»

«Ma perché, signora?»

«Se glielo dico, lei poi mi fa la ricetta?»

Il dottore calò la testa in cenno di assenso.

«Il fatto è che Vito mi viene in sogno ogni volta che mi addormento. E parliamo, parliamo. Sa quante cose che non sapevo mi racconta? E poi...»

Adalgisa s'interruppe e rimase in silenzio.

«E poi?» chiese il medico preoccupato.

«E poi facciamo l'amore» sussurrò.

L'uomo s'intenerì. "Le vie della consolazione sono così varie" pensò mentre prendeva il ricettario. Forse era meglio tenerla sedata per un po': per il troppo dolore si può anche impazzire.

«Vede, dottore, quando dormo mio marito è presente. Ma appena apro gli occhi e allungo la mano, il suo posto è vuoto, capisco che lui non c'è, "sono dentro a un incubo" mi dico, e mi rimetto a dormire. È nel sonno che c'è la vita.»

"Sì, è meglio tenerla sedata" concluse l'altro.

La mattina dopo Adalgisa, apatica e disinteressata, chiese di leggere i quotidiani. «Vorrei vedere i necrologi» disse con un filo di voce.

Sperava che quelle parole stampate le riportassero qualcosa del marito, lo facessero rivivere almeno nelle celebrazioni, nel ricordo degli altri.

«Non so dove ha messo i giornali Libertino, non riesco a trovarli» rispose lesta Mimma.

«Li cercate voi, per favore?» chiese Adalgisa alle figlie.

La zia fece cenno alle nipoti di non muoversi. La cosa non sfuggì a Adalgisa, la quale, nonostante i sonniferi le avessero intorpidito i sensi, manteneva una strana prontezza verso tutto ciò che aveva a che fare con il marito. Guardò le sue parenti dritto in faccia, avevano tutte un'espressione preoccupata e sembrava che ognuna di loro covasse una nuova notizia, terribile pure questa. Ma cosa c'era peggio della morte?

«Va bene» disse indispettita, «allora esco a comprarli.» E si alzò sulle gambe incerte.

«Dài, mamma, non è il caso di uscire, sei così debole» la pregarono le figlie, che temevano adesso di perdere anche lei. Avrebbero voluto tenerla chiusa in una stanza per non correre rischi.

Poi Libertino arrivò con la mazzetta dei giornali.

Il quotidiano «La Sicilia» titolava a tutta pagina: *Non hanno più rispetto per i morti*, e nell'occhiello: "Catania: sventato attentato alla libreria Cavallotto di corso Sicilia. Tra la saracinesca e la vetrina trovata una bomba rudimentale che è stata prontamente disinnescata dall'artificiere Arturo Banti".

«Mi spiace, Adalgisa, non volevamo che tu lo sapessi» le disse la cognata.

«Era per non farti preoccupare» aggiunse Libertino.

"La mafia! Ecco cosa agitava Vito." E d'improvviso Adalgisa si rese conto che quell'uomo, di cui conosceva pieghe, anfratti, nei, muscoli, peli, forse le aveva tenuto nascosto ancora dell'altro. Questa nuova scoperta la annichilì.

Tornò in camera da letto, prese due compresse e si addormentò. Non voleva solo dimenticare, sperava piuttosto di rintracciare il marito e farsi spiegare le ragioni del suo silenzio. Ma non andò così: nel sogno lui fu elusivo più che mai e volle solo fare l'amore.

Al risveglio Adalgisa si vestì.

«Vado a Catania» comunicò ai familiari sbigottiti. «Voglio vedere cosa è successo.»

La vetrina era stata rotta dall'artificiere, che aveva dovuto farsi spazio per recuperare l'ordigno. Uno degli impiegati aveva già chiamato il vetraio per sostituirla.

«Come ve ne siete accorti?» chiese a Gaetano, che in quei giorni era andato oltre i suoi compiti di impiegato.

«Niente... Il giorno del funerale c'è stata una telefonata anonima in questura. Uno che parlava strano ha avvertito che c'era una bomba qua.»

Lei non domandò altro e si chiuse nello studio di Vito a controllare la posta accumulata.

Tra i libri, le pubblicazioni adorate e gli amatissimi volumi antichi, ebbe l'impressione che non fosse successo nulla. In quel tempio silenzioso desiderò rimanere per i giorni a venire. Il marito era lì davanti a lei, il corpo grassottello dentro alla giacca elegante, la camicia candida e ben stirata. Inspirò il profumo dell'inchiostro – la pelle di lui ne era sempre impregnata, come fosse uno stampatore –, nelle orecchie risentì la sua voce, il tono che lo rendeva autorevole e tuttavia amabile. Poi le tornò in mente il sacco d'immondizia e di colpo quell'immagine felice svanì. Riaprì allora gli occhi, che caddero su una busta tra tutte. Non aveva mittente né indirizzo. Consegnata a mano, era diretta "al Sig. Cavallotto, corso Sicilia". L'aprì distrattamente e dovette leggerla più volte per capire il significato di quel testo sgrammaticato:

> Avviso bomba 30.1.83 ore 19
> Signora Cavallotto – abbiamo ritardato x rispetto al suo dolore...
> Ora devi pacare 200 milioni altrimenti distruggeremo le vetrine del negozio di corso Sicilia – le tue auto – la stamperia di Palermo – la tua caza a caltanisseta – tutto ciò che possieti
> si sappi recolare
> non schrziamo
> tra una settimana avrà i dettagli

Eccola l'ulteriore conferma dei guai che negli ultimi tempi avevano trasformato il carattere gioioso di Vito.

"Che faccio?" si chiese sgomenta. Non temeva per sé, piuttosto per le sue figlie. Doveva pagare, ma con quali soldi? A forza di pubblicazioni erano pieni di debiti...

Prese allora il telefono e chiamò l'artificiere che aveva disinnescato l'ordigno. Era un loro cliente da anni, appassionato di numismatica, e Vito gli aveva trovato diversi testi sulle monete antiche.

«Sono Adalgisa Cavallotto...»

«Signora, come sta? Che perdita, che dolore!»

L'uomo non la finiva mai di parlare e più parlava più Adalgisa sentiva le sue forze scemare. Finché in una pausa, ché anche lui ogni tanto doveva pigliare fiato, con un filo di voce, la donna riuscì a dire: «Ho ricevuto una lettera...».

Non ebbe bisogno di aggiungere altro. Dopo pochi minuti l'uomo era davanti a lei con un sorriso comprensivo e Adalgisa cominciò a piangere disperata.

«Su, non faccia così.»

«Vogliono duecento milioni, dove li trovo?»

«Ma signora, non vorrà pagare? Suo marito non si è mai piegato!»

«Sì, ma noi siamo quattro fimminedde sule! E se mi fanno saltare la casa con le mie tre figlie dentro?» La donna parlava con una voce concitata. Annaspava dentro un banco di nebbia velenosa, in qualunque direzione si muovesse sbatteva contro un muro.

L'artificiere la prese sottobraccio. «Non si preoccupi, penso a tutto io» la rassicurò.

Dopodiché la condusse in questura. Le scale le salirono lentamente, erano sporche di polvere e di mozziconi di sigaretta. Nel giro di pochi minuti il piantone le aveva messo sotto agli occhi un documento in triplice copia. Alcune lacrime caddero sui fogli, l'inchiostro si allargò e si scolorì, la carta s'increspò come mare sotto la brezza.

«Non pianga, signora» la rimproverò premuroso l'artificiere. «I suoi occhi fanno impressione.»

«Come faccio? Le lacrime mi scendono da sole.»

«Firmi» le sussurrò l'uomo con tono complice, e lei lo fece senza nemmeno leggere i fogli.

Poi lui la trascinò fuori dalla stanza e aggiunse: «Ho un'idea. Con questi della lettera ci parlo io. Lei però si asciughi il viso e cerchi di farsi forza».

19

La famiglia, le iene e gli sciacalli

Caltanissetta – Palermo, febbraio 1983

Dopo quindici giorni la famiglia Cavallotto era ancora riunita nella cucina della casa di Caltanissetta e non si staccava da quel tavolo dove c'era sempre caffè caldo per tutti. Erano tante le cose di cui discutere. Adalgisa però continuava a dormire.

«Secondo me è meglio vendere tutto. Ci posso pensare pure io, so come si porta a termine un affare e non mi faccio fottere da nessuno.»

Totò, uno dei cognati di Adalgisa, aveva una falegnameria florida: i suoi infissi erano in tutti i palazzi nobiliari della Sicilia orientale. Un imprenditore coi fiocchi.

«Quattru fimminedde sule! Va', ma di che nicche e nacche? Un hannu unni fuiri e unni scappari. A casa se ne devono tornare.» Aveva parlato con una tale sicurezza che nessuno osò contraddirlo. Il silenzio lui lo interpretò come consenso e rincarò la dose: «L'avete mai vista una fimmina capitano d'industria?».

Emma, che di solito reagiva con lentezza, erano giorni

che ci pensava su e finalmente si decise a dire la sua: «Ma che vuole fare mia sorella? Secondo me dovremmo chiederglielo. Qua non si tratta solo di soldi, di guadagno. Il lavoro del libraio, dell'editore, è come quello del medico, dell'insegnante. Non è un mestiere, ma un servizio che si fa alla società. Secondo voi io travagghiu per quei quattro soldi che mi dà il provveditorato?».

«Figuriamoci» la rintuzzò Totò. «Le femmine si adeguano alle scelte della famiglia, e poi i libri li stampano i maschi.»

Anna, la mamma di Adalgisa, si risentì. Quel suo genero era proprio zaurdo. Ma come aveva fatto Olga a sposarselo? Si rivolse a tutti: «Il fatto è che bisogna tenere conto anche di quattro picciuttedde. Vero è che vicino alla famiglia possono avere una vita più facile, ma devono studiare, e poi magari lavorare. Non è più il tempo che una fimmina trova un marito e si sistema. È necessario tenere conto delle loro aspirazioni. Io non me la sento di infelicitarle ancora di più. E poi Adalgisa la conosciamo tutti. Sì, per ora è allallata, ma appena si ripigghia... E tu, Totò, non puoi fare u tagghia ca è russu, come sei abituato con gli operai, quella è una signora!».

«E allora tutto quello che ha fatto Vito lo buttiamo a mare?» saltò su Concettina, che nella consuocera aveva trovato una sponda. «Vi pare giusto fare accussì? La barca affonda, l'acqua se la inghiotte e noi manco cerchiamo di recuperare il carico? Che fa, lo lasciamo nel mare a marcire? E tu, Totò, i libri è vero che li pubblicano i maschi, e magari li scrivono pure loro, ma le storie le raccontano le femmine! Vito Cavallotto ha quattro figlie, perciò la sua storia non finisce qua.»

Concettina al suo progetto di vita questa volta non era disposta a rinunciare. Quando s'era trattato di suo fratello Filippo s'era dovuta ritirare in buon ordine, e ora non avrebbe permesso a nessuno di vendere quelle librerie, fosse dovuta andare contro Dio in persona.

«Libertino, com'è che non parli? Sei il tutore legale delle ragazze, il tuo parere è Cassazione.»

L'uomo era stato frenato fino a quel momento dalla sua naturale prudenza e anche dall'esperienza: gli avversari bisogna lasciarli stancare e poi sferrare l'affondo. Tirato per la giacchetta, prese la parola: «Quando si rompe la molla dell'orologio che fate? Se è roba di nessun valore, lo buttate via e ne comprate un altro. Ma se si tratta di una marca buona lo portate ad aggiustare, no?».

La famiglia intera si chiese dove volesse andare a parare. Solo Totò lo aveva capito, e di sicuro avevano idee diverse.

«L'orologiaio cambia il pezzo, tara il ruotismo in base alla nuova molla, voi ve lo andate a riprendere e da quel momento in poi ci state anche più attenti.»

Nelle pupille dilatate di Concettina cominciò a fluttuare uno sguardo di speranza.

«Le librerie sono come orologi preziosi e Vito era la parte più importante del meccanismo, un pezzo difficile da sostituire. Noi dobbiamo trovare il modo di far ripartire gli orologi. Io dico che Adalgisa e le picciuttedde sono le rotelline centrali, e tutti noi, in questo preciso momento, dobbiamo dare la carica.»

Si fermò per qualche secondo, Mimma lo guardava rapita, gli altri meravigliati dalla sua saggezza.

«La vita è una pendola sofisticata» continuò. «Prima di smontarla, è meglio stare a guardare se riprende a battere da sola. Io, per parte mia, ho un po' di risparmi e li regalo a Adalgisa, ne avrà bisogno. Appena si riprende dalla botta, e si riprenderà, saprà lei cosa farne.»

La moglie gli strinse la mano sotto al tavolo. Quell'uomo non la deludeva mai.

«Anch'io ho qualcosa di mio e voglio darlo a mia cognata» aggiunse di slancio. E subito si scatenò tra i parenti una gara di solidarietà. Alla fine lo stesso Totò, per non essere da meno, staccò un assegno consistente.

Adalgisa capitò in cucina proprio quando la riunione si era conclusa. Rimbambita dal sonnifero, camminava di taglio per non offrire il petto alle avversità. Si fermò al centro della stanza. Quei suoi familiari, che aveva amato con tenerezza e dedizione, le stavano completamente indifferenti. Vito s'era portato nella tomba la sua capacità di amare; era diventata un albero secco, anche se dai suoi rami pendevano frutti ancora sugosi.

Concettina la prese per un braccio e la fece sedere accanto a lei. Voleva bene a quella nuora, ne apprezzava le qualità. Ora stava diventando persino possessiva nei suoi confronti: era l'ultimo legame con il suo adorato figlio.

«Vorremmo parlarti» le sussurrò Concettina e fece cenno

a Totò di prendere la parola. A lui avevano affidato il compito di portavoce.

«Se tu sei d'accordo» le disse, «chiudo io le librerie e poi ti porto le chiavi.»

Concettina strammiò. "Talìa che farabutto! Non erano questi gli accordi!" pensò, e avrebbe voluto prenderlo a calci nel sedere.

Totò in effetti si stava comportando come un mascalzone. Li aveva lasciati parlare tutti per dar loro un po' di soddisfazione, ma poi "uno che comanda ci vuole" s'era detto, e aveva agito di testa sua com'era abituato a fare. Sventolò quindi sotto il naso della cognata un assegno: «Questo per affrontare le prime spese». E a sua moglie, che gli faceva gli occhiacci, sussurrò: «Lascia che ci pensi io. Non la vedi? È in uno stato di tale prostrazione che si sentirà sollevata e non le parrà vero che qualcuno decida per lei».

Adalgisa se ne stava silenziosa sorseggiando lentamente il suo bicchiere di latte, al riparo di quella nuvolaglia che le offuscava la mente.

I parenti non si aspettavano da lei una reazione, forse neanche un "grazie". Mischina, con quello che stava passando... Perciò rimasero di stucco quando qualcosa d'improvviso si animò nelle sue guance magre e la bocca, sottile e pallida, si mosse con degli scatti disarmonici, ché non parlava da giorni: «Le librerie di Vito non si chiudono» disse scandendo le sillabe una per una, come un bambino che sta imparando a leggere. Sebbene il suo cervello fosse inceppato, l'istinto funzionava benissimo.

La mattina dopo fece le valigie e tornò a Palermo. Accettò i soldi che la famiglia le aveva offerto e la compagnia della madre, che avrebbe potuto infonderle un soffio vitale. Del resto, quello fanno le madri: danno la vita.

Lo sformato carbonizzato giaceva ancora sul ripiano della cucina, i piatti in tavola, il pane rinsecchito nel cestino.

Il pigiama di Vito, afflosciato a fisarmonica sulla sedia, aveva stimolato la follia autolesionista che l'aveva portata a ferirsi o a prendersi a schiaffi con violenza. Perciò Adalgisa se ne andò dritta a letto, una pillola e via nel mondo dei sogni.

Anna, sua madre, buttò via il cibo andato a male. Con gli avanzi di una vita felice riempì un'intera pattumiera.

«Su, ragazze» disse alle nipoti con tono energico, «mangiamo qualcosa e poi tutte a dormire, domani c'è scuola.»

Bisognava ricominciare un'esistenza normale e toccava a lei, la nonna, il ruolo di marcatempo.

Mangiarono in silenzio, poi Anna rigovernò la cucina. "È meglio lasciare tutto in ordine" pensava, "ché non si sa mai quello che può succedere nel cuore della notte." Infine spense le luci, sperando che il sonno fosse pietoso e cogliesse le nipoti di botto senza dar loro il tempo di ricordare.

Ma non andò così: quel leggero fruscio nel corridoio lo avvertirono tutte simultaneamente.

«È papà» disse Luisa con la voce piena di angoscia.

«È il vento» la rincuorò Anna.

«Non è nulla» le rassicurò Cetti. «State buone che vado a vedere.»

Aveva giurato a se stessa che avrebbe protetto la sua famiglia e non sarebbe venuta meno alla promessa, anche se il cuore le batteva forte dalla paura.

Adalgisa era nel corridoio, aveva i piedi nudi e indossava una giacca del marito sopra la camicia da notte.

«Mamma.» Cetti la chiamò con un sussurro dolce.

«Le piante hanno bisogno d'acqua» rispose lei con quell'aria scocciata che assumeva quando non si sentiva libera.

«Lo farai domani, adesso è tardi. E poi così prenderai freddo.»

«No, non si può.» Adalgisa aveva un senso profondo della vita; pianta, cane, uomo che fosse, non poteva permettere che qualcuno soffrisse per causa sua.

«Ma è inverno. Ha piovuto nei giorni scorsi. Dài, andiamo a letto, sono sicura che lo puoi fare domani.»

Lei si strinse nelle spalle: «Non lo senti che si lamentano?».

La ragazza si preoccupò.

«Sei pure mezza nuda, magari ti ammali.» La madre sbuffò insofferente, le capitava di rado di accettare i consigli delle figlie. E infatti ignorò il suggerimento e uscì in terrazza.

Cetti pensò di chiedere aiuto alla nonna, poi invece la seguì. Fuori faceva un gran freddo, febbraio a Palermo è un mese ingrato. La luna proiettava una striscia di luce obliqua sui numerosi vasi.

Nelle notti d'estate, quante chiacchiere con Vito tra i profumi di gelsomino e plumbago! "Il nostro piccolo Eden" lo chiamavano. Cycas folte, limoni fronzuti, banani dalle foglie spioventi e due alte pomelie a guardia della portafinestra.

Nulla sembrava mutato, i piccoli terrari con le piante grasse erano una lunga fila scura sulla ringhiera di ferro. Adalgisa riempì l'innaffiatoio, l'acqua gorgogliò vivace, poi traboccò bagnandole i piedi.

La figlia la seguiva con occhi attenti, la vide avvicinarsi ai vasi, il braccio le tremava per lo sforzo, le gocce disegnarono una scia discontinua sui mattoni. La prima cycas era completamente secca. Le foglie, sottili fili spogli, pendevano verso il basso, mentre lunghi aghi spuntati giacevano sul pavimento in mucchi chiari che scrocchiarono sotto i loro piedi.

«Mischina» si dolse Adalgisa, ma lo stesso la innaffiò. «Domani ti poto, anche se non è tempo» disse avvicinando il suo viso al tronco ruvido. «E ti do qualche vitamina, magari le stesse che prendo io.»

Accarezzò il fusto, sbucciandosi le mani sulla corteccia irregolare. Passò quindi alla seconda palma, e poi alla terza, alla quarta... Si erano seccate tutte. Il paradiso terrestre si era trasformato in un inferno. Non avevano resistito neppure le piante grasse, ché quelle sembravano vivere d'aria. Se n'erano andate tutte via con Vito.

Cetti le cinse le spalle: «Non ti preoccupare, domani chiamiamo il giardiniere e le sostituiamo».

La madre la guardò inorridita. «Ogni vita è unica, non è sostituibile con un'altra. Guarda le palme, sembrano tutte uguali, ma sono come fratelli di una stessa covata.»

«Va bene, mamma, hai ragione, ma adesso non possiamo fare nulla.»

Le ci volle un po', ma alla fine la ragazza riuscì a portarla a letto e non la lasciò finché il suo respiro si fece profondo e regolare.

Fino a primavera inoltrata la famiglia Cavallotto visse in un tempo sospeso.

Le sorelle andavano a scuola, Cetti si preparava per la maturità, la nonna Anna si occupava delle faccende. La normalità era tornata in quella casa, ma solo in superficie. Bastava grattare un po' le pareti perché sotto alla vernice affiorassero enormi gore color sangue.

Adalgisa dal canto suo vivacchiava. Se ne stava in libreria, facendo finta di lavorare, e nelle pause vagava a piedi per la città. Percorreva chilometri su chilometri, senza una meta precisa, cercando di annichilire il cuore, di disattivare la mente. Finché, consumata la disperazione e svuotato il suo corpo di ogni energia, tornava a riempirsi di nuovo dolore.

In questa lotta contro quel male oscuro, la sua salute e gli affari ne risentirono.

Attorno alla galleria di via Mazzini erano comparsi iene e avvoltoi. Non erano arrivati inaspettati, ché già durante i funerali s'erano sentite le loro sinistre risate e i loro urli lugubri.

«Signora Cavallotto, che se ne fa lei di tutti questi quadri? Me li vende? Li prendo in blocco e le faccio un'offerta che non può rifiutare...» le ripetevano.

Si trattava, di solito, di una manciata di soldi.

Lei li guardava con quegli occhi senza vita, tentata di accettare. Erano le due figlie più piccole a fare una gran cagnara: come le oche del Campidoglio, guardiane della memoria e della loro storia, beccavano quei musi puntuti, si avventavano contro le loro zampe con un accanimento tale che riuscivano a metterli in fuga.

Poi, proprio come aveva previsto Libertino, Adalgisa si riprese. Una mattina si svegliò e fu come se fosse tornata in sé. Durante la notte aveva parlato a lungo con Vito.

«Cerca nel mio portafogli» le aveva detto lui prima di salutarla, «lì trovi tutto quello che ti serve». Era l'alba quando Adalgisa si alzò dal letto e corse a frugare tra le cose che l'ospedale le aveva restituito. Non le era mai successo in tanti anni di matrimonio di ficcare il naso tra gli effetti personali del marito e un po' si sentiva a disagio.

I fogli erano due; nel primo una grafia sconosciuta aveva annotato il titolo di un libro: "*Viaggio pittoresco dalle Alpi all'Etna* di C. Stilber – Fratelli Treves editori – Milano 1876". Quel pizzino lo conosceva bene, era l'appunto che Leonardo Sciascia aveva dato a Vito suggerendogli di fare l'editore.

"Ma tu guarda ancora che cosa covava" si disse Adalgisa.

L'altro era un elenco di cose da fare: "1) Preavviso di licenziamento...".

Adalgisa lesse fino in fondo e ne fu turbata. Possibile che Vito avesse avuto una sorta di premonizione della sua fine imminente? Ma scartò quell'idea. L'immagine di lui faccia a faccia con la morte le causava una malinconia insopportabile. “Era giovane e sano” considerò, “la verità è che pensava sempre a tutto.” E all’improvviso si rese conto che aveva cominciato a riferirsi al marito usando il tempo passato.

Raggiunse la cucina.

«Mamma!» urlarono le ragazze, felici di vederla finalmente in piedi.

Si sedette insieme a loro e mangiò con appetito una fetta di torta.

«Dopo gli esami di Cetti, torniamo a Catania» annunciò secca.

Quel giorno iniziò per la famiglia Cavallotto un periodo durissimo e pieno d’insidie. La vedova tirava dritta come un treno, sostenuta dall’idea che Vito le fosse accanto. E in effetti ogni notte se lo trovava dentro al letto, pronto a guidarla in questa nuova difficile fase. Mai da vivo era stato così presente.

Il primo punto della lista riguardava la chiusura della libreria di Palermo. Adalgisa mandò la lettera di preavviso ai dipendenti e con l’assegno di Totò liquidò loro fino all’ultima lira, ché nessuno avesse a dire che Cavallotto se n’era andato senza pagare i suoi impiegati.

Ma appena risolveva un problema se ne presentava un altro. Poco dopo, infatti, arrivò la rata del mutuo. La donna pensò di svendere il negozio a un commerciante di tappeti.

Poi una notte fece un sogno insolito. Vito se ne stava sul divano a guardare la tv. «Ti pare questo il momento?» lo rimproverò. Lui sorrideva e si gustava beato quelle ballerine dai corpi sinuosi che si muovevano a ritmo di mambo. Gli piacevano le femmine ma "guardare non è peccato", era solito ripetere.

«Vito!» lo richiamò Adalgisa spazientita.

«Dài, vieni qua. Questa televisione commerciale è una bomba. Appena finisce il balletto parliamo.»

Lei lo accontentò. Si sedette sul divano e poggiò la testa sulla sua spalla, abbandonandosi a quella sensazione di pace calda e familiare.

All'improvviso suonò il telefono.

«Rispondi tu» le disse. «Io non ne ho voglia.»

Adalgisa allungò il braccio, i loro corpi si toccarono, i cuori, come due strumenti dalle tonalità diverse, suonavano la medesima armonia.

«Pronto?»

«Sono il direttore della banca.»

«Minchia» sussurrò Adalgisa tirandolo per la giacca.

«Signora Cavallotto, mi deve pagare mille lire, quando viene in banca?»

Vito allora coprì con la mano il microfono della cornetta. «Digli che domattina vai a pagare» le ordinò senza scomporsi. Poi, come lo Stregatto di *Alice nel paese delle meraviglie*, cominciò a smaterializzarsi. Prima furono i contorni a scolorirsi, la sua immagine perse di nitidezza, infine si trasformò in una nuvoletta chiara che svanì nell'oscurità della notte.

La mattina dopo, Adalgisa scelse con particolare cura l'abito da indossare, si diede il solito rossetto e un'aggiustatina ai capelli – ché certa gente sembra godere delle disgrazie altrui – e si recò in banca con l'idea di chiedere una dilazione del pagamento.

Il direttore le venne incontro con le braccia tese. Le baciò la mano con deferenza e la fece accomodare nel suo ufficio.

«Condoglianze.»

Lei accavallò nervosamente le gambe, non sapeva da dove cominciare.

«Ha fatto bene a venire, ho alcune carte da farle firmare, così estinguiamo il debito una volta per sempre.»

La vedova strabuzzò gli occhi. Lei non aveva i soldi nemmeno per una rata, figuriamoci per saldare tutto.

"Ma tu guarda che figlio di puttana!" pensò. Voleva farle dichiarare fallimento?

«Senta» gli disse con le guance rosse per l'imbarazzo. «Non potrei avere una dilaz...»

«Ma no, che ha capito, signora? Lei non deve pagare proprio nulla.»

«E perché?»

Ora Adalgisa si stava arrabbiando. "Non è che 'sto stronzo pensa di farmi l'elemosina? Noi i debiti li abbiamo sempre onorati!"

«Il signor Cavallotto aveva concordato con noi una clausola assicurativa: in caso di morte il mutuo si sarebbe estinto automaticamente. Certo, lui era molto giovane, perciò la sede centrale non si era opposta a quella condizione – che, mi lasci dire, era un po' inusuale...»

A Adalgisa mancarono le parole, ma il suo cuore era pieno di un sentimento di gratitudine. Vito l'aveva protetta in tutti i modi. Firmò le carte e tornò a casa con una speranza nuova.

Da quel momento prese l'abitudine di parlare al marito anche durante il giorno, come se fosse presente in carne e ossa. Si rivolgeva a lui per le cose più banali: «Ti piace questa camicia?»; «Come mi sta questo cappotto?»; «Che mal di testa! Il vino mi fece male».

Questi dialoghi non preoccuparono le ragazze, che si sentirono più tranquille nel vedere la loro madre rifiorire.

Ma i debiti erano più di quanti avesse immaginato. Il tipografo, per esempio, quello che aveva stampato *I profumi di Sicilia*, avanzava trecento milioni, una cifra esorbitante.

Un pomeriggio si presentò in libreria accompagnato da un editore palermitano. Luisa imballava alcuni minerali che dovevano essere spediti a Catania. Se ne stava poco discosta dalla madre e con le sue piccole mani avvolgeva le pietre nei fogli di pluriball. Ogni tanto si divertiva a schiacciare quelle bolle d'aria che scoppiavano con un rumore secco e breve.

I due uomini si accomodarono sul divano.

«Signora, riguardo al pagamento dei trecento milioni, forse c'è un modo di risolvere la questione.»

Luisa si mise in allarme e scoppiò una salva di pallini, *stoc*, *stoc*, *stoc*, come se avesse tra le mani una mitraglietta. Quei due sembravano il gatto e la volpe, non le piacevano.

«Il signor Zingale è interessato ad acquistare tutto lui» proseguì il tipografo. «Naturalmente con un po' di sconto...»

Stoc, *stoc*, *stoc*, Luisa intensificò le raffiche.

«Si può fare» convenne Adalgisa. «E sono certamente disposta a rinunciare a qualcosa, ma quale sarebbe la vostra offerta?»

«Ecco, il signor Zingale comprerebbe con lo sconto del novantacinque per cento.»

Stoc stoc stoc stoc. "Due lestofanti, ecco chi sono 'sti due!" pensava la ragazza, e si chiedeva come mai sua madre non li avesse già presi a calci nel sedere.

«Scusi» rispose la vedova con una voce che vibrava di rabbia, «vuol dire che a me verrebbero in tasca quindici milioni in tutto?»

«No, signora, quelli li prenderei io» precisò il tipografo, «come acconto.»

«Significa che poi io dovrei ancora darle duecentottantacinque milioni?»

«Be' certo, il debito quello è!»

Stocstocstocstoc, Luisa affilava il becco pronta a colpirli alle zampe.

Adalgisa fissò le due iene, nei suoi occhi grandi lo sdegno si amplificò all'infinito.

«Sa che c'è di nuovo? Mando tutto al macero» gridò. «E adesso fuori dalle palle, tutti e due.»

La figlia era strabiliata, sua madre non aveva mai detto parolacce. Era anche molto colpita da quella reazione decisa: «Mamma, sei forte!» le disse abbracciandola.

«Grazie, Luisa, ma questo avrebbe fatto tuo padre! E comunque le parolacce non si dicono!» l'ammonì.

Vito le fece molti complimenti per il suo coraggio e poi

le suggerì di aspettare un po' di tempo: «Chiamalo tra qualche settimana quel tipografo, sarà lui a proporti uno sconto. E tu accetta, ma pretendi di pagare a rate. Vedrai che non ti dirà di no, è sempre meglio un po' di soldi che niente proprio».

La notte festeggiarono insieme; e furono baci, abbracci, carezze nel caldo di quel letto che ne aveva viste tante da che si erano sposati.

Cetti superò gli esami. Venne l'estate e per quell'anno niente campeggio. C'erano i libri da imballare, i mobili da traslocare, le ragazze furono instancabili. Una mattina una fila di tir partì per Catania, le tre sorelle li precedevano in macchina con lo zio Libertino.

Adalgisa trascorse l'ultima notte nella casa di Palermo.

«Ho venduto il furgoncino» comunicò a Vito.

«Brava, tanto quadri non ne devi più trasportare.»

«Se l'è preso il giornalaio, quello all'angolo di casa. Giusto giusto ha rotto la *Lapa* e gli serviva un mezzo. Però non ce lo può pagare subito, magari a giugno.»

«E tu gliel'hai dato subito?»

«Sì.»

«Allora sui soldi ci puoi mettere una croce sopra.»

«Che sei malfidato!»

«Conosco i miei polli. Gli impiegati della libreria sono venuti ad aiutarti? Li hai più visti?»

«'Nzù.»

«Appunto.»

«Ma che dovevo fare? Non li dovevo pagare?»

«No, però se volevi una mano, i soldi glieli dovevi far vedere a poco a poco.»

«E ora?» domandò Adalgisa mortificata.

«Niente. Quando fai una cosa poi non ci pensare più. È l'unico modo per vivere a lungo.»

Sua moglie lo guardò basita. Lui sorrise: «Be', se il padreterno non si mette di traverso».

Si abbracciarono, lui era così caldo, così vivo che se ne sentì piena.

«Vito, non è che poi a Catania non ti fai più vedere?» gli chiese spaventata. La sua faccia d'improvviso aveva perso l'espressione matura conquistata negli ultimi giorni ed era tornata bambina.

«Amore mio, io sarò sempre accanto a te.»

20

Il commesso, l'addeva, la buttana

Catania, settembre 1984

Un fatto è un fatto, e i fatti erano questi: Vito Cavallotto non c'era più, Adalgisa e le figlie erano tornate a Catania per gestire a modo loro la libreria di corso Sicilia, Gaetano era niente di più di un bravo impiegato.

E soltanto i fatti contano, soltanto i fatti debbono contare, anche se poi ognuno, dentro di sé, ci mette del proprio e ne cambia la valenza.

Le lunghe assenze di Vito, impegnato negli ultimi anni a promuovere le sue pubblicazioni in giro per l'Italia, avevano dato una certa autonomia a Gaetano, che tendeva a considerarsi migliore degli altri impiegati, e questo non era un fatto. Era bravo a gestire libri e clienti, ma non lo si poteva considerare un uomo di fiducia, per via del suo carattere infernale. Invidioso e attaccabrighe, non faceva altro che tormentare i colleghi, metterli in cattiva luce, tanto che qualcuno si era anche licenziato per non avere più a che fare con lui.

Fattorini, commesse, impiegati erano tutti sotto al porticato quella mattina e aspettavano eccitati l'arrivo delle due "principale". Scherzavano, ridevano, sembrava una festa, ma non lo era. Gaetano aveva fomentato i loro animi e li aveva resi sospettosi, e ora stava a guardare in attesa che i conflitti esplodessero. Perciò se ne stava per i fatti suoi, elegantissimo nel suo vestito gessato, la camicia candida senza neanche una piega, la cravatta di maglia rossa, a spolverare l'angolo delle novità, e controllava che la vetrina fosse ben allestita. L'esposizione doveva essere perfetta: simmetrica e armoniosa nei colori, nessun contrasto ma solo arcobaleni delicati.

«Voglio vedere ora che arrivano le "principale" come farai» lo stuzzicò la cassiera. Dentro a quella frase la donna c'aveva messo chili di veleno.

Lo odiava, quello stronzo, che si era più volte permesso di insinuare che fosse una ladra. Il signor Cavallotto non gli aveva creduto, la conosceva così bene. Di lei sapeva tutto, compreso di quel marito schizofrenico che rendeva la sua vita una tragedia, e di quell'amante appassionato che le regalava nel fine settimana un pezzetto di speranza. E quanti consigli le aveva dato, ammonizioni, persino rimproveri. Era stato un padre; e si può rubare a un padre?

«Hai perso la parola?» provocò di nuovo la donna.

Gaetano lasciò cadere lo straccio per terra, si tirò giù le maniche della camicia, indossò la giacca, con un'espressione sussiegosa sulla faccia si risolse a parlare: «Fimmine sù, addevi!».

Gli altri maschi erano d'accordo con lui: «Le femmine sono lattanti per tutta la vita e non imparano mai a mangiare da sole».

Madre e figlia entrarono in libreria accolte da un chiasso festoso e da una sottaciuta ostilità, di cui però non si resero conto.

Dopo i saluti e le condoglianze, Adalgisa fece il giro dei reparti, ma aveva un'aria smarrita: era evidente, non sapeva da dove cominciare.

La cassiera prese la vedova sottobraccio e cercò di spiegarle come stavano le cose: «Signora, stanno per cominciare le scuole. Lavorare coi testi scolastici è molto faticoso e ci vogliono velocità ed esperienza. Qui cambia tutto in questo mese. Gli scaffali li smontiamo per fare spazio agli studenti, sa quanti ne arrivano? E tutti nello stesso momento. Le madri gridano che hanno fretta, certe volte si azzuffano per il turno. Le stanze, con rispetto parlando, diventano un casino. Poi c'è il problema delle cedole, capire come funzionano non è cosa che si può imparare in un giorno. Io le consiglierei di prendersi ancora qualche settimana, lei intanto si rimette per bene, ché la botta, lo capisco, è stata forte. Anche sua figlia, pare 'na picciridda scantata. Quando poi le cose ritornano normali... allora se ne parla».

Adalgisa convenne e il giorno dopo dormì fino a tardi. Cetti invece si alzò prestissimo e fu la prima ad arrivare in libreria. Il lavoro era, per lei come per suo padre, una sorta di religione che celebrava il suo rito ogni mattina.

Gaetano le mise in mano uno straccio e le indicò un mucchio di libri. La ragazza spolverò ogni volume con la cura che si può dedicare alle porcellane di Capodimonte, mentre lui la osservava e gongolava: "Non ha alcuna consapevolezza di sé" pensava fregandosi le mani, e si andava sempre più convincendo che avrebbe continuato indisturbato a comandare.

Cetti, dal canto suo, era stata abituata fin da piccola a ubbidire. Ricordava bene il giorno del suo dodicesimo compleanno, quando il padre, considerandola ormai adulta, l'aveva convocata in ufficio per parlarle dei suoi nuovi doveri: «Da oggi darai del tu a tutti i nostri impiegati».

«Pure alla zà Maria?»

«Pure.»

«E a Finuzza?»

«Anche.»

«Magari a Eugenio?»

«Magari.»

Le era sembrata una strana richiesta. Con quelle persone c'era cresciuta, le avevano dato la pappa...

«Non sei più una bambina» aveva continuato il padre, «e quindi devi trattare gli altri con ossequio e tenerti un po' distante.»

Quel discorso aveva segnato il passaggio da un'infanzia di ubbidienza a una giovinezza di sottomissione.

Nei primi giorni, perciò, Cetti considerò normale che Gaetano la comandasse a bacchetta; come un'allieva impaurita non gli staccava mai gli occhi di dosso e alla sera le sue pupille stanche non riuscivano a mettere a fuoco neanche le grandi lettere dell'insegna.

Furono mesi di continue umiliazioni, perché quell'impiegato malevolo aveva dato libero sfogo a tutto il suo sadismo. La ragazza, d'altro canto, pensava di non poter fare a meno di lui. Passato l'inverno, credette di saperne abbastanza da prendere in mano le redini della libreria. "Un bravo libraio deve avere una buona memoria, e io ne ho molta più di lui" si ripeteva per darsi forza. I cataloghi li aveva stipati secondo un ordine preciso nella sua mente. Gliel'aveva insegnato suo padre che "il catalogo è la carta d'identità di ogni editore": per questo negli ultimi anni lui aveva faticato tanto per costruirne uno proprio.

"E poi ho fatto una scuola con i fiocchi. Mentre Gaetano un libro in vita sua non l'ha mai letto. Peggio di Alfio Barone, almeno quello conosceva *Pinocchio*."

Così una fredda mattina di marzo, mentre il vento di tramontana faceva sbattere le porte e oscillare le insegne, lei si attaccò al telefono e cominciò a chiamare i distributori.

Gaetano la lasciò fare, ma interveniva di continuo per correggerla: «Di questo ne servono cento copie; di questo cinquanta». Lo diceva con un tono secco, indispettito.

«Ne bastano venti...» lo corresse Cetti con calma, «e di questo dieci.»

«E che vendiamo ai clienti, patate?» urlò allora lui che non tollerava di essere contraddetto.

«Abbiamo ancora alcuni debiti da onorare» fu la risposta pacata di lei. «È stato il commercialista a consigliarmi di ridurre gli acquisti. O preferisci che riduciamo il personale?»

Calò il gelo.

«Un bravo libraio deve saper vendere qualunque cazzata» ribatté lui, poi girò le spalle e uscì a prendere un caffè.

Adalgisa era rimasta a guardare senza intervenire.

«Mamma, gli devi dire qualcosa» la sollecitò la ragazza pensando che è compito di ogni madre proteggere i figli.

«Ma va'» minimizzò l'altra, «te la prendi per così poco? Quello pare un maschio, ma si comporta come una femmina con le mestruazioni.»

«Forse non capisci. Non si è trattato di un semplice battibecco; qua è in corso una guerra e chi vince è il capo.»

«Che sei esagerata! E allora io che dovrei dire? Ingoio bocconi amari da che è morto tuo padre.» Quindi andò a mettersi il cappotto e si diresse verso l'uscita. «Anzi me ne vado a casa, sono troppo stanca.»

Cetti la seguì con lo sguardo, il vento le scompigliò i capelli appena fuori della porta, la vide incurvarsi, incassare la testa nelle spalle, farsi piccola piccola, ogni giorno di più pareva una bambina.

Adalgisa, sebbene avesse recuperato il senso della realtà, in parte viveva ancora in quella dimensione onirica in cui era precipitata la sera dell'incidente. A tratti, da quel miscuglio confuso di emozioni emergeva una sfuocata, nuova consapevolezza, ma si trattava di attimi, singoli fotogrammi di una pellicola che aveva preso luce. Stava bene solo con se stessa, allora il film riacquistava nitidezza e colore e le immagini riprendevano a scorrere. La strada l'aveva fatta quasi in apnea e ora, appena varcata la porta di casa, l'ossigeno come bollicine di champagne le formicolava nella testa e le dava un senso di euforia. Si tolse il cappotto, le scarpe le lasciò nel corridoio, filò dritta nella sua stanza e si chiuse dentro a doppia mandata.

Si era appena allungata sulla poltrona, quando Vito le comparve davanti.

«Fammi posto accanto a te.»

La voce del marito, dolce come sempre, non ammetteva repliche. Ordini lui non ne dava, era lei che non sapeva resistere a quel suo tono suadente.

«Avà, fatti un poco più in là» le ripeté, visto che perdeva tempo.

Poi sorrise, le sue guance ben rasate si stirarono un po' verso l'alto per poi ricadere in una piega ai lati del mento.

«E va bene, facciamo come dici tu» acconsentì Adalgisa, quindi puntò i piedi sulla sedia, spostò il bacino e si mise di taglio.

«Ecco, va bene così?» chiese con una smorfia di fastidio sulla bocca.

La fodera di lino bianca si era arricciata e, come un cordolo duro, le pigiava contro la schiena. Lei agitò i fianchi, si sollevò per accomodarsi meglio.

«Alle solite siamo.» Vito aveva una nota di impazienza nella voce. «È dalla prima notte che ti dico di lasciar perdere pezze, pezzuole e mappine...» Strappò la fodera e la buttò per terra. «Te lo ricordi come finì con la camicia della prima notte?» Bianco, trasparente e pieno di spacchi: l'aveva voluto lei un indumento così sexy. Ma all'ultimo minuto s'era vergognata e l'aveva foderata di taffetà bianca. Solo che quel 24 luglio del 1963 a Taormina c'era un caldo insopportabile. Non bastava lo scirocco, anche l'Etna s'era messo a eruttare. E tra la lava, la cenere che fioccava, la sabbia del deserto, lei sotto tutti quegli strati di stoffa aveva cominciato a squagliarsi. Le gocce di sudore le erano scese dalla fronte, piegandosi sulle sopracciglia folte e insinuandosi tra le palpebre, come lacrime. Lui era caduto nell'equivoco e l'aveva abbracciata con un senso di protezione.

«Che caldo, e che notte!» Vito continuava a ricordare. «Un cono parevi, coperto di panna montata, che si andava squagliando per il caldo. Le gocce ti scendevano dai capelli cotonati fitti fitti, che parevano una parrucca.»

«Che vuoi, era la moda di quegli anni!»

Adalgisa raccolse la fodera da terra. Quanta fatica le sarebbe costata stirare quel pizzo delicato!

«Niente pensieri da casalinga!» sussurrò lui, che le leggeva in testa. «Non sono qui per questo» aggiunse sfiorandole il viso.

«Nemmeno io» rispose pronta lei slacciando veloce i bottoni della camicetta.

Il marito tacque e anche lei si azzittò. Vito le baciò la fronte, scese lungo il collo: "Se è un sogno speriamo che duri a lungo" pensò Adalgisa.

Sentì una mano sul seno, prima larga come un ventaglio, poi stretta come un pugno. Le dita s'impigliarono nella collana di coralli, tre fili di diverse sfumature.

«Ma perché tieni sempre 'sta cosa?» sbuffò spazientito.

«Me l'ha regalata Mimma, lo sai quanto le sono affezionata.»

«Eh sì, avete fatto comunella fin dal primo giorno» si risentì lui e gliela tolse lasciandola cadere sul pavimento. Le perline tintinnarono come una fitta pioggia di cristalli. Le carezze si fecero più insistenti. Adalgisa infilò le sue dita sotto la gonna e si liberò della biancheria. Un fuoco l'aveva posseduta fin dal primo incontro e ancora non si spegneva: proprio non le riusciva di considerarlo morto.

Il ritmo delle carezze si fece più veloce; lei tratteneva sospiri e mugolii, si vergognava di se stessa, ma in quei momenti cessava di essere la vedova e tornava a essere la moglie di Vito. In lontananza il brontolio del vulcano sembrava partecipare di quella felicità immaginaria. La donna intanto ripassava il corpo del marito in ogni dettaglio: le sue braccia magre ma forti, le gambe senza peli, il torace ossuto, il sesso duro che svettava dal suo ventre prominente.

Poi prese ad ansimare, il suo respiro corto si mischiava al fiato virile della Muntagna, che cominciò a spandere una polverina scura e sottile, quando Adalgisa esplose in un gemito.

«Vito» mormorò mentre il suo corpo si contraeva e si rilassava in onde sempre più corte. «Vito» ripeté e allungò le mani nel vuoto, poi aprì gli occhi, le sembrò di vederlo tra le tende svolazzanti.

«Adalgisa» le sussurrò con tutta la dolcezza di cui era capace, «non ti devi scoraggiare, vai avanti così, stai facendo bene. Devi sostenere di più Cetti, però. È brava, preparata, e sta in trincea come un soldatino senza lamentarsi.»

«Hai ragione» rispose lei mortificata da quel velato rimprovero. Mentre lui svaniva nell'aria polverosa, si allacciò la camicetta, indossò la collana e corse in libreria.

«Cetti» disse abbracciandola stretta, «sei veramente brava, io sono orgogliosa di te. E voi» continuò fissando gli impiegati negli occhi, «se ancora non l'avete capito, è lei il capo, comportatevi di conseguenza.»

Gaetano quella storia se l'era legata al dito. *Divide et impera* era il suo comandamento e chissà dove aveva imparato quel motto latino, lui che non aveva finito il ginnasio. Era un tipo vendicativo e nei giorni successivi si dette un bel da fare a seminare zizzania tra i colleghi, che tutto a un tratto cominciarono a litigare tra loro e a fare dell'ostruzionismo.

Cetti non aveva la forza di dirimere quei continui battibecchi che scoppiavano per un nonnulla, la libreria sembrava un veliero alla deriva, senza il timone né il capitano.

La ragazza alla sera si sfogava al telefono con la nonna. Quando tutte a casa dormivano, lei si sedeva per terra nel corridoio con le gambe incrociate e componeva il numero. Non aveva bisogno neanche di dire: «Pronto?» che Concettina dall'altro capo del filo la anticipava: «Bedduzza, che hai fatto oggi?».

«Ho aperto pacchi, nonna, e sono stanca morta.»

«Ah, figghiuzza! Quello era compito mio, quando ero a

Palermo da Filippo. Ci vogliono certi muscoli... E tu come devi fare, sicca come sei? Però che bello, vero?»

«A me piace» rispondeva lei piena di entusiasmo. «Quando taglio la carta gommata e sollevo il coperchio, esce un'aria fresca da lì dentro che mi pare di stare davanti a un frigorifero.»

«Vero è, manco se li tenessero in ghiacciaia.»

«E poi l'odore della colla, nonna! Ogni casa editrice ne usa una diversa.»

«Lo sai che noi avevamo un cliente cieco che riconosceva le case editrici dall'odore? E c'era un professore di latino» Concettina non l'aveva ancora potuto dimenticare, Tullio Genco «che ci scommetteva sopra. Filippo passava i volumi a quel povero cieco, lui li annusava e poi: "Laterza", "Sciascia", "Palumbo". Oh, non ne sbagliava una.»

E la sera dopo: «Cetti, e allora?» chiedeva Concettina.

«Oggi ho conzato le vetrine.»

«Brava.»

«Una cosa complicatissima, perché non deve mancare niente e ogni libro deve essere bene in vista.»

Sera dopo sera, in quelle telefonate la giovane libraia conquistava la fiducia di cui aveva bisogno.

«E oggi come finì, bidduzza mia?»

«Ho fatto gli ordini, una cosa per niente semplice...»

«No, in libreria non c'è niente di facile. E dimmi, chi facisti?»

«Niente, nonna. Cioè, mi sono messa al telefono e ho ordinato i libri che volevo.»

«Cuntata accussì pari facili. E che c'è di difficili?»

«Gaetano.»

«Sempre iddu! Ma chi voli chistu?»

«Lui vuole ordinare un'infinità di copie e io invece mi devo tenere stretta. Me l'ha detto il commercialista, che finché non paghiamo i debiti...»

«E certo, a chiddu chi c'interessa. Non è che sono soldi suoi. Ma vedrai che prima o poi lo capisce chi è il padrone. Se tu fossi un masculo, l'avrebbe capito fin dal primo giorno, ma siccome sei fimmina... Senti a me, mettiti i pantaloni domani. Ma poi, a tia chi ti manca per diventare la più brava?»

«L'empatia, nonna.»

«E chi voli diri?»

«La capacità di capire quello che vuole il cliente.»

«Eh no, figghia mia, qua c'è sbaglio. Lasciati servire da una che nella sua vita ha venduto pure lo sterro. Il cliente compra quello che piace a te, perciò devi avere la simpatia, no chiddu che dici tu.»

Per cominciare, Cetti cambiò abbigliamento, ma non bastò. Bisognava cambiare atteggiamento.

«Sai, nonna, quello lì scherza con tutti, racconta barzellette, perciò gli altri sono ben disposti. Chessò, quando dobbiamo rendere le copie, a lui manco lo fanno fiatare, io invece devo quasi supplicare di riprenderle, ti pare giusto?»

«No, non mi pare giusto, è che il mondo è fatto per i maschi. Ma tu devi resistere. Sei una femmina, puoi farlo.»

E Cetti resisteva, non fosse altro perché quel lavoro le piaceva tanto.

Gaetano a quel punto anziché impicciarsi dei libri pensò di occuparsi solo dei clienti e di metterle contro anche quelli.

Una mattina luminosa, entrò in libreria una sconosciuta belloccia e profumata. Si aggirava tra le mensole colme di libri come fossero scaffali di un supermercato, prendeva un volume, lo sfogliava, se lo portava vicino al viso per apprezzarne l'odore, lo soppesava tra una mano e l'altra, poi, senza neanche un'occhiata al titolo, lo rimetteva a posto. Ogni tanto sbirciava tra i volti degli impiegati, sembrava cercasse qualcuno.

Gaetano ne fu immediatamente attratto. La seguì con discrezione, aspettando il momento migliore per attaccare bottone.

La donna aveva un corpo aggraziato, anche se un po' in disarmo. I suoi fianchi, sotto il vestito attillato, erano ampi. I seni grandi, infilati dentro a un reggiseno di cui s'intravedevano le spalline sfilacciate, assecondavano la forza di gravità e se ne stavano un po' più in basso rispetto alla loro sede naturale. Ma gli sguardi maschili erano tutti per lei. Colpiva soprattutto l'atteggiamento, una sorta di esplicita accessibilità che denunciava esperienza e prometteva un piacere fuori dall'ordinario.

"Una buttana" pensò Gaetano, "ed è sola." La raggiunse alle spalle, le si affiancò e, sfiorandola come per saggiarne la disponibilità, le sussurrò con una certa languidezza nella voce: «Ha bisogno di me?».

Lei sorrise. Le labbra, coperte da uno spesso strato di

rossetto color fiamma, si distesero mostrando due file di denti banchi, così regolari da sembrare finti. Le piccole rughe che le comparvero attorno agli occhi aggiunsero allo sguardo una malizia allusiva.

"La signora non vuole libri, ma masculi" si disse il commesso; la superò e con aria tronfia le si parò davanti. Appoggiò il braccio al muro impedendole di proseguire. «Sono il direttore, cerca qualcosa in particolare?»

Lei sobbalzò come colta in fallo e rimise a posto il libro, poi lo guardò con un'espressione colpevole e provocante al tempo stesso.

«Mi dica un titolo qualunque e io glielo trovo» aggiunse il commesso con quell'aria ebete che hanno gli uomini quando si sentono irresistibili. Lei taceva e si guardava intorno.

«Mi chiamo Gaetano.» E avvicinò il suo volto a quello della donna. Aveva voglia di baciarla, fossero stati fuori ci avrebbe provato, ma in libreria dovette trattenersi.

Lei rise, allungò una mano, con due dita cincischiò il bavero della giacca di lui e disse: «Io mi chiamo Galatea e nella mia vita non ho mai letto un libro. Me la sono cavata lo stesso, perciò non si stia a preoccupare», poi gli diede una piccola spinta.

Ah, ci sapeva fare quella Galatea. Lasciava intendere e poi si ritraeva. "Si vede che vuole tirare su con il prezzo" pensò lui maligno.

«Vorrei parlare con la signora Cavallotto» disse invece la donna ponendo fine a tutte le sue fantasie.

L'uomo cambiò subito atteggiamento e con tono sgarbato domandò: «La madre o la figlia?».

«Adalgisa» rispose lei, dimostrando così di avere con le proprietarie una certa intimità.

«Cerca la Cavallotto» ordinò Gaetano a una commessa. Disse proprio così, "la Cavallotto", per ribadire che lui era più e meglio di loro.

«Galatea? Non conosco nessuna con quel nome.»

Adalgisa era nello studio di Vito e non aveva nessuna intenzione di lasciare il suo rifugio.

«Signora, ha chiesto proprio di lei» insisté la commessa. «E poi ormai Gaetano le ha detto che è qua.»

Fu così costretta a riceverla.

«Buongiorno» disse, con quei suoi occhi grandi che il dolore aveva dilatato in modo irreversibile.

«Sono Galatea, l'affittacamere» si presentò la donna. «Sono passata a salutarla e a fare le condoglianze.»

«Grazie» rispose, poi rimasero in silenzio senza che nessuna delle due sapesse cosa dire.

Adalgisa era a conoscenza di quella stanza che Vito aveva affittato e di quella donna che gestiva la pensione, ma certo non aveva immaginato che potesse essere così piacente e sfacciatamente equivoca. La colse all'improvviso una botta di gelosia, se avesse avuto lì tra le mani suo marito gli avrebbe torto il collo. "Ma vuoi vedere che la storia della madre povera e della figlia incapace nascondeva un gruppo di buttane?" E per la rabbia spezzò la matita che stringeva in mano.

«Guardi che non è come pensa. Il signor Cavallotto era un galantuomo. Ci ha aiutate qualche volta, specie mia figlia. Sa come sono i giovani, stentano a trovare la propria strada.»

Adalgisa si passò una mano sulla fronte, il dubbio che la rodeva da dentro le aveva scatenato un terribile mal di testa. Una insicurezza si era impadronita del suo cuore e di nuovo si stava rifugiando in quella sorta di dissociazione con la quale si proteggeva.

«Perché non andiamo a bere un caffè? Da sole, lontane dalla libreria, potremmo parlare meglio» propose Galatea.

Al bar il cameriere quasi si sdraiò sul tavolo per prendere le ordinazioni. Adalgisa si sentì avvampare.

«Io non so cosa vuole lei da me.»

«Capisco la sua diffidenza, ma io vorrei offrirle la mia amicizia e basta» rispose candidamente l'altra.

«Non so cosa dire. Ogni giorno scopro cose nuove di mio marito...» E scoppiò a piangere. Prima la mafia con le richieste di pizzo, poi i debiti, ora anche un'amante... No, era davvero troppo!

«Adalgisa, se mi permette, il signor Cavallotto era un uomo incorruttibile. Non le nascondo che un pensierino ce l'avevo fatto. Sono sola, ho una famiglia sulle spalle, lui sembrava benestante, be', mi è pure passato per la mente di chiedergli dei soldi... Mi guardi, ho solo questo mio corpo da dare in cambio, un po' passatello ma ancora piacente.»

Adalgisa sentì la sua angoscia montare. Le era venuta una gran paura di quello che avrebbe potuto sapere di lì a poco.

Tuttavia rimaneva incollata alla sedia, aspettando di conoscere un'altra zona d'ombra.

«Una volta entrai nella sua camera» continuò la donna dopo aver bevuto il caffè. L'impronta rossa della sua bocca spiccava sul bordo della tazza come una macchia sull'onore di un gentiluomo. «Lui stava riposando: quello è il momento ideale per chiedere qualcosa, gli uomini sono più fragili nel dormiveglia, più arrendevoli. La stanza era in penombra, fuori faceva caldo. Il signor Cavallotto aveva la camicia aperta e sotto s'intravedeva una pancera di lana che, be', non gli donava molto...»

Adalgisa sorrise. Suo marito non aveva l'aspetto del maschione, con quei pochi peli, le maglie di lana per tenere al caldo la pancia che 'nza ma' gli veniva l'attacco di colite... Però a lei piaceva, lo trovava sexy. Aveva una virilità discreta, che si manifestava in una sicurezza solida e in un erotismo curioso.

«Mi avvicinai, e intanto mi ero slacciata la camicetta. Poggiai una gamba sul letto, le molle cigolarono. Il signor Cavallotto rimase con gli occhi chiusi e neppure si mosse.»

"Tipico di Vito" pensò Adalgisa, "fare finta di niente."

«Gli infilai una mano tra i capelli e lui girò la testa dall'altro lato. Scesi con le dita lungo il suo torace e le infilai sotto la cintura...»

«Scusi, ma perché viene qui a raccontarmi tutto questo?» sbottò Adalgisa. «Lui è morto, mi lasci almeno il ricordo.»

«Aspetti, non abbia fretta, guardi che era davvero un galantuomo» ribadì Galatea.

«E allora si sbrighi, che sono fatta di carne e ossa pure io.»

«Il signor Cavallotto a quel punto mi bloccò la mano e mi allontanò con veemenza. I suoi occhi erano decisi ma non rabbiosi. "Eh no, questo Adalgisa non se lo merita" mi disse, e c'era una tale fermezza nella sua voce che io mi scusai e corsi fuori dalla stanza. Due ore dopo lui aveva lasciato la mia casa e se n'era andato in un albergo, non mi disse neppure quale. Era chiaro che non voleva avere più nulla a che fare con me. Ecco, pensavo che le facesse piacere sentire che non l'ha mai tradita e ha rifiutato ogni mia offerta. Il signor Cavallotto amava solo lei.»

Adalgisa la guardò sbigottita, Galatea però le sembrava sincera. Conosceva poi quella frase, apparteneva al lessico di Vito e si ricordava bene quando l'aveva sentita per la prima volta: il giorno dell'inaugurazione della mostra di Guttuso.

Avevano lavorato tutti moltissimo per quell'evento, compresa sua suocera: Concettina si era alzata all'alba e aveva trafficato in libreria spolverando, ordinando e lucidando lei stessa i pavimenti. Poi, scarmigliata e sudata, prima che arrivasse il Maestro era corsa su a casa.

Adalgisa in quel momento stava scendendo le scale, elegantissima in un abito bianco e nero, corto al ginocchio, ed emanava un delicato profumo di mughetto. Le bambine, graziose nei loro vestitini di lana, i calzini con il bordo di pizzo ed enormi fiocchi tra i capelli, le erano accanto. Su tutte loro aleggiava una nuvola di borotalco. Vito le seguiva orgoglioso. A Concettina era venuta una botta di gelosia potentissima. Si era fermata di colpo e, rossa in viso, si era parata davanti al figlio, urlando e agitando le mani in aria:

«Certu, io me ne salgo come una serva e idda sinni scinni comu 'na signura!». Vito le aveva fermato il braccio, ammonendola con voce dolce: «No, mamma, questo Adalgisa non se lo merita».

Sì, Galatea le stava dicendo la verità.

«La ringrazio, signora, perché lei oggi mi restituisce integro l'amore di mio marito. Ma io per lei cosa posso fare?»

«Nulla, mi piacerebbe essere sua amica» rispose la donna. «Sa, non godo di una buona fama in città e mi sento molto sola. Talvolta ho un bisogno disperato di parlare con qualcuno, di confidarmi.»

Adalgisa ci pensò su un attimo: anche lei non aveva amiche. La Catania asfittica, che rifiutava le donne senza marito e le considerava un pericolo per quelle fragili coppie che tiravano avanti solo per via della censura sociale, l'aveva messa al bando.

Fecero in fretta a legare, le univa il ricordo di un galantuomo e un forte attaccamento alla vita.

Cominciarono a trovarsi alla domenica. Galatea passava con la macchina e insieme andavano al mare, talvolta mangiavano al ristorante oppure si portavano qualcosa da casa, che poi consumavano in silenzio sugli scogli, lasciandosi riempire dall'energia del mare.

Con il tempo ritrovarono anche il gusto di scherzare.

«Ho un'amica buttana» diceva Adalgisa.

«Hai una buttana amica» le faceva eco Galatea.

21

Giusy Liuzzo

Catania, luglio 1995

Compariva quasi al tramonto in fondo a corso Sicilia, scuoteva la testa energicamente, i corti capelli rossi sfolgoravano come un falò di ferragosto. Si sedeva al bar per una granita; il cibo per lei non era solo una passione, ma una sorta di antidoto contro le sofferenze di cui si faceva carico. La sua missione nella vita era quella di soccorrere le anime derelitte, animali o cristiani che fossero, per lei non faceva differenza. Da bambina erano stati i cuccioli abbandonati, gli uccellini caduti dal nido; da ragazza le amiche deluse dai fidanzati fedifraghi. Da adulta, quella gioia inconsapevole di donarsi, una sorta di istinto naturale che l'aveva guidata nell'infanzia, incastonata nella coscienza, era diventata norma etica.

Il corpo di Giusy, in totale accordo con l'anima, funzionava come un radar tarato sul dolore. Nelle vicinanze di una tragedia, la sua gola prendeva a vibrare, il naso piccolo e puntato verso l'alto pizzicava, e poco dopo si trovava coinvolta in una conversazione intima con uno sconosciuto. Il rapporto prendeva subito una piega confidenziale: lei era prodiga di ottimi consigli e, se c'era dell'angoscia in giro, se la risucchiava come un'idrovora, finché tutto intorno il clima si alleggeriva. Aveva così costituito una nutrita comitiva di anime bisognose, che trascinava in feste e gite, perché non c'è nulla di più efficace di un ballo, di un concerto, per dimenticare le afflizioni.

Anche Adalgisa Cavallotto era entrata nella sua cerchia, e ormai la considerava un'amica carissima, se non la più cara. La libraia dagli occhi grandi era uno spirito smarrito e lei se n'era accorta fin dal primo giorno, il suo tormento le era arrivato addosso come una secchiata d'acqua sporca.

"Devi fare qualcosa per lei": l'ordine le era arrivato con chiarezza da una dimensione ultraterrena, dalla quale di solito gli umani sono esclusi. Aveva attaccato bottone e la vedova, sebbene riservata, si era subito lasciata andare, si capiva che aveva un disperato bisogno di confidarsi.

«Ma lei non ha amiche?» le aveva chiesto Giusy senza tanti giri di parole. Talvolta con le persone struppiate è meglio essere un po' bruschi, ché in quei casi la dolcezza viene scambiata per pietà.

«Ne avevo una ma ci siamo perse.»

«E non c'è modo di ricucire? Certe volte le femmine si lasciano prendere la mano da sciocche gelosie...»

«Ma no, figuriamoci, niente di tutto questo. Il fatto è che Galatea, così si chiama, assume talvolta atteggiamenti un po'... come dire...»

«Da buttana?» aveva azzardato Giusy.

«Come fa a saperlo?» Adalgisa aveva tanto sgranato gli

occhi ed era un miracolo che se ne stessero ancora al loro posto nelle orbite.

«Intuito femminile» si era pavoneggiata la sconosciuta.

«Guardi, sia ben chiaro, io non sono certo il tipo di persona che si scandalizza. Ognuno è libero di fare quello che vuole. Ma ho tre figlie signorinelle, la gente parla, Catania è poco più che un paesone.»

«Sì, ma un caffè ogni tanto ve lo potete prendere, magari non in centro.»

«A volte lo facciamo ancora. Ma prima ci vedevano quasi tutti i giorni, e poi ci facevamo delle lunghe passeggiate in spiaggia. A tutt'e due ci piace l'acqua. Dopo tornavamo a casa e ci sembrava di essere più pulite.»

«Non si preoccupi, signora Cavallotto, al mare ce la porto io, su di me non dice niente nessuno, ché io sono la moglie del farmacista dell'ospedale» l'aveva rassicurata Giusy.

La domenica dopo erano andate ai faraglioni di Acitrezza. Erano rimaste a lungo sedute nel silenzio a guardare il mare spumeggiare tra quei monumenti di basalto. Al ritorno Adalgisa aveva percepito il corpo in tutta la sua interezza.

La mattina dopo si erano risentite al telefono e da quel momento avevano preso l'abitudine di incontrarsi quasi ogni giorno.

Giusy andava a trovarla il pomeriggio, ma prima si fermava al bar sotto i portici di corso Sicilia. Prendeva posto al tavolo più interno, costringendo i suoi larghi fianchi dentro alle poltroncine, i cui braccioli rigidi sprofondavano tra i rotoli della sua carne soda. Alzava la mano con un gesto imperioso, l'ampia camicia dalle maniche a pipistrello svolazzava nel vento. Ordinava al cameriere sempre la stessa cosa: granita e brioscia. Nell'attesa osservava la porta della libreria e prendeva nota dei clienti che entravano, ne osservava i vestiti, le pettinature. Quanto le piaceva spettegolare.

Gustava poi la brioscia cominciando dal tuppo che spalmava di panna, prima di poggiarlo sulla lingua. La sua bocca si spalancava per non sprecare neanche una goccia di quell'adorato dolce. Di granita in granita Giusy aveva accumulato un po' di chili. Timballi, sformati, spiedini, spongati le avevano ridefinito la silhouette, fino a farla assomigliare a un gigantesco, mansueto pesce, una manta di cui aveva anche mutuato le movenze.

Giusy avanzava sospinta da una forza interna che nasceva nel suo torace potente, le braccia erano pinne di direzione, le gambe una coda flessuosa, il suo vestito di seta si gonfiava nel vento mentre attraversava i portici e si chiudeva come un paracadute floscio nell'ingresso della libreria.

Adalgisa la accoglieva felice. Quella nuova amica, generosa e spontanea, era un dono della vita.

«Come stai?» chiedeva Giusy, avvolgendola con le sue braccia ampie. Adalgisa affondava volentieri nel suo corpo abbondante. La tenerezza, più che la passione, da che era morto Vito era diventata per lei un bisogno primario.

«Oh, che capelli s'è fatta Mariolina Fontana, pare che qualcuno le abbia ruttato in testa!»

«Che malalingua che sei!» Adalgisa fingeva di rimproverarla, ma pure a lei piaceva spettegolare. «Però è vero. Ha cambiato parrucchiere. Dice che Marco la faceva "quadro antico" e se ne è andata da uno lussuosissimo che sta alla via Etnea, Renè, roba da ricchi!»

«Sì, vabbe'. Quello faceva il meccanico a Torino prima di tornarsene a Catania a fare il parrucchiere.»

«E si vede!»

Botta e risposta, finivano per contare le pulci a tutta la città.

«Lo sai che la professoressa Giuffrida aspetta due gemelli?»

«Ma non s'era lasciata con il marito?»

«Ora ha un compagno nuovo.»

«E non è che può essere sempre colpa delle femmine quando i figli non arrivano.»

«Giusto. La Milazzo invece ancora niente, mischinedda.»

«O troppo a sicco o troppo a sacco!»

Spesso ridevano per nulla, bastava uno sguardo, una smorfia e i loro visi si atteggiavano a un'ilarità appena contenuta. La manta, del resto, è un animale incline all'allegria.

Non è che a Giusy i dolori fossero mancati. Aveva perso un figlio di diciannove anni per una leucemia. Quando era successa la disgrazia, a lei era sembrato di impazzire.

«Come ci si consola da una perdita così?» aveva chiesto una volta Adalgisa, stupita dalla sua serenità.

«Non sono così tranquilla di natura. È che io Giuseppe ce l'ho sempre accanto, ci parlo, lui mi risponde. Quel ragazzo non mi ha mai abbandonato, è qui con me e mi sostiene. Perciò sono felice: so per certo che non si svanisce nel nulla dopo la morte.»

«Anche Vito sta sempre al mio fianco» aveva confessato l'altra. «Però la cosa non mi rallegra, anzi sento ancora di più la sua mancanza. Del resto, se ami hai bisogno della presenza dell'amato.»

Giusy aveva sorriso comprensiva senza aggiungere altro. La vedova dagli occhi grandi era appena all'inizio del suo percorso, toccava a lei aiutarla.

«Come fai a parlargli?»

«Lui detta e io scrivo. E tu con Vito?»

«Lo sogno ogni notte e sembra vivo.»

«Magari ci fai anche l'amore» aveva scherzato Giusy, e l'altra era arrossita. «Ho colto nel segno, eh?»

«Come ti accorgi che Giuseppe ti vuole parlare?» La curiosità di Adalgisa non era mai paga.

«Mi afferra un tremolizzo al braccio destro, e comincio a riempire fogli su fogli. Le parole le vedo come immerse in una pozza d'acqua trasparente e non riesco a distinguerle l'una dall'altra. Poi compare un cono d'ombra al centro della mia testa, le sillabe risuonano una per una, come note su un pentagramma. I segni diventano frasi, periodi, discorsi che io trascrivo senza capire. Solo quando rileggo, allora il senso mi diventa chiaro.»

«E cosa vi dite?»

«"Mio prezioso bambino" io lo chiamo, e lui mi risponde: "Mia adorata mamma", "Anima dell'anima mia".»

«Con un figlio maschio tutte queste parole d'amore? E non ti pare vergogna?»

«Sulla terra non si usa, ma quando si è in quella dimensione l'amore è il minimo.»

Era stato grazie alla sua inusuale corrispondenza che Giusy aveva compreso appieno il senso della propria vita, cancellando del tutto quelle piccole meschinità in cui talvolta le donne disperdono le loro energie.

Il figlio l'aveva introdotta ai misteri della vita e della morte e Giusy, dopo un'iniziale vertigine, aveva ricomposto saldamente i pezzi della sua anima; le due parole, "vita" e "morte", distinte e contrapposte fino a quel momento nel suo lessico, d'improvviso si erano riunite in un unico lemma. Il suo cuore dalla superficie liscia aveva cominciato a battere gioioso e grondava tanta di quella grazia da poter soccorrere chiunque avesse bisogno di lei. La sua generosità era diventata inesauribile.

Quel pomeriggio se ne stavano nella libreria allegramente chiacchierando.

«Talìa chi arriva» sussurrò Adalgisa indicando con gli occhi la porta a vetri.

Giusy si sollevò sui piedi e fece un giro di centottanta gradi.

«Chi è? Pare una prugna secca.»

«Agatina Titò, detta Titina.»

«Ma chi, la figlia di quella vecchia che non si decide ad andarsene?»

«Proprio lei, non vedi com'è ridotta per colpa di sua madre?»

«Mischina. Ma che dici, la posso aiutare io?»

«Non sia mai» l'ammonì l'amica, «ché se a quella ci parli dell'aldilà le vengono i vermi per la paura.»

«Ma se pare idda stessa una fantasima!»

La ragazza era effettivamente così magra che il suo corpo sembrava levitare.

«Signora Cavallotto, buonasera.» Non fu un saluto, ma un lamento.

«Ciao Titina, come stai?»

«Bah...» rispose quella e si fermò lasciando sospeso nell'aria un sospiro. Poi aggiunse una nuova lastima: «Mia madre cadiu e ora è allettata. Mi ha mandata a comprare un libro, una cosa per tenerle compagnia. Dice che invece di vegliarla prima ancora che muore, magari mi rendo utile e le leggo qualcosa».

«Che brava figghia che sei. Mi pare una buona idea. Aspetta che chiamo Cetti, lei ne capisce più di me. Cetti, Cettiiii!» Adalgisa allungò il collo oltre gli scaffali.

"Ma dov'è finita?" si chiese. "Sicuro è nascosta dentro al magazzino ad aprire pacchi, sempre lì ha la testa." Poi urlò spazientita: «Insomma, ti sbrighi? Ho bisogno di te!».

Giusy le afferrò il polso.

«Càlmati. Lo sai che tua figlia è un'anima riflessiva, impara a rispettare il suo ritmo. E poi se ti metti a litigare me ne vado.»

Giusy non sopportava i contrasti e, quando percepiva un clima di tensione, scattava sui piedi, le sue pinne caudali, si slanciava verso l'alto e si voltava rapidamente indietro, proprio come la manta, di cui possedeva anche la capacità di battere in ritirata.

Cetti arrivò con la sua solita flemma. Possedeva un meccanismo di regolazione automatica che la bloccava dall'interno ogni volta che qualcuno aveva fretta. Procedeva lungo i corridoi, poggiando prima il tallone del piede destro, si fermava a saggiare la saldezza del bacino sospeso in bilico tra le gambe, passava in rassegna la posizione delle dieci dita e poi ricominciava daccapo. Se fosse stata un millepiedi, avrebbe impiegato un anno a percorrere il tratto dalla cassa alla vetrina.

La madre, veloce in ogni sua manifestazione, fremeva; e così, nell'attesa, s'era messa in ginocchio a cercare qualcosa tra gli scaffali della "varia", seminando volumi dappertutto. "Non si capisce più niente qua, hanno cambiato la disposizione, non mi ci trovo."

Da molti anni i libri non venivano più ordinati in base alla casa editrice che li aveva pubblicati, ma per argomento. Era stata Cetti, tornata dalla Scuola per Librai, a introdurre quella novità. E ce n'era voluto per convincere gli impiegati a modificare le loro abitudini. Gaetano aveva fatto turilla ogni giorno, ma alla fine Cetti l'aveva spuntata conquistando finalmente il ruolo di capo indiscusso.

«Mamma, che fai?» la riprese delicatamente Cetti. Sarebbe toccato a lei rimettere a posto. Poi guardò sorpresa la prugna secca.

«Agatina, ciao.»

Adalgisa scattò in piedi. «Era ora che arrivassi! La signora Titò...»

"La vecchia è morta, perciò tutta questa urgenza..." pensò Cetti.

«Mi dispiace...» sussurrò afferrando la mano della prugna. La sua pelle era fredda, rugosa, sembrava la zampa di una lucertola. «Quando è succ...»

La madre, intuendo l'equivoco in cui era incappata sua figlia, la interruppe bruscamente.

«Ma che hai capito? La signora Titò cadiu, mischinedda.»

«S'è fatta male?» domandò Cetti, e gettò all'aria la mano di Titina con un gesto violento. Trovava ancora difficile instaurare relazioni equilibrate con le persone e oscillava tra due atteggiamenti estremi: o era troppo compassionevole, oppure scivolava in un cinismo esasperato.

«E certo, a ottant'anni, tu che dici?» le rispose Adalgisa visibilmente scocciata.

"Dove c'è lite c'è vita" si rallegrò Giusy, e le lasciò ancora un po' a battibeccare tra di loro: non erano quelle le battaglie che la infastidivano.

«Ma io che posso fare? Libraia sono, no ortopedico» rispose Cetti stizzita.

«Certo che puoi fare qualcosa, sennò perché ti ho chiamata?»

Giusy tirò l'amica in disparte.

«Guarda che tua figlia è una donna adulta, la devi smettere di rimproverarla come fosse una picciridda» le sussurrò.

Adalgisa addolcì il tono ma lo fece forzatamente, le uscì

una voce stucchevole, che proprio non le apparteneva: «Senti figghia mia, dobbiamo trovare un libro divertente per la signora Elvira, perché s'è rotta tibia e perone e la convalescenza sarà lunga».

«Perché lo cerchi nella "varia"?»

«Chessò, pensavo a una raccolta di indovinelli per passare il tempo, oppure un manuale per mettere in sicurezza le case...»

«No, so io quello che ci vuole.» La ragazza si allontanò e tornò poco dopo, stringendo tra le mani un volume dalla copertina azzurrina.

«Ecco, Titina, con tanti auguri.»

La prugna lesse il titolo a voce alta: «*Su una gamba sola* di Oliver Sacks.» E domandò: «È buono?».

«Buonissimo! Tua madre o si rimette in piedi o impara a camminare con il bastone. Ora scusatemi, ma ho un sacco di lavoro da fare.»

«Hai visto che carattere?» si lamentò Adalgisa una volta sola con Giusy.

«Sì, è un po' brusca, ma pure tu... Non fai altro che dire "avanti, andiamo avanti"! E rilàssati un pochino!»

«Lo so, lo so, hai ragione. Ma sono così nervosa ultimamente.»

«E perché? Il lavoro va bene, le figlie anche, hai pubblicato nuovi libri, Anna si è pure sposata. Che c'è che non va?»

«Vito.»

«Ma se è sempre con te!»

«Non me lo sogno più. Quello si è stancato di me.»

«Ma che dici! Se solo imparassi ad abbandonarti un po'...»

«E se avesse un'altra donna?»

«In paradiso? A forza di stare sola, stai dando i numeri. Devi trovarti un uomo.»

«Macari chistu!» reagì con veemenza Adalgisa. Però sentiva davvero il bisogno di distrarsi. Voleva cambiare aria, desiderava fortemente fare un viaggio.

Il marito, nei loro incontri onirici, l'aveva spesso incoraggiata a fare nuove amicizie, a partecipare a feste e gite. Lei non ne aveva molta voglia, una sorta di pigrizia paurosa la teneva prigioniera, ché quando il cuore è pieno di un uomo, non si ha desiderio di nient'altro. I grandi amori possono essere enormi fortune, ma anche terribili iatture.

Alla fine, per non scontentarlo, aveva accettato l'invito di un architetto, di cui aveva pubblicato un saggio, ed era partita per un giro dei castelli della Sicilia orientale.

Appena messo piede sul pullman, Adalgisa si era resa conto di non essere gradita al resto della comitiva. Le mogli di quei professoroni l'avevano accolta con un silenzio ostile e, per tutto il tempo del viaggio, le avevano riservato un'odiosa ed eloquente mutria.

Gli uomini, dal canto loro, erano stati invece gentilissimi e galanti. Molto, troppo. "Una fimminedda sula, di sicuro avrà bisogno di consolazione" pensavano quei lumaconi. Lei si sentiva i loro sguardi insistenti addosso, e poi li vedeva che si davano di gomito.

«Prima e ultima volta» aveva detto a Vito al ritorno.

«Senti, la settimana prossima io e mio marito partiamo per il mare, perché non vieni con noi?» le propose Giusy.

«Zitta, zitta, guarda chi sta arrivando.»

Adalgisa era impallidita e si era piegata sulle ginocchia fino a scomparire dietro lo scaffale.

Un uomo alto e muscoloso aveva appena superato la porta a vetri. Indossava una camicia di lino attillata, aperta sul torace, un paio di pantaloni stretti, ai piedi pesanti anfibi nonostante fosse tempo di sandali. Il suo atteggiamento era spavaldo, quasi provocatorio, portava un'espressione di sfida stampata sulle guance e spesse lenti scure davanti agli occhi.

«Chi è?»

Quella non rispose, afferrò l'amica per il braccio e la trascinò nello studio. «Non ci sono per nessuno» disse alla commessa, quindi chiuse la porta a chiave e si lasciò cadere sulla poltrona. Aveva il fiato corto e il respiro frequente.

«Ma che hai?» chiese Giusy preoccupata. «Pare che hai visto un fantasma.»

«Peggio, quelli male non ne fanno.»

«Ma insomma, ti vuoi spiegare?»

«Quella specie di Rambo di serie B è l'artificiere che mi accompagnò a fare la denuncia per la bomba.»

«Ma se ti ha tanto aiutato.»

«Così m'era sembrato. Mi compilò i moduli lui stesso, io ero così spaventata. Sai, avevo ricevuto una richiesta di pizzo da duecento milioni, e piangevo molto. "Non si disperi" mi consolò lui, "ci penso io".»

«E mi pare che il problema te l'ha risolto.»

«Ma che dici, quello era in combutta con gli estorsori. Ora ti racconto il seguito. Dopo alcuni mesi venne a trovarmi in galleria. "Ha visto, signora, che le cose sono andate a posto?" mi disse compiaciuto. Aveva uno sguardo rapace che io non riuscivo a sostenere. Si fece il giro della galleria, osservò i quadri, sembrava che ne capisse. "Le piace la pittura?" gli domandai tanto per dire qualcosa. "Bello questo quadro, starebbe molto bene nel mio salotto." Io capii e glielo regalai.»

«Valeva molto?»

«Abbastanza.»

«Ti stava facendo pagare il pizzo!»

Adalgisa annuì. «Poi si fece un altro giro e tornò da me con un'altra tela in mano: "Signora Cavallotto, sono un po' indeciso, forse questo ci potrebbe stare meglio. Sa che faccio? Me li porto tutti e due e quello che non va bene glielo restituisco". Se li caricò in macchina e da allora non l'ho più visto. Per la rabbia mi venne la febbre a quaranta.»

«E perché non l'hai denunciato?»

«Ci vogliono prove per denunciare un poliziotto. E poi io avevo tanti di quei pensieri...»

«Lo capisco, in quei momenti...»

«E in più non avevo alcuna esperienza. Ma tempo dopo entrai nell'associazione antiracket con Tano Grasso e presi coraggio.»

«E allora perché non lo vuoi affrontare oggi?»

«Perché lo prenderei a schiaffi!»

«Senti, Adalgisa, devi cambiare aria, sei proprio esaurita. Domenica ti passo a prendere e vieni con noi. Una settimana fuori ti farà bene.»

Il mare e il sole di Brucoli regalarono alle due amiche uno straordinario buonumore. Ogni mattina Adalgisa nuotava nell'acqua turchese e si lasciava cullare per ore dalle piccole onde, era tornata bambina. Riemergeva con la pelle grinzosa e una sensazione nuova di leggerezza che assomigliava molto alla felicità. Tutto il gravame si era depositato nel fondo blu notte. Lei si sorprendeva del suo corpo magro che recuperava forza ogni giorno di più. Le gambe muscolose scattavano tra i flutti. La corrente che la trascinava al largo non era più un problema, con energiche bracciate riconquistava la riva e si abbandonava ansante sulla sabbia della battigia; persino i suoi occhi erano rientrati nelle orbite e non sporgevano più dalle sopracciglia scure.

«Non sei più la libraia dagli occhi grandi» le disse una sera Giusy, e lei le sorrise con enorme gratitudine. Vito continuava a non farsi vedere e Adalgisa se ne faceva una colpa.

«Ho fatto qualcosa di brutto e ti sei offeso? Ma dove sei?» sussurrava nell'aria fresca del mattino. La risposta, se arrivava, lei non poteva sentirla: c'era il soffio del vento a sovrastare qualsiasi altro suono.

«Adalgisa, domani mio marito deve ritornare a Catania per due giorni e io lo accompagno. Vieni con noi?» le domandò Giusy a colazione.

«No, mi piace qua» rispose lei convinta, «la notte si sente il respiro del mare e io respiro con lui. E magari viene Vito a tenermi compagnia» sospirò Adalgisa. «Domani è il 24 luglio, il nostro anniversario di matrimonio.»

«Magari» le augurò l'amica.

Dormì bene Adalgisa in completa solitudine, e il giorno dopo fu svegliata all'alba dal suono del campanello. Giusy era tornata con largo anticipo.

«Che c'è? Ti aspettavo domani.»

«Ho qualcosa per te, leggi.»

La grafia era minuta e precisa, le frasi ben ordinate non scavalcavano i margini del foglio. Le parole erano colte, i pensieri eleganti:

> Mia adorata Adalgisa,
> io sono sempre al tuo fianco, a casa, al lavoro, quando dormi, quando piangi. Se solo tu fossi meno concentrata sul tuo dolore, riusciresti di nuovo a sentire le mie carezze, i miei baci, la mia voce...

Adalgisa guardò l'amica con aria interrogativa.

«Questa notte, mentre parlavo con mio figlio Giuseppe è arrivato tuo marito» le spiegò Giusy. «Ha voluto che scrivessi per te, e io, sapendo quanto hai bisogno di lui, mi sono precipitata a portarti la lettera.»

Adalgisa riprese a leggere: "Mia amata, sono orgoglioso di te, di tutto quello che stai facendo...". La voce di Vito, dolce e autorevole, ferma e severa, comprensiva e delicata, risuonava nelle sue orecchie e si levava al di sopra di qualunque altro rumore. Era tornato a farle coraggio, a dichiararle la sua approvazione, il suo amore.

Da quel giorno cominciò un fitto carteggio. Adalgisa riceveva una lettera di Vito a ogni viaggio che faceva o a ogni evento che si svolgeva in libreria. Quello scambio le dava forza e l'appagava, anche se le piaceva di più quando il marito se lo trovava nel letto a sorpresa, adagiato vicino a lei, irradiante un calore familiare. Ma dopo tanti anni di matrimonio, non poteva certo pretendere la passione delle prime volte. E poi, non cercava la tenerezza? Le lettere di Vito ne erano piene.

PARTE TERZA

L'azzardo

22

Il figlio maschio

Catania, 13 febbraio 2005

Il vento soffiava furioso. Le antenne in cima ai palazzi agitavano i loro bracci d'acciaio, e minacciavano di venir giù. Frustoli di cenere erano comparsi nell'aria, ché l'Etna già prima dell'alba aveva cominciato a eruttare, e volteggiavano lenti come petali scuri.

Luisa quel sabato mattina entrò in libreria insieme con una folata gelida. Si fermò proprio sotto la bocca della pompa di calore, l'aria tiepida le scompigliò i capelli e infiammò le sue orecchie piccole. Buttò a terra la borsa, si tenne addosso il piumino.

«Fa freddo» mormorò rabbrividendo.

«Sei troppo magra, non pigli peso manco incinta.» Quella commessa era sempre acida con lei.

«Sarina, ma che dici? Guarda che minne che c'ho!» disse mostrando con orgoglio i seni gonfi che si ergevano al di sopra della pancia grossa.

«E sei felice, vero?» continuò quella, che era un cuore scontento. Rimise a posto la pila delle guide del Vietnam, che continuava a venire giù. Ancora non si era persuasa che, quando erano troppe, di mucchi ne doveva fare due.

«Ah, sì che lo sono! Vorrei essere sempre incinta solo per questo. Non immagini nemmeno quanta soddisfazione. E non solo a me, anche a qualcun altro.»

La gravidanza era per lei ogni volta un periodo beato. In quei mesi diventava il centro del suo piccolo universo e poteva permettersi libertà altrimenti vietate. Era felice, si sentiva piena, le veniva anche una gran voglia di fare l'amore. Colpa degli ormoni, si giustificava. Il suo corpo, reso agile da tutti quegli anni di danza, diventava ancora più flessibile, e lei riusciva ad assumere posizioni da contorsionista. Il marito non le staccava gli occhi di dosso, ammirato da tanta grazia. Questo già bastava a procurarle uno straordinario piacere.

«E poi guarda qua» disse a Sarina tirandola per la giacca. E le mostrò i fianchi, due curve graziose sotto i pantaloni aderenti. «Che culo che ho messo su!»

Quella si strinse nelle spalle, prese il resto delle guide e le infilò a casaccio dentro uno scaffale. Poi si avvicinò a Luisa e finalmente si decise a osservarla.

«Ma vero tutte tue sono?»

«Tocca» la sfidò.

Sarina le mise una mano sulle tette.

«Ma che siete matte?» le riprese Cetti. «Vi sembrano discorsi da fare a lavoro?»

Luisa per tutta risposta lasciò scivolare il piumino sulle spalle e fece un giro su se stessa. Si sentiva così bella.

«Oh, mi credevo che erano finte!» intervenne Sarina. «Invece è tutta roba buona.»

«Ma io non lo so... Con tutti gli scatoloni che ci sono da aprire, te ne stai qua a toccare le tette di mia sorella?»

«Va bene, ho capito, vado, vado.» La commessa si allontanò bofonchiando.

«E tu vieni qua» disse Cetti alla sorella, «stiamocene un po' insieme, prima che arrivi la mamma.»

Luisa scavalcò una fila di libri, piegò e curvò tutto il suo corpo come fosse morbido pongo, alzò la gamba esile ben oltre il bacino, infine si trovarono vicine nello spazio risicato della vetrina. Le due ragazze si sfiorarono, forse un abbraccio ci starebbe stato pure bene, ma Cetti non era tipo da effusioni.

«Ci siamo, eh. Quando finisci esattamente il tempo?»

«Oggi.»

«Che non gli venga in mente di nascere di feriale alla picciridda. E tu, o lo fai oggi che è sabato, o se ne parla la prossima settimana» minacciò Cetti.

«Ma figurati, quando mai ho saltato un giorno di lavoro. Non è successo né per Anita né per Giuditta, e nemmeno per il matrimonio.»

Erano così attaccate alla libreria, le tre sorelle Cavallotto, che Luisa si era sposata per la festa di sant'Agata, quando a Catania lavorano solo i pompieri. E le due prime figlie erano nate di sabato, per non arrecare alcun disturbo all'azienda.

Cetti rimase in silenzio, inseguendo i propri pensieri;

Luisa però non ce la faceva a stare zitta. «Ti chiedi mai quale sarebbe stato il nostro destino se papà invece di vendere libri avesse venduto salami?» chiese alla sorella.

«Io avrei fatto la libraia comunque» rispose Cetti con sicurezza. «Adoro i libri, specie se antichi. Mi piace la carta, le copertine di cuoio, le incisioni.»

«Io invece non è che ho proprio tutta questa passione per i libri in sé. Mi piacciono le storie, le vite degli altri, i viaggi avventurosi, gli amori, quelli proibiti e quelli benedetti da Dio, le amicizie e tutte le passioni in genere. Dietro i dorsi nervosi e gli spigoli smussi ci sono vite intere. Esistenze che possono cambiare con un tratto di penna; ragazzacci che si redimono grazie a un capitolo in più. Insomma, i romanzi li adoro e anche le fiabe e le novelle illustrate. Poi se le copertine sono belle, dure, morbide, colorate non me ne importa niente.»

«Ho capito, Luisa.»

Si fermò un attimo, sembrava perplessa.

«Be'?» fece l'altra.

«Mi è venuto in mente che si potrebbe fare una collana di classici riadattati per ragazzi. Certi vocaboli non si usano più e così alcuni libri sono caduti nel dimenticatoio. Chi la capisce più una frase come "il latore della presente"?»

«Bella idea. Potremmo ripubblicare le tragedie greche ripensate per i bambini. Ho raccontato *Antigone* a modo mio alle bambine e si sono divertite da morire.»

Le sorelle non erano abituate a parlare di sé, i pensieri intimi se li tenevano ben stretti: una riservatezza tipica dei Cavallotto. Così le loro conversazioni finivano per girare sempre attorno al lavoro.

«Ahi!» urlò Luisa all'improvviso, si piegò sulle ginocchia e si appoggiò alla vetrina.

«Te l'ho detto mille volte di non lasciare le ditate!» la rimproverò Cetti. Aloni e impronte erano la sua dannazione.

«Ma sai che sei un tipo strano?» Luisa s'era raddrizzata sulla schiena e la fissava con un'espressione meravigliata: «Io sono incinta, faccio un urlo e tu mi dici di non sporcare?».

«Non mi dire che ci siamo. Ce la fai a resistere un'oretta? Tra poco andiamo in pausa pranzo e magari ti accompagno io. Anzi, sai cosa, usciamo da qua, ché se ti si rompono le acque mi inondi tutta la pedana di legno.»

«Come quando ti sei pisciata sotto da bambina?»

Luisa scoppiò a ridere, Cetti invece si immalinconì. All'improvviso le era tornato in mente il viso di suo padre, ne sentiva sempre la mancanza, non c'era giorno che non pensasse a lui.

Luisa se ne accorse e una tenerezza infinita le sgorgò dal petto. Anche lei per molti anni aveva sentito un chiodo lungo e puntuto trafiggerle il cuore. Erano state le figlie a strappargielo via, solo così aveva potuto pacificarsi. D'istinto afferrò la mano della sorella e se la portò alla pancia: «Senti come scalcia».

Cetti sfiorò cautamente con il palmo quella sfera perfetta che spuntava dal maglioncino di lana sottile. Avvertì alcuni colpetti leggeri, come se una pallina di gommapiuma rimbalzasse contro le sue dita. Si ritrasse spaventata.

Luisa le afferrò di nuovo la mano e la costrinse ad ascoltare quel piccolo terremoto che si era scatenato sotto il suo ombelico.

Era come un palpito quello che Cetti percepiva, un sospiro della carne insieme al battito dell'intero universo. Era un mistero troppo grande, lo percepiva come un abisso e temeva di esserne risucchiata.

Adalgisa, accompagnata da Anna, arrivò che era quasi l'ora della pausa. Avevano entrambe la faccia sorridente; entrarono, una ondeggiando sui tacchi, l'altra scuotendo i vistosi orecchini che mandarono bagliori tutto intorno.

«Che freddo!» esclamarono all'unisono.

«Ma che vi siete data la voce?» borbottò Cetti. La porta si chiuse con un colpo di vento, rimase nell'aria il tintinnare dei campanelli dello scacciaspiriti. Lo aveva attaccato Anna all'ingresso: «Contro il malocchio e per scongiurare la crisi».

Luisa uscì dalla vetrina camminando sulla punta dei piedi. Si muoveva veloce, era un colibrì sospeso nell'aria.

«Attenta.» Anna le corse incontro premurosa. «Non sia mai dovessi partorire in libreria.»

«Che ci sarebbe di male?» chiosò Adalgisa. «Papà diceva che i libri sono come figli. Secondo me è il contrario: i figli sono libri, ma ancora da scrivere.»

«Come sta oggi la picciridda?» Poi, rivolta a Luisa: «L'avete scelto il nome?».

«Non ancora» rispose lei.

«Sempre all'ultimo minuto voi!»

La verità è che tutte parlavano della "picciridda", ma ognuna di loro, nel proprio intimo, era convinta che si trattasse di un maschio.

Adalgisa lo sapeva già da qualche anno, gliel'aveva scritto suo marito in una delle lettere che periodicamente le faceva pervenire attraverso Giusy.

"Hai Vito accanto e Vito piccolo avrai ancora": queste le parole testuali. La donna si era ben guardata dal dirlo alle ragazze; degli incantesimi non bisogna parlare, altrimenti non si avverano. La notizia se l'era tenuta nascosta, l'avrebbe rivelata dopo la nascita a quelle scettiche: non avevano mai voluto credere che lei parlasse con il loro papà; ma dopo il parto, davanti alle prove, si sarebbero dovute ricredere e l'avrebbero finita una volta per tutte di canzonarla.

Anche con Concettina parlava. Era mancata sei anni prima e il loro dialogo si era intensificato: da morta la suocera era più loquace che da viva. Negli ultimi tempi la pregava ogni sera, raccomandandole questo nipotino maschio sul quale lei contava per il futuro.

Luisa non ci pensava proprio a un altro figlio. Stava per partire per le vacanze estive quando si era sentita male. Aveva telefonato al medico: «Dottore, perdo sangue. M'è venuto un brutto male».

«Signora, io sto andando in ferie, sono sicuro che non è niente, in fondo l'ho visitata sei mesi fa. Si prenda due compresse di un coagulante qualsiasi e ci vediamo al ritorno.»

Lei era scoppiata a piangere facendo tanta di quella turilla che il medico l'aveva visitata la sera tardi nel suo studio.

«Signora, il suo "brutto male" si chiama Roberto, Andrea, Agata, non lo so che altro nome vi piace. Ma com'è che non si è accorta di essere incinta? Non è mica la prima volta, una certa esperienza se l'è fatta ormai...» Le aveva quindi prescritto dei farmaci e raccomandato riposo assoluto.

«Ma io devo partire!» aveva protestato Luisa.

«E io pure, però io non sono incinta. Ri-po-so» aveva scandito il dottore.

Un altro figlio, ma com'era potuto succedere? Il pensiero non le dava tregua.

A casa Luisa si era aggirata perplessa per le stanze.

«E ora?» aveva domandato al marito.

«Niente. Annullo il volo, disfo i bagagli e il viaggio lo facciamo l'anno prossimo.»

Lei s'era messa a dialogare fitto fitto con quella creatura che teneva in grembo e poi aveva concluso: «No, si parte lo stesso».

«E la picciridda?»

Il marito aveva dato per scontato che si trattasse di una femmina.

«Nascerà uguale, non ti preoccupare.»

Le madri hanno spesso certezze che la medicina non ha e, se sono capaci di ascoltarsi, finiscono per azzeccare la cosa giusta da fare. Luisa il suo corpo lo conosceva muscolo per muscolo, organo per organo. La danza le aveva fatto scoprire tutta la forza di cui era dotata, sviluppando una profonda fiducia e la capacità di non opporre resistenza ai cambiamenti. «Possiamo farcela» aveva detto. Ed era partita.

Era stata una vacanza bellissima: sole, aria buona, mare pulito, notti di stelle, un'inspiegabile felicità che da lei si irradiava tutto intorno.

«Questo è maschio» si diceva Luisa e sorrideva piena di grazia.

E al ritorno le analisi avevano confermato la sua premonizione. "XY: maschio" c'era scritto sul referto dell'amniocentesi.

Aveva fatto bene a seguire il suo cuore, fregandosene della scienza, ché tanto ancora non l'ha saputo spiegare il mistero della vita.

D'accordo con il marito, aveva tenuto il segreto anche con le sorelle. Per scaramanzia, per gioco, per godersi quella cosa tutta sua.

Anna e Cetti l'avevano minacciata: «Questa volta, se non fai un maschio, in libreria non metti più piede». Poi avevano archiviato la questione, certe che la paura può più del padreterno.

Maschio o femmina, per Mimma non faceva differenza. A quel picciriddo nelle vene scorreva un po' del suo sangue nel vero senso della parola. Non era stata lei a donarlo a Luisa quando aveva avuto bisogno di una trasfusione? Perciò "la picciridda" era pure sua. Povera Mimma, quanti figli aveva avuto, ma neanche uno era uscito dalla sua pancia!

In ogni caso lei aveva preparato un corredino rosa. Che poi è pure un bel colore.

«Noi ce ne andiamo, è l'una.» I commessi sprangarono la porta e si diressero verso l'uscita secondaria.

«Il cartello l'ho appizzato» aggiunse Sarina indicando un foglio di colore arancio attaccato all'ingresso, sul quale campeggiava una gigantesca scritta nera: NELLE FAMIGLIE ALL'UNA CI SI SIEDE A TAVOLA E, SICCOME ANCHE NOI LIBRAI ABBIAMO FAMIGLIA, ALL'UNA CHIUDIAMO. SE PROPRIO VI SPERCIA, TORNATE DOPO PRANZO.

Le Cavallotto avevano provato varie volte a introdurre l'orario continuato, apriti cielo!

«Ma di che nicche e nacche? Pure gli uffici pubblici chiudono all'una.» Gli impiegati non ne avevano voluto sapere di saltare il pranzo con le famiglie e l'avevano spuntata loro; ma in fondo anche le "principale" amavano ritrovarsi insieme davanti a un piatto caldo.

Proprio in quel momento due clienti bussarono alla porta. Una delle commesse indicò loro il cartello. Quelli, due stranieri, non capirono e bussarono di nuovo.

«Chiuso! Ora di mangiare. Capito?» La ragazza spalancò la bocca, fece finta di portare un cucchiaio alle labbra, gonfiò le guance e masticò sbattendo i denti.

I turisti scuotevano le teste, le loro frangette bionde e sottili si sollevavano nell'aria. «Non capire» ripetevano a turno e spingevano sulla maniglia. La porta vibrava ma non cedeva. I commessi tutti schierati, con i cappotti addosso, non arretravano di un millimetro, e se ne stavano a fissarli con le braccia conserte.

«Ma non possiamo sentire di che hanno bisogno?» propose timidamente Anna.

«La gente perbene a quest'ora mangia» ripetevano gli impiegati come un mantra.

I due inglesi annaspavano in quel fiume di parole incomprensibili, il loro sguardo smarrito cercava aiuto tra le pagine di un dizionario tascabile, e alla fine, seccati, urlarono puntandosi il dito indice contro le tempie eteree: «*Funny*».

Sarina se la prese a offesa: «Zanna a mia? Zanna a tua sorella!».

«Forse qualcuno la dovrebbe tradurre, la scritta, sennò il cartello è inutile!» aggiunse Anna con voce delicata, ché nell'aria c'era già abbastanza elettricità.

«E magari in tutte le lingue del mondo, vero?» rispose pizzuta una delle impiegate.

«Visto che Catania addivintò internazionale...» concluse Cetti in tono semiserio.

«Ma perché vi scaldate tanto?» chiese Adalgisa. «Salutateli con un sorriso e se vogliono tornano più tardi.»

«E chi litiga, stiamo solo parlando» si spiegò il magazziniere.

La verità è che i siciliani non sanno modulare il tono della voce, che spesso non risulta coerente con lo stato d'animo.

«Anzi, sapete che vi dico? Ci penso io alla traduzione.»

«Però la fai nel pomeriggio» la moglie del magazziniere lo riprese spingendolo verso l'uscita. «Che un'ora abbiamo, non ce la possiamo svendere in minchiate!»

Aveva fretta, la donna, di arrivare a casa. Si erano sposati da poco e dovevano soddisfare tanti tipi di appetito.

«Scappo, a momenti è pronta la pasta.» Anche Gianna filò via come un fulmine, finendo di vestirsi in strada. I dipendenti della libreria erano un pezzo della famiglia Cavallotto, ma appena arrivava l'ora di chiudere non guardavano in faccia a nessuno.

«Commessi siamo, non ostetrici» erano soliti ripetere. Ma quel giorno, in presenza di Luisa, evitarono di dirlo, ché se le fossero venute le doglie si sarebbero dovuti fermare per forza.

«Ciao...», «Ciao...», «Ciao...» L'ultimo saluto si spense e anche le Cavallotto tornarono a casa per il pranzo.

Il sabato trascorse senza che la "picciriddа" si decidesse a bussare alla porticina che la separava dal resto della famiglia.

Le ombre sui palazzi si erano allungate fin dalle prime ore del pomeriggio con il loro carico di insopportabile malinconia. Poi la luce dei lampioni aveva reso il buio meno minaccioso.

Adalgisa, a bordo della sua macchina, percorreva il lungomare. Anche se l'oscurità le impediva di distinguere l'acqua dal cielo, lei li riconosceva lo stesso. L'aria era pungente, il vento aveva smesso di soffiare, l'orizzonte era pulito.

L'oscurità pudica celava le brutture di una città cresciuta nel disordine e nell'incuria.

Si fermò a San Giovanni li Cuti, posteggiò e si accese una sigaretta. Nonostante avesse, nel corso degli anni, imparato a sorridere di nuovo, a quell'ora la prendeva una sorta di sgomento.

«È questa assurda sensazione a metà tra l'impotenza e l'incertezza, che ti coglie sul far della sera, a fare di te un essere umano.» Gliel'aveva spiegato così Vito, che sapeva cogliere e interpretare tutti i suoi stati d'animo.

Una bellezza rotonda e sfuggente trasudava dalle cuticchie di basalto nero, sembravano una distesa di diamanti grezzi.

"Catania è nata per un progetto di Dio, che uomini tracotanti hanno snaturato e sovvertito" pensò piena di rammarico.

Il cuore le batteva forte, la violenza insita in certi scempi la faceva sentire sopraffatta. Spense quindi la sigaretta e mise in moto per tornare a casa, l'aspettavano per cena.

Aprì il cancello pigiando nervosamente sul telecomando. Ingranando la marcia aveva dimenticato di spingere fino in fondo la frizione, così una sonora grattata annunciò il suo ingresso nel condominio. Mimma si affacciò per controllare che fosse proprio lei a fare tutto quel rumore. Dopo la morte di Concettina si era trasferita a Catania con il marito e ora abitavano tutti nello stesso palazzo. Erano come cellule del medesimo organismo, coesi e vicini, con un unico obiettivo: sostenersi gli uni con gli altri.

Aveva preso da poco sonno, Luisa, quando si svegliò per il freddo. Il pigiama zuppo, incollato alle gambe, la faceva sentire come se fosse stata tutta la notte sotto la pioggia.

«Giuseppe, sveglia. Ho rotto le acque.»

«Anche questo di sabato, brava anima mia. Così il lavoro non ne risente» rispose l'uomo, assonnato ma vigile.

Adalgisa li raggiunse per occuparsi delle bambine mentre loro si vestivano. Montarono in tutta tranquillità in macchina e fecero la strada chiacchierando allegramente. Luisa apparteneva a quella categoria di donne che partoriscono senza dolori. La vita per queste privilegiate non è una conquista ma un dono.

La clinica era chiusa. Bussarono ripetutamente prima che un'ostetrica assonnata si decidesse a rispondere al citofono.

«Ho rotto le acque» disse laconica la partoriente.

«Vabbe' non si preoccupi che c'è tempo.»

«Guardi che la testa già affiora, si sbrighi.»

«Con questa voce tranquilla? Sì, figuriamoci. Ci vorranno almeno tre ore prima che lo tiriamo fuori.»

Il tono sereno aveva tratto in inganno l'ostetrica, ché tutte urlano quando il bambino preme per uscire.

Luisa invece ebbe giusto il tempo di distendersi sul lettino, che la faccia della "picciridda" era già lì tra le sue gambe.

La piccola aveva le guance gonfie e gli occhi stretti, sembrava Eolo intento a soffiare sulla vela di un bastimento. E del resto la fatica era tutta sua, perché la madre si limitava ogni tanto a contrarre gli addominali con indolenza, come se si trattasse di una seduta in palestra.

La testina ruotò, l'ostetrica l'afferrò per la nuca.

«Signora, la finisce di parlare e dà una bella spinta? Aiutiamola 'sta creatura!»

«Vuol dire così?»

Luisa inspirò una enorme quantità d'aria. Ma quanta ce ne andava in quel torace minuto? Chiuse la gola e spinse. La "picciridda" sgusciò fuori. «Maschio!» urlò l'ostetrica trionfante. «E pure bello!» Il bambino era tondo e roseo come un piccolo porcellino. Si attaccò al seno della mamma con voracità e determinazione, godendosi anche lui quelle gloriose minne.

Era ancora al seno della madre, quando arrivarono le zie, i prozii e la nonna. «Vito!» urlarono tutti insieme, perché sul nome non c'erano dubbi.

La nonna lo accarezzò, aveva la pelle setosa, gli occhi erano grandi, neri, attenti, due cocci di luce.

Tutti guardavano il bambino. Solo Adalgisa vide il guerriero.

Nota dell'Autrice

"Un fatto è un fatto: non ha contraddizioni, non ha ambiguità, non contiene il diverso e il contrario." In questo romanzo il fatto è che Vito Cavallotto muore nel 1983, che lascia la moglie Adalgisa, le tre figlie Cetti, Anna e Luisa, la mamma Concettina Ciuni, la sorella Mimma e il cognato Libertino. È un fatto che Vito Cavallotto faceva l'editore e insieme a Sergio Flaccovio (figlio di Fausto), Salvatore Sciascia, Filippo Ciuni, Giovan Battista Palumbo e a molti altri ha scritto una bella pagina di storia dell'editoria. È un fatto, ancora, che Adalgisa Cavallotto e le sue tre figlie hanno portato avanti con grandi capacità un progetto faticoso in una terra complessa come la Sicilia, e testimoniano con il loro agire quotidiano che le buone pratiche in quest'isola sono possibili.

"Le intenzioni, specialmente se buone, e i rimorsi, specialmente se giusti, ognuno dentro di sé può giocarseli come vuole, fino alla disintegrazione, alla follia." In questo romanzo le intenzioni, i rimorsi, i sentimenti, giusti o ingiusti che siano, le carezze, i baci, le ripicche, i dispetti, i giochi di seduzione, verosimili o no, sono tutti miei.

Ringraziamenti

Desidero ringraziare Adalgisa Cavallotto e le sue figlie Cetti, Anna e Luisa. Mi hanno raccontato la loro storia, un immenso patrimonio di umanità e affetti, e me l'hanno generosamente regalata, lasciandomi libera di raccontarla a modo mio.

"Bussate e vi sarà aperto" è scritto. Io ho bussato, Francesco Flaccovio, Giusy Liuzzo, Libertino Margaglione mi hanno aperto, perciò io sono loro grata.

Stefano Izzo mi ha aiutata e incoraggiata, io lo ringrazio molto per la sua delicatezza.

Maria Paola Romeo ha saputo sciogliere molti nodi e non solo quelli del romanzo: grazie Maria Paola.

Francesco e Dora Dattolo mi nutrono da molti anni con affetto e manicaretti prelibati. Questa volta hanno raddoppiato le loro attenzioni: a buon rendere Franco, a buon rendere Dora.

Un pensiero grato a mia madre, inesauribile fonte di poesie e di dotte citazioni. Se trovate una riflessione intelligente tra le pagine, sappiate che è sua.

Infine un affettuoso benvenuto alla piccola Anna, è arrivata alla fine di una storia, il momento giusto per iniziarne una nuova.

Indice

DO 0212353743
IL FIGLIO MAS
CHIO
TORREGROSSA G
RIZZOLI
RCS LIBRI

Finito di stampare nel mese di ottobre 2015
presso il Nuovo Istituto Italiano d'Arti Grafiche – Bergamo

Printed in Italy